大笑迎貴夫

2

風文創 700

漫卷 著

目錄

第三十章

謝沛奔出廚房，跟著灰貓跑了一會兒，沒看見小貓，反倒發現一隻瘦骨嶙峋的大黃狗！

「嗚……」灰貓嘴裡叼著一大塊魚鰓，跑到牠跟前。

大黃狗微微抬頭看了灰貓一眼，顫巍巍地撐起上半身。

謝沛這才發現，大黃狗的腹部有大片黑乎乎的血痂，是受傷了吧？

她正琢磨著，就聽見灰貓輕輕喵了一聲，然後轉到大黃狗身側，耐心地幫牠舔毛。

那塊魚鰓對灰貓而言，夠大了，可對大黃狗來說，不過是一、兩口的分量。

然而，大黃狗小心翼翼地吃了一半，又躺下，不再吃了。

灰貓喵喵叫了兩聲，似乎想催促大黃狗再吃一點。但回應牠的，只有微微擺兩下的狗尾巴……

謝沛見狀，想了想，轉身回了廚房。

謝棟看到閨女沒玩多久就回來了，剛想招呼她過來喝點甜水，卻發現她皺著眉頭，似乎正為什麼事發愁。

「二娘啊，妳怎麼了？」謝棟問道。

謝沛聞言，上前抱住謝棟的胳膊，把剛才所見說了一遍。

聽閨女說了小貓救大狗的事，謝棟也起了好奇之心，想著還不到做菜的時辰，父女倆乾脆一起跑去看灰貓和大黃狗了。

兩人到後，謝棟完全無視弓著背的灰貓「嗷嗷嗷」的威脅聲，試探地朝大黃狗靠近幾步，好看得更仔細些。

「哎喲，這狗傷得不輕呀！」

大黃狗半睜著眼，很平靜地望著謝棟。

「嗯，不是瘋狗。」

謝棟說完，又朝牠走兩步。

大黃狗瞧見，尾巴擺動一下，有些不安了。

「爹，我來吧！」謝沛怕大黃狗咬人，小聲說道。

雖然謝棟在女兒、女婿面前是個讓人操心的爹，可自覺對付貓狗還不成問題。

他朝大黃狗鼻子的方向伸手，就見牠的鼻子翕動，尾巴又擺了一下。

「妳看，牠聞出來了，我是個好人。」謝棟也不管閨女信不信，輕輕摸摸大黃狗的頭。

大黃狗果然沒咬人，連灰貓也安靜下來。

謝棟也不急著抓狗，一下、一下，很有耐心地撫摸著大黃狗。一會兒後，連灰貓都湊過來，在他身邊蹲下。

謝棟腦子裡琢磨著，接下來該怎麼辦呢？就聽見身後傳來閨女的聲音——

「爹，讓我摸摸～～」

這時，李彥錦聽見動靜，也跑過來看，笑著說道：「看不出來，這還是隻講義氣的貓咪呀！咱們乾脆把牠倆帶回去吧？」

謝沛一聽，兩隻眼睛都亮了。

謝棟卻嘆口氣。「怕是不成。你看這狗，肚子像被人砍了一刀，傷口挺深的，可能活不下去。」

上輩子，李彥錦家裡有條黃金獵犬，聞言後，非常熟練地接過謝棟的活，查看大黃狗的傷勢。

「得清洗傷口，看看有沒有傷到內臟。」李彥錦安撫地摸摸狗脖子，開口道。

謝棟看女婿來了，起身拍拍手。「嗯……現在廚房沒人，就在門口幫牠洗吧。」

李彥錦點頭，很熟練地雙手一撈，抱起大黃狗。

灰貓見狀，「喵嗷、喵嗷」地叫起來。

謝沛見了，趕緊安撫，也將牠抱回廚房去。

三人與一貓一狗很快回到了廚房。

廚房門前是一片石磚鋪的平地，中間偏西南的位置，還有一口水井。

三人打來清水，兌了點熱水，又餵些溫水給大黃狗喝，便在平地旁清洗牠的傷口。

正洗著，汪掌櫃路過瞧見，笑著說道：「喲！晚上要燒狗肉吃呀?!這可不錯，我去準備酒！」

「呃……不是的……」

謝棟剛想解釋，汪掌櫃已經樂顛顛地去窖裡打酒了。

謝棟無奈，看做晚飯的時辰已到，只好把大黃狗交給兩個小輩，進廚房去了。

雖然大黃狗吃不進太多東西，但喝下溫水後，似乎恢復了一些精神。許是知道謝家人沒有惡意，遂乖乖側躺著，讓李彥錦幫牠清洗傷口。

不一會兒，謝棟從廚房門口伸出半個頭，喊道：「二娘，妳過來。」

謝沛趕緊跑進廚房，見謝棟用破碗裝了些肉糜粥遞給她。

「別聲張，讓人看見了不好，畢竟不是自家的糧。」

「嗯！」

謝沛展袖罩在破碗上，看看四下無人，急忙跑回院子。

謝沛一進院子，就把粥碗遞給李彥錦瞧。

李彥錦看看肉粥，點頭道：「誒，這個牠應該吃得下。」

果然，大黃狗伸出舌頭舔起肉粥來。

可是，牠才吃半碗，就停了。

「不吃了嗎？」謝沛疑惑。

大黃狗用鼻子推推粥碗，抬頭看向小灰貓。

「哎呀，這狗太乖了，牠是給灰貓留著呢！」李彥錦嘆口氣，小聲嘟囔道：「沒事，等你傷好，咱們儘量吃！」

他說著，也將傷口清洗乾淨了。好運的是，沒傷到內臟；麻煩的是，傷口太大，有些地方潰爛、發黑。

可這裡是古代，沒有後世那些動物醫院可以求助。

李彥錦歪頭琢磨了一會兒，低聲問謝沛：「妳說，把師父教我做的麻藥弄一點出來餵狗，成不成？」

「你想把牠麻翻了……再宰掉？」謝沛不解。

李彥錦抽了抽嘴角，指著大黃狗腹部的傷口。「這幾個地方的死肉得剜掉，然後，還要把牠的傷口縫起來……」

謝沛聞言，睜大眼睛，小聲道：「縫起來？能好得快些？」

李彥錦點頭。「有些傷口太深、太大，必須縫起來。要能找到羊腸做線，就更好了。」

謝沛聽了，心裡湧起一陣激動。上輩子，她手下許多傷兵就是因為傷口無法治癒，最終落得傷殘下場，甚至丟了性命。

若是上輩子能有這法子……若是上輩子能遇到李彥錦……

謝沛的腦子熱了一剎那，便冷靜下來。上輩子已經過去，那些來不及和遺憾，都在這輩子好好彌補吧！

晚飯時，謝棟的八菜一湯很受好評，眾人吃得心滿意足，直呼過癮。

試了幾天渝州菜後，他終於想出改進味道的方法，變得鮮辣的謝家菜征服了汪掌櫃，對椒鹽鳳尾蝦讚不絕口。

吃飽喝足之後，謝沛夫妻兩口子卻沒歇著。

李彥錦要熬製麻藥，因為藥材不全，晚飯前又出了趟門，跑了三家藥鋪才配齊。

而謝沛則把下午買得的棉布拿出來。原本她打算用棉布幫自己做幾件貼身小衣，因要給大黃狗治傷，乾脆裁成條狀，回頭好替牠包紮。

酉正時分，李彥錦熬好麻藥，準備為大黃狗縫傷口了。

下午，他向汪掌櫃借了廚房旁邊的柴房，暫時安置這對貓狗，如此用水、用火都方便些。

聽說李彥錦打算幫大黃狗「縫」傷口，柴房內外來了幾個看熱鬧的人。謝沛不必說，自然要盯著；李長奎和謝棟純屬好奇傷口到底要怎麼縫，所以也跑來了。

柴房裡非常安靜，灰貓吃飽後，蜷在大黃狗身邊打著呼嚕。

李彥錦估算大黃狗的體重，算好藥量，把麻藥灌進狗嘴。

一刻鐘左右，大黃狗就被麻暈了。

李彥錦因製作暗器而練出來的手藝，此刻用到了狗身上。

謝棟看著他行雲流水般剃著狗毛，精準快速地剜去腐肉，咂咂嘴，就算以後女婿不習武了，當個刀工精湛的廚子，應該不成問題。

把傷口清乾淨後，李彥錦拿出方才烤彎的縫衣針，穿上柔軟棉線，直接——遞給了娘子大人。

沒辦法，若論針線活，李彥錦在謝沛跟前，就是個渣渣。

他簡單比畫了下要怎麼縫之後，後面的事情便交給謝沛來做了。

別看李彥錦面上一派鎮定，其實心裡也沒有底。上輩子，他沒拿過手術刀，雖然養過寵物，可也沒養到要親自給牠縫傷的地步。

幸好，大黃狗的傷口是很大，但不算太深。在他這赤腳大夫的胡亂指揮下，膽子大、手又穩的謝沛，竟然很順利地把傷口縫好了。

李長奎看著針腳整齊的傷口，一個勁地嘟囔：「奇了、奇了！看著還挺像樣啊！」

灰貓聽到動靜，瞬間清醒過來，不安地喵嗚直叫。

李彥錦看麻藥的藥效快過了，趕緊將看熱鬧的傢伙趕開，在大黃狗的傷口上灑了藥粉，再用棉布包紮。

事畢，把大黃狗重新抱回乾草窩裡，灰貓才不再喵嗷亂叫了。

隔日，客棧的人驚訝地發現，昨晚眼看要死掉的大黃狗，竟然搖著尾巴，側躺著大口吃東西了！

接下來幾天，大黃狗非常努力，稍微好點，便盡力吃喝。除此之外，牠似乎記住了救牠性命的李彥錦和謝沛，每次見到小夫妻倆，尾巴就搖得格外歡快。

而更讓人無語的是，不管吃什麼，哪怕是為牠熬來治傷的藥粥，大黃狗都堅持要分給灰貓一半……

眾人被這對貓狗之間的情誼所感，每次有些骨頭之類的，都會特地收起來，留給大黃狗磨牙。

大黃狗的傷勢日益好轉，而謝沛經過幾天的水磨工夫，也終於讓灰貓卸下防備，肯親近她了。

因想要過過抱貓的癮，謝沛特地向廚房要了壺熱水，打算幫灰貓洗澡。可沒想到，灰貓在水裡打個滾，整盆水就徹底變黑了。

連洗掉三壺熱水後，灰貓終於露出了真面目——竟是一隻渾身雪白的漂亮小母貓！

謝沛開心地抱著牠，四處給人瞧，見者無不誇上幾句：「漂亮！乖！」

她一開心，樂得告訴眾人，這隻貓兒有名字了，就叫「謝小白」！

大家聽了，都哈哈大笑。

有了謝小白，自然還要有隻謝大黃。可謝棟覺得謝大黃聽起來像謝大腸，實在不好聽，想了下，乾脆改成「蟹黃」。

李彥錦聽了，不忘拍胖岳父的馬屁：「爹不愧是大廚！改成蟹黃，一喊起來，人家就覺得咱們家的東西肯定好吃！」

蟹黃是非常溫順的大狗，死裡逃生後，對謝家和客棧裡的人都很親熱。等傷好得差不多後，牠便每天守在客棧門口，因為身上乾乾淨淨，又不吵不鬧，讓不少人都喜歡上了。

而謝小白神經兮兮地霸占房梁幾天後，也找到了自己的崗位——廚房。

除了跟謝沛玩耍之外，謝小白幾乎一直守在廚房裡。客棧的廚子許是個愛貓的，才幾天工夫，謝小白便肥了一圈。

有這一貓一狗，客棧更加熱鬧，生意也更好了。

轉眼，謝家幾人在渝州城裡待了五天，李長奎也順利與羅泉鹽幫談好事情。

因李家商號遍布極廣，每年不但要從蜀中購買自家食用的上等井鹽，還會收取辛苦錢，幫蜀中鹽幫向外銷鹽。

可蜀中鹽幫弄不到足夠的鹽引，就算能把鹽運出蜀地，也沒辦法在其他地方賣。

因此，即便銷出去的井鹽有限，李家人也依舊被蜀中各大鹽幫禮敬。

當羅泉鹽幫得知李長奎想請他們幫忙時，立刻派人前來。不過，羅泉鹽幫的把頭和大管事每年只會在渝州城裡休息幾天，所以這次來見李長奎的，是鹽幫裡剛升上來的年輕管事。

這次，李長奎想讓羅泉鹽幫的人幫他聯繫設在彭山縣的李家商鋪。

原本他可以自己跑一趟，但蜀中道路艱險，一去一回恐怕就要一個多月，他實在不放心丟下謝家人這麼久。而且，他還想借助羅泉鹽幫解決某個後患，才特意請他們幫忙。

鹽幫管事見過李長奎，得了他的親筆書信後，就畢恭畢敬地安排手下去彭山送信了。

接下來，謝家人又在渝州待了幾天，便準備回福壩鎮。向汪掌櫃告別後，一行人趕著騾車，騎著黑驢，踏上返家路程。

與來時不同的是，騾車的車廂口多了一隻吐著舌頭的大黃狗，牠的兩爪間，還蹲著隻雪白可愛的貓兒。

謝家人回到福壩鎮，在家休息幾天後，謝棟在女兒、女婿和智通的護送下，又開始在附近縣鎮逛起來。

因要等鹽幫回信，這次李長奎便沒跟著去。

每日，他練完功後，就搬條長凳坐在巷子口，手裡端著茶壺，一邊吸溜吸溜喝茶、一邊看著鎮裡來往的行人。

有這麼尊怒目金剛守著，謝家和袁家所在的巷子，出奇地太平起來。

十月底，福壩鎮上忽然來了三個陌生青年。

他們剛進鎮，就引起鎮民的注意，當他們打聽起鎮南的謝家時，原本打算跟去看熱鬧的閒人便趕緊收了手。

三個青年來到謝家巷口時，就見一個滿臉絡腮鬍的高大壯漢，正百無聊賴地坐在長凳上，左右閒看。

三人互視一眼，恭敬地上前問道：「請問您可是李家七長老？」

李長奎微微瞇眼，瞅著其中一人道：「李宜顯是你什麼人？」

那青年低頭行禮。「是晚輩的父親。」

李長奎點點頭。「你爺倆長得還真像呀！」

青年咧嘴一笑。「若晚輩留起鬍子，倒與七爺有幾分相似。」

李長奎聞言，搓搓自己的大鬍子，也笑了起來。「沒錯！哈哈哈，咱們李家男人若是剃鬚，都是你這個德行！」

於是，四人互相見過，報了姓名。與李家子弟李方偉同來的，是羅泉鹽幫的人，知道沒找錯地方，神色越發恭敬起來，上前把羅泉鹽幫的帖子遞給李長奎。

因還有些話要單獨說，李長奎便收起長凳，帶三人回了謝家。

他們走後，街邊立時冒出幾個人影。剛才李長奎他們交談並沒避著誰，因此，這幾人雖不敢靠近，到底還是聽到了一言半語。

不久，丁誠收到消息，曉得羅泉鹽幫派人來，還稱呼李長奎為七爺後，就徹底老實了。

謝家人……惹不起呀，惹不起！

中午，李長奎分別與自家晚輩李方偉和羅泉鹽幫的人談過後，請三人吃了午飯。

離開福壩鎮前，羅泉鹽幫的人特地去丁誠家裡坐坐，雖然沒說什麼重話，但丁誠仍是冒了一頭冷汗。

他萬分慶幸，當初讓姊姊一家搬走時，格外乾淨俐落。不然得罪了李長奎，自己這小把頭怕是連今年都混不下去了。

轉眼，到了十一月中旬。

謝棟想著，陳貞娘的祭日快到了，打算去買些紙錢、祭品，準備祭拜，暫時不出遠門。

謝沛見狀，心裡生出個念頭。

祭日這天，陳貞娘又來給女兒託夢了。

「爹啊，娘說，咱們要在蜀中待到明年祭日才能走。」

謝沛算了算，到升和十六年年底，湖白府的水災應該已經結束。若那時候再回去，加上路程所需的時日，定能避開那場天災。

謝棟聽了，雖然不太明白為啥要待那麼久，可對於娘子的話，他從沒反對過，只表示了小小的擔憂。

「啊，要待那麼久呀？那咱們是不是得找點營生？不然，錢遲早要花光吶……」

謝沛點頭，便與謝棟一起盤算起來。

第三十一章

正當謝家父女在考慮做何項營生時，之前來見李長奎的李方偉再次來到福壩鎮。

李方偉先向李長奎稟明正事，然後與謝家人閒談起來，說著、說著，就說到了吃。

李方偉見謝棟、智通等人聽得起勁，更是眉飛色舞，把知道的彭山小吃說得美味非凡。柔勻清甜的米凍粑、香氣醉人的酒釀、鮮花餅、甜皮鴨、芝麻糕、葡萄釀……當然了，最美味的莫過於咕咚羹，天氣寒冷時，煮上一大鍋，簡直好吃得要吞掉舌頭……

說著、說著，話題又歪到彭山縣裡的傳聞。

「據說啊……」李方偉端起茶喝了一口，又偷偷瞟智通一眼，才繼續道：「我們彭山的江裡住著神龍，每年除夕，會從海中游至江邊。聽說有不少人在除夕那天見過神龍顯影，而且還是在同一個地方看到的。又因那裡是絕壁，想弄假也很難，所以顯得更加神異……」

聽李方偉繪聲繪色地吹了一通後，在家裡閒了一個月的謝家人都心癢難耐起來。

李長奎見狀，哈哈笑道：「得了，臭小子，你這心眼算沒白長！不就是想誆我去彭山嗎？成了！咱們乾脆一起上，去彭山把這小子吃個精光！」

李方偉見自己的小計謀被識破，也不尷尬，撓著頭嘿嘿笑了起來。

能出去玩，還是去好吃又神秘的地方，謝家人很高興，乾脆一個人也不留，全部都去。

接下來，謝沛和李彥錦大大方方去找丁誠，說要出門一陣子，託他幫忙看顧謝家宅院。

如今丁誠確定李長奎與羅泉鹽幫關係匪淺，正愁沒法子與謝家人套好交情，此刻聽了這話，馬上拍著胸脯保證，若謝家宅院少了一磚一瓦，就算他這把頭沒本事。

沒了後顧之憂，謝家人收拾好行李後，就跟著李方偉出了門。

一路熱熱鬧鬧，蟹黃沒事就馱著謝小白在騾車旁撒歡奔跑，跑累了，就寶氣地趴在車上看風景。

謝家騾車到了黃溪縣時，有一隊大漢迎上來。

領頭的紅臉漢子抱拳道：「哎呀，總算等到你們了。我們把頭早早交代，務必將鹽幫貴客護送到彭山縣。」

李方偉認得此人，笑著上前招呼：「鹽幫的兄弟也太客氣了，哈哈！」

兩隊人一碰面，立即合二為一，一起朝彭山而去。

有了鹽幫的二十幾個壯漢隨行，剩下的路途更加順利。

大半個月後，謝家人到了彭山地界。

羅泉鹽幫的漢子們看把人送到了，不多耽擱，笑著向謝家人抱拳，告辭而去。

李方偉喜不自勝，把李長奎、智通和謝家人迎進李家宅院裡，先安置下來。

「今日時辰晚了，各位先休息、休息。明天上午，我帶你們出去玩！」

李方偉說完，便樂顛顛地回去跟他爹報喜了。

但是，第二天，有兩個人沒玩成。

原來，李長奎在路上就和謝沛他們說好，到彭山後，要先借用李彥錦幾天。

畢竟，他這個七長老到了宗門分點，總是要做些事情的。

按照李家規矩，第一件事就是查帳。

一般說來，在外的管事都怕東家查帳，可李家不同，絕大多數的管事盼著上面派人來。

原因很簡單，查過之後，若帳目清楚無誤，管事就會獲得獎賞。

這獎賞不是金銀財物，而是李家的功法！

李方偉和父親李宜顯長年待在彭山，李宜顯還好，因為有個西南管事的名頭，每隔一段時日，能回本宗露個臉。加上他做事認真，為人沈穩，幾乎每次回去都能讓留守的長老傳個幾招。對於李家武癡們來說，真是讓人羨慕得舌頭都快伸出來了……

不過，李家的高級功法，哪怕是父子、親人也不好亂傳，這是老祖宗訂下的規矩。

因此，數月前李宜顯收到李長奎的傳信後，立刻把兒子叫來，耳提面命好生交代一番。不管是耍賴撒嬌也好，還是跪求哭訴也罷，一定要想法子把李長奎叔姪倆請來。

李方偉這才鼓動唇舌、投其所好，把李長奎、智通和謝家人都引來彭山，想藉由查帳的獎賞，讓李長奎或智通傳授他幾招。

以前沒法子，查帳只能親力親為，所以李長奎最討厭巡查分點。

可如今不同了，誰讓他的徒弟收了兩個好徒孫呢！

早在衛川縣，智通教李彥錦和謝沛讀書識字時，他們就發現，李彥錦對算術極有天賦，這也是他們覺得李彥錦能專攻暗器的原因。畢竟，不論製作一流暗器還是使用，都必須依賴算術。

有了李彥錦這個好徒孫後，李長奎幻想了好多次，以後去外地巡查時，就把這個機靈小子帶上。到時候，他只管揍人……不，傳功，查帳這種破事就丟給徒孫代勞，哈哈！

於是，到了彭山後，李彥錦就被扣下來，幫李長奎查了兩天帳。

李彥錦果然沒讓他失望，飛快算完，還想著，若這些帳簿都按照後世的記帳法記錄，速度還能再快點。

不過，就這速度，也已經徹底震到李宜顯父子了。

之前兩父子在整理時，足足花了八天才把所有帳簿看完。結果人家七爺的徒孫，一個人，兩天工夫就查完了……

且別說人家胡亂翻看，看完後，還算出什麼漲幅不漲幅的……這要沒仔細查，如何算得出來呢？

李彥錦一出手，頓時讓他師父智通和尚的形象瞬間高漲起來。

以前李宜顯沒見過智通，所以不了解這貨是啥脾性，但見識過李彥錦的本事後，彭山的李家人都覺得，智通定是位有大智慧的高僧！

既然是高僧，那必然嚴守戒律。

於是，吃了一路肉、每天都喝點小酒的某和尚，突然發現，他被特別招呼了！

所有人吃香喝辣，他的面前，竟然是一盤蘿蔔白菜豆腐塊……

智通瞪大雙眼，怒視彭山這幫混蛋。

是不是以為老子把頭髮剃了，就不敢揍人了?!

於是，光天化日之下，「高僧」智通化身惡霸，把這群倒楣蛋們統統修理了一遍！

李方偉摀著腮幫子，埋怨道：「我早說高僧吃肉喝酒吧，你們還不信！」

眾人無語……

查完帳後，李長奎根據李方偉的體質與資質，傳了三招功法給他。

在李方偉學習功法的時日裡，謝沛等人就在彭山縣裡邊吃邊玩。

玩了幾天，到了除夕。李家人自然備好各色年貨與美食招待，然而最讓謝家人感興趣的，還是除夕當天的神龍顯影。

上午起，縣城裡就不斷有人跑到江邊，朝江中拋擲食物。

這條繞城而過的江水，名為岷江。岷江兩側，靠近縣城的岸邊是平坦之地，對面則是怪石嶙峋的絕壁及山崖。

因為神龍每次都是在同一處絕壁上顯影，所以謝沛等人此刻在李方偉的安排下，在江這邊，正對著那處絕壁，耐心等待……

待到夕陽西墜時，謝沛感覺周圍的百姓鼓譟起來。

李方偉小聲道：「據說日頭墜下那一刻，就是顯影之時。」

李彥錦聽了，不解地問：「那咱們這麼早來是做什麼呀？」

謝棟搖搖頭，嘆口氣。「當然是占位置啊，傻小子！」

李彥錦嘿嘿一笑，又伸頭去看對面的崖壁，心裡還在琢磨李方偉剛才說的話。這些內容……上輩子好像在哪本小說裡看過，該不會真有古怪吧……

他胡思亂想著，日頭一點點向西偏移。

冬日，天黑得早。酉初，夕陽落下餘暉。

此刻，江面上忽然颳起一陣大風，捲起無數水花，四處飛濺。

人群中，不知是誰，突然大叫起來：「顯影了！顯影了！神龍顯影了！」

謝沛等人連忙朝對岸細看，只見浪花拍濺中，絕壁上忽然現出點點金光！

江風呼嘯，浪濤擊岸，那些金光漸漸串成一條蜿蜒的金線。

當天邊晚霞燒盡最後一絲火光時，金線便跟著了無痕跡了。

「哇！快，趕緊奉上祭品！」

激動的百姓不要錢似的，朝江中拋擲貢品，還有不少人已經跪倒在地，磕起頭來。

雖然剛才李彥錦心裡還在琢磨，可畢竟是個受過後世科學教育的人，從金光出現時，就有了猜測，所以神情還算平靜。

謝沛則是因為上輩子對所謂的皇族、真龍天子之流已經喪失所有敬意，因此，只把眼前種種當作奇景，欣賞一下，也就罷了。

倒是謝棟這土生土長的土包子，被金龍嚇得目瞪口呆，雙膝發軟，險些跪下去。

而站在他們身後的李長奎，看了「金龍」，眼眸微眯，嘴角勾起一抹冷笑，轉瞬即逝。

看完神龍顯影，一行人說說笑笑地回了李家宅院。

守完歲，就到了大年初一。因為今年不是在家過年，所以沒什麼親戚可以拜訪。

一大早，放了開門紅的炮仗後，謝家人互相恭賀一番，又向李宜顯父子說了些吉祥話。

發紅包時，謝棟大方了一回，裝了銀錁子給每個小輩，連謝小白和蟹黃也得了枚穿著紅線的新銅錢。

只是，把銅錢掛上兩個傢伙的脖子後，牠們沒有多歡喜，反而又咬又啃，好似非常嫌棄……

中午吃過飯後，謝棟熬不住了，要去補覺。眾人也有些倦意，紛紛回房。

謝沛和李彥錦進房間後，兩人互相瞅瞅，還沒開口，就樂了。

「你笑啥？賊眉鼠眼的……」謝沛彎起嘴角，點李彥錦一下。

李彥錦咧嘴道：「我笑娘子與我心有靈犀……一點就通！」

「少貧嘴，咱們要不要叫上師父和叔公呀？」謝沛找出便於行動的外衣，邊換衣服邊道。

李彥錦在一旁抱著胳膊，欣賞美人更衣，嘴裡哼哼著，沒有答話。

謝沛沒好氣地抓起一件裙子朝李彥錦頭上一罩，自己俐落地把衣服換好。

「老夫老妻的，害什麼臊呀？」李彥錦頂著謝沛的裙子，得意洋洋地搖頭擺尾，一點也不急著把裙子掀開。

謝沛真是敗給這廝的無恥了，臉紅地把淡藍色長裙一把扯下來，順手揪了李彥錦的臉皮。

「夠厚的欸！」話沒說完，她就噗哧笑了出來。

李彥錦的頭髮被弄亂了，自己不梳，而是把整顆頭壓到謝沛肩膀上，唧唧歪歪。

「不管，娘子欺負人，不幫我把頭髮梳好，我就頂著一腦袋亂毛去找爹告狀……哎喲，疼！」

謝沛揪住李彥錦的耳朵，向兩邊一扯，然後滿意地點點頭。「嗯，快趕上汪掌櫃的招風耳了……」

小倆口笑鬧一陣，乾脆不去找人了。換好衣衫，替某人梳好頭後，打個招呼，便出門逛去了。

上午，謝沛夫妻聽李方偉說了，在昨日觀景的地方，再朝前走三里，有人擺渡過江。不過，今天是大年初一，有沒有船家出來做生意，還真說不準。

小倆口也不著急，邊走邊玩，權當是出門散心。

到了擺渡口一看，嘿，有條船停在岸邊。

李彥錦走上前，張嘴喊了句：「船家在嗎？今日可過江呀？」

小小的船艙裡，隨即有道清脆的嗓音響起。「過的、過的，只要人夠，立刻開船。」

話音未落，一個梳著婦人髮髻的年輕女子鑽出船艙，滿臉帶笑地看著謝沛和李彥錦。

謝沛見狀，開口問道：「船錢如何算的？」

船娘笑著回答：「客官定是才來彭山的。我家在這裡撐船擺渡，已經有十幾年，一直都是一人十文錢，湊夠十個人，就過江。」

謝沛聽了，掏出兩串錢來。「我倆有點事情要過江，還請娘子早早開船。」

船娘笑呵呵地接過錢。「今日沒什麼生意，兩位客官照顧我，感激還來不及呢，趕緊上船吧。今日可還回來嗎？要不要我在對岸等著？」

李彥錦道：「那便等等吧。下午就算我們包船了，一共算妳五百文錢，可好？」

「甚好、甚好。」船娘喜不自禁。雖然嘴上說十個人才過江，可彭山縣並不是商貿繁盛之地，一天下來，沒湊齊過幾次。忙個一日，最多不過賺二百來文錢罷了。

今天是大年初一，不像初二回娘家的人多，實在沒什麼賺頭。要不是家裡有人病了，她也不會新年頭一天就出來撐船。

船娘迎兩人上船，解開繩索，手腳麻利地把船撐離岸邊。

李彥錦和謝沛看著平靜的江面，覺得昨日那陣大風實在稀奇，不由開口問道：「船娘，今日江面上風平浪靜，可昨天神龍顯影時，為何大風捲浪，看著頗為凶險呢？」

船娘笑道：「客官有所不知，在此處，春夏時是早不過江，秋冬時是晚不過江。蓋因這些時辰裡，岷江會隨著季節不同，而交錯出現風潮。你看，咱們這江面比兩岸都要低一些，就是長年累月的風潮所致。」

小夫妻倆聽著船娘的解釋，看著兩岸灘壁，也覺得挺有意思。

半個時辰後，三人到了對岸。李彥錦掏出半串錢給船娘，算是訂金。

船娘卻推了。「我們張家數代在此擺渡，信得過自己，也信得過客人。兩位只管去忙，我在此等至申時。再晚，就來不及過江了。」

謝沛和李彥錦點頭答應，這才朝絕壁走去。

船娘看著兩人的背影，嘆了聲。「怕又是被那金線迷了心竅啊……」

謝沛和李彥錦耳朵微動，把那句低語聽個正著。待走得稍遠，兩人對視一眼，就運轉輕功，發力奔跑起來……

第三十二章

片刻工夫，兩人到了絕壁上。

「應該就是這裡了……」李彥錦朝下看去。

謝沛則先在山崖上四處轉轉，沒發現不對勁，才來到崖邊。

「看來，想弄清楚，只能下去一趟。」她嘟囔道。

李彥錦聽了，從懷裡掏出一卷細長繩索，纏繞在自己身上。

謝沛見狀，好奇地問：「這是做什麼？」

李彥錦低頭打著繩結，道：「這叫安全繩。雖然咱們都有輕功，可老話說得好，淹死的都是會水的。所以，我們多綁條繩索吧。」

「安全繩……」謝沛看著李彥錦手指翻飛，打好幾個古怪的繩結後，這繩索就變得可以隨時拉放，又很結實牢固了。

謝沛拽拽繩子，感嘆一句：「暗器一道，果然精深啊……」

李彥錦不多解釋，纏好安全繩後，把另一頭套在崖頂突出的石柱上，對謝沛道：「妳勁兒大，就在上面拉著我。若是我不慎腳滑，也撐得住。」

謝沛想了下，沒和李彥錦爭，這樣安排確實最穩妥，遂依計行事。

夫妻倆準備好後，李彥錦順著崖壁，朝下墜去。

兩人來時，都穿著麻灰色外衫，此刻掛在岩壁上，若是不動，簡直看不出那裡有個活人，免去有閒人路過看到後大驚小怪的麻煩。

朝下滑了片刻後，李彥錦停下來。

他想了想，昨天看到的金點、金線應該在附近，於是停下來，仔細打量。

因長年吹著江風，加上江水沁潤，絕壁上生了不少苔蘚，濕濕滑滑的，讓人不好借力。

李彥錦用雙腿和一隻手撐著岩壁，空出的一隻手則握住小刀，在岩壁上四處劃。

然而，讓他失望的是，上下移動幾次，都沒找到什麼異樣之處。

正當他準備放棄時，突然發現，有幾塊突起的石頭看著不太對勁。

他平移幾步，貼近這幾塊怪石，仔細一看……咦？這些石頭似乎組成了圖案啊！

不過他也不確定，因為這些石頭上並沒有雕鑿痕跡，但擺放的規律又透著詭異。

李彥錦不解，左右歪頭看了半天，也看不出到底是什麼圖案。

突然，他靈光一閃，雙腳發力，猛地一蹬岩面，整個人借力飛離了絕壁。

遠遠看去，江面上彷彿有隻灰燕飛在半空中，許是為了即將到來的春季，尋找合適的巢穴……

另一邊，在崖頂專心盯著李彥錦的謝沛，被這一跳嚇到了，不由又把手裡的繩索攥緊了幾分。

不久，謝沛看到李彥錦打個「要上來」的手勢，趕緊兩手交替，將繩索往上提。

李彥錦藉著這股力道，三竄兩竄地跳上了崖頂。

待李彥錦站穩，謝沛見他沒什麼不妥，開口問道：「如何，發現什麼端倪了嗎？」

李彥錦興奮地點頭。「嗯！我在下面看到了一條龍形的玩意兒，那些金光、金線，感覺就是從那邊來的。」

「啊？那會不會是有人弄了個金子做的龍雕像藏在那裡？你沒刨兩下嗎？說不定下面是金子呢！」謝沛異想天開了。

「還金子呢?!妳這財迷癮頭還挺大啊，哈哈……哎喲！」

李彥錦挨了一掌，摀著胸口，齜牙咧嘴地吸氣。

謝沛臉色微紅，斜他一眼。「那不然怎麼會有金光、金線？你不財迷，你來說說。」

李彥錦這才從懷裡摸出一小塊碎石，遞給她。「這是我從上面摳下來的，妳看看。」

謝沛歪頭，仔細看了半天。「沒什麼稀奇啊，黑不溜丟的……」

李彥錦嘿嘿直樂，把石頭拿過來，在衣服上蹭了蹭，然後伸出舌頭舔一下。

謝沛阻攔不及，在一旁嫌棄地嚷道：「太髒了……」

李彥錦不管那些，又用手搓搓碎石，再遞給謝沛看，原本黑黑的石頭竟透出微弱金光。

「這是……」

此時謝沛顧不得什麼口水、什麼髒不髒了，接過來，翻來覆去瞧半天，也沒看出門道。

李彥錦看著謝沛那對靈動大眼充滿好奇又可憐巴巴地盯著他，不由得意了起來。

「咳，這個嘛，也是一種奇石，叫水黃砂，遇水泛金光，卻不是金子。以前曾被某些騙子裝在水桶裡，誑人是金礦……」

這些年，虧得李家宗門裡的書籍繁多，李彥錦閱覽各種奇書，今日才有用武之地。

果然，剛說完，就見謝沛用欽佩目光望過來，把李彥錦得意得只差插上尾巴搖屁股了。

「那咱們看完了，回去吧？」謝沛弄明白神龍如何顯影後，就打算回家了。

李彥錦卻擺擺手。「不急，我覺得這事還有古怪。妳想啊，誰會吃飽撐著在岩壁上半遮半掩地用水黃砂做出龍形來？咱們再搜搜，看看附近有沒有什麼不對勁的地方。」

「嗯！」謝沛覺得有理，點頭應聲，兩人便分開搜尋起來。

夫妻倆找了半天，沒什麼發現，看看天色不早，只好先回去，改天再來。

兩人回到剛剛下船的地方，船娘果然守信，還在等他們。

「兩位回來了，那咱們趕緊走吧。再遲，江上該起風了。」船娘挽了挽耳邊的碎髮道。

謝沛和李彥錦也不囉嗦，三人上船，朝對岸划去。

船至江中，李彥錦放眼遠眺，忽然看見對面江灘外有一叢茂密竹林，心裡不由一動。

本就是出來玩，加上起了念頭，李彥錦就對謝沛說：「等下靠了岸，咱們先別回去。」

謝沛揚起眉，不解地問：「不回去？你又想出什麼餿主意了？」

李彥錦勾起嘴角，露出自認為風流的壞笑，湊到謝沛耳邊道：「要把妳拐去賣了！」

謝沛白他一眼，不過想到身後的船娘，到底沒再繼續追問。

半個時辰後，船到岸邊。李彥錦掏出三串錢，謝過船娘，拉著謝沛去了竹林。

船娘把錢收好，一抬頭，發現兩人竟朝著竹林而去，眉頭不禁皺了起來。再想到之前這小夫妻還去了對岸，心裡頓時生出了不安……

竹林不算遠，謝沛和李彥錦沒用輕功，快走一刻鐘就到了。

「你就是要帶我來這裡？」謝沛看著眼前的竹林，好奇地問。

李彥錦覺得謝沛疑惑的表情好生可愛，遂伸手揉揉她的腦袋。結果，啪的一聲脆響，作亂的狗爪子被某人一巴掌拍掉了。

李彥錦揉著發紅的爪子，賊笑著說：「嘿嘿，我看還有工夫，咱倆白天又難得獨處，才拉娘子過來嘛。咱們看看有沒有冬筍，挖幾根回去好了。」

謝沛無奈地搖搖頭，到底沒有潑自家相公的冷水。

兩人進了竹林，才走幾步，就察覺不對勁。

這林子裡，竟是有人打理，有步道不說，有些地方還用彩色鵝卵石鋪出圖案，看著頗有意境。

「這竹林裡住著人嗎？你怎麼想到來這裡玩？」謝沛覺得李彥錦此舉實在古怪，不由開口追問。

李彥錦也有些驚訝，之所以想來這竹林裡逛逛，完全是剛才坐船時，想起了上輩子看過的紀錄片。

那片子的內容是，某區的江口處，有一大批沈銀寶藏。而藏寶方位的標記，就在江邊的竹林中。

因為太過巧合，加上瞧見絕壁上的奇怪龍形，李彥錦看到竹林時，才忽然起興，連哄帶騙地把謝沛拐過來。

此時，當他發現竹林中竟然有些古怪時，越發來了興致。

「走走走，咱們進去看看。」李彥錦沒回答謝沛的疑問，兩眼放光，朝竹林深處走去。

與此同時，剛才擺渡的船娘突然無聲無息地出現在竹林邊……

小夫妻倆走了一陣後，小路一轉，眼前出現一間竹屋。

可是，這竹屋裡安安靜靜，彷彿沒人在此居住。

「有人在嗎？我們是來玩的，打擾了～～」李彥錦揚聲喊了句，但屋裡沒人出來回應。

「要進去看看嗎？」謝沛問道。

李彥錦搖搖頭。「算了，咱們再逛逛，也差不多該回家了。」

謝沛對自家相公這種抽風的舉動也是無語，剛才非要進來，進來了，卻又對這竹屋一點興趣都沒，不知到底在搞什麼名堂……

「今天是大年初一，你就儘量皮吧！」謝沛恨恨地說了句，繼續朝竹樓後面走去。

小倆口又走了片刻，遠遠望見竹林的盡頭，林子外面似乎是山坡，好像還有幾塊大石。

此時，李彥錦的腦子已經漸漸冷靜下來，有些好笑地想，這輩子他都到了不同的時空、不同的世界，怎麼還惦記著後世的寶藏呢？

然而，他還沒想完，就被竹林盡頭的景象徹底驚到了。

林子外的山坡下，一座殘破黝黑的虎形石雕正靜靜佇立著。

看到虎形石雕的那一剎那，李彥錦腦子裡電光石火地閃出一句話——「石龍對石虎，金銀萬萬五。」

他心裡想著，嘴裡不由自主唸出了前半句：「石龍對石虎……」覺得不可思議，實在太像，簡直要一模一樣了。

謝沛一愣，轉頭看看李彥錦，眼珠轉了兩圈，終於明白這人為何有些不太正常，原來是因為這座石虎與對岸那條石龍啊……

小倆口走近缺了耳朵、斷了爪子的石虎雕像，仔細打量起來。

然而，李彥錦看完後，更加不解。上輩子紀錄片裡拍的石龍和石虎離得並不遠，都在竹林深處，兩者頭部所指的方位，正是沈銀寶藏的所在。

可眼下這情形卻有些對不上，雖然有石虎，但石龍卻在江對岸的絕壁。要是再按兩者頭部的方位畫條交叉線，交叉點必然是落到對岸的絕壁，與紀錄片上最後發現寶藏的位置相差太遠了！

因沒想明白到底怎麼回事，李彥錦沒再開口。

謝沛看他皺眉不語，也不打擾他思索。

兩人圍著石虎又轉幾圈，確定再沒其他發現後，帶著一肚子疑惑，回家去了。

待他們走後，地下的密室中，一個矮小人影緩緩退出暗道，從竹屋的床鋪下鑽出來。

謝沛夫妻沒想到，在石虎雕像下的黑硬泥土中，還藏著一間密室，方才有人正貼著一條銅管管口，緊張地聽著外面的動靜。

船娘出現在竹屋內，面帶憂慮地開口問道：「那人怎麼會知道咱們家族的密語？」

矮小男人並沒出聲，在一連串喀喀脆響後，變成一名高瘦的中年男子。

接著，男子面無表情，語氣沈穩地吩咐船娘：「把下午的事情仔細說一遍，不要遺漏他們倆的一舉一動。慢慢想，說清楚。」

船娘心下稍安，回憶一下，詳述了遇到謝沛和李彥錦的始末。

中年男子聽後，沈吟半晌，道：「這兩人中，應該是那男子有異。事關重大，我得去向族長稟報一聲。妳依舊去擺渡，不要露出形跡，稍後我會派人去盯著他們。」

船娘點頭，看著眼前的男人，欲言又止。

中年男子眼中閃過一絲不耐，冷冷說道：「忘記規矩了嗎？」

船娘聞言，不敢再出聲，眼眶發紅地從暗道中離開了。

第三十三章

謝沛和李彥錦回到家中後，正趕上吃晚飯。

謝棟下了一鍋餃子，配上來蜀中才琢磨出的鮮辣湯，一桌人吃得滿頭熱汗，連呼過癮。

吃過飯，謝沛一臉嬌羞，要拉著李彥錦出去消食。

謝棟看著閨女玩了一下午，現在竟然還要出門，不由搖頭嘆道：「哎……女婿娶進門，親爹只能忍啊～～」

走到門外的謝沛，頭上滑下一排黑線……

她也不想啊，可誰讓院子裡還住著李長奎這樣的高手，若是不走遠點，夫妻倆想說點秘密，不就被聽了去嗎？

李彥錦被自家娘子押到一條偏僻的小巷裡，臉上露出驚恐的表情。

「娘子，不要啊～～奴家好怕怕～～哎喲、哎喲，饒命、饒命！」

某戲精被武力鎮壓，只能搖尾乞憐。唉，上飯桌前，他還抓耳撓腮地想著，該如何把娘子給騙過去呢……

可惜，謝沛是何許人也，哪會輕易放過他？

謝沛聞言，鬆開揪著李彥錦軟肉的爪子，真如惡霸流氓般，伸手掐住他的下巴，道：

「還不老實交代？下午到底在打什麼主意？」

李彥錦心裡一跳，嘿嘿一笑，又想找個藉口糊弄過去，卻在看到謝沛雙眼的一剎那，頓住了。

那雙眼裡，除了往日常見的淡然平靜外，竟還小心翼翼地藏著一抹期盼。

於是，李彥錦斂起臉上胡鬧的笑容，湊近了謝沛，一言不發地盯著她瞧。

半晌後，他才緩緩開口道：「二娘，我有個秘密……」

沒人知道，這天晚上，在彭山縣的無人小巷中，謝沛與李彥錦到底說了些什麼。

可當他們回到謝家宅院時，幾乎每個人都能感覺到，這小夫妻倆，似乎更親密了些……

晚間，夫妻倆鑽進被窩後，都沒有一絲睡意。

李彥錦摟著謝沛，指上繞著妻子的一縷秀髮，慢悠悠地說：「二娘啊，要真是照妳說的……咱們得要提前準備了。」

謝沛點點頭，此刻心情極為放鬆。雖然她沒想過，會這麼快就對李彥錦說出重生之事，但當她看到這男人毫無顧忌地將自己徹底攤開，把致命秘密說成最動聽的情話後，不得不承認，她輸了。

輸給了如此滚燙的信任，輸給了千金難買的真心。

謝沛是個灑脫之人，輸也要輸得痛快坦誠！

於是，李彥錦把自己的秘密和盤托出後，也收到了一份珍貴的禮物。

哇！他家娘子果然是重生的！

什麼?!娘子上輩子竟然是鐵血將軍?!簡直太威風了！

然而，當他聽完謝沛苦難憋屈的一生後，心中又痛又氣。什麼狗屁皇帝、什麼混蛋監軍，竟把他家這麼好的娘子、那麼厲害的戰將害得慘死於陰謀詭計，活該他亡國，活該他全家死光光！

憤怒之餘，李彥錦也生出了決心。

看來，原本想一家人平安歡喜地過一生，怕是不那麼容易了。想在王朝末期的亂世中自保，就必須擁有更強大的力量！

夫妻倆徹底交心之後，齊心協力地謀劃起來。

避開引人懷疑的字眼，兩口子如同小老鼠般，嘀嘀咕咕說了半晚的話。

兩人商議完，決定——必須利用師門的力量！

按上輩子的經歷算，離大亂之限，應該還有六年。

這段時日裡，若重新組建自己的勢力，恐怕阻礙重重，最後會弄成什麼樣子，也說不準；若是選擇依靠師門，勝算必然大大提高。

從種種跡象可見，李家的勢力非常龐大，要錢有錢，要人有人。大亂到來，只要稍有提防，至少自保不成問題。

雖然他們想用師門的力量護住自家，可同樣的，有了謝沛的預警，師門必然能有更充分的準備，此乃互利。

先機，在亂世之中，絕對是千金不換的寶貝。

次日一早，小夫妻倆吃過早飯後，找李長奎說了藏寶的事，商議了半個時辰。

接著，李長奎讓智通留下看家，自己去尋李方偉，讓他找條能過江的船來，但不要船夫。

李方偉剛學完李長奎教授的新功法，正盼著爭取機會學些別的，聽完吩咐後，立刻就去找船了。

感覺這事不能走漏風聲，他便去江邊的小漁村裡收了條半新不舊的船來，回李家覆命。

得知船準備好了，李長奎就帶著謝沛和李彥錦出門。

想到這次可能來不及當日趕回，所以他與謝棟打了招呼，說是要帶著兩個孩子去拜訪宗門裡的高人，會在那裡留宿兩天，讓謝棟不必擔心。

謝棟聽到是去拜訪高人，自然非常高興。高人要是一開心，說不定還會傳授點什麼給女兒、女婿呢。

跟謝棟說過後，師徒三人便出了門。

過江前，謝沛夫妻打算先帶李長奎去看看石虎。

孰料，李長奎聽了，沒有同意，說是竹林中既然有竹屋，且林中的路又乾淨，便說明常有人去。為了避免引起旁人注意，暫時別去了。

謝沛和李彥錦對視一眼，倒也沒再堅持，與李長奎一起上船。

三人站穩後，李長奎催動內勁，熟練地操著船槳，讓小船如同箭矢般破開江面，朝對岸直衝而去。

一刻鐘左右，師徒三人到了對岸。這次，他們沒從上回擺渡的地方過江，而是選在上游一里之處。

靠岸下船後，李長奎用繩子拴住小船，帶謝沛與李彥錦朝那處絕壁走去。

待他們離遠後，平靜的江面上忽然冒出幾個水花。

接著，拴在岸邊的小船下，響起了鑿擊之聲……

與此同時，李長奎等人來到了絕壁上方。依舊是謝沛在崖頂抓住繩索，李彥錦則帶著李長奎，降到那條用水黃砂雕成的龍形雕像之前。

李長奎看著與周圍山體渾然一色的石像，心中翻起驚濤巨浪。

沒想到，宗門找了近百年的東西，竟被這兩個孩子誤打誤撞地發現了。

整個彭山段的岷江沿岸，就連這處絕壁，他們都曾派人來尋過，可是竟無人發現這明晃晃、就擺在眼前的石雕！

不過，李長奎不覺得是屬下沒有盡力。若是沒有李彥錦的指引，哪怕是他，也無法從一片黑乎乎的石頭和苔蘚下，看出龍形雕像來。

真是兩個有福氣的好娃娃呀……

看完石像後，李長奎回憶宗門內的記載，然後帶著謝沛夫妻朝上游走去。
其實，後面的事情，已經不好讓謝沛和李彥錦參與了。
然而，李長奎卻不這麼想。這麼大的功勞，他沒想要糊弄過去。而且宗門找了多年遍尋不著的東西，這對小夫妻隨便玩玩就有大發現，這說明什麼？
說明謝沛和李彥錦才是那有緣之人！
李長奎已經把兩個徒孫視為「福星」和「有緣人」，覺得恐怕只有帶著這兩個活寶貝，才能找到那批死寶貝。這麼一想，竟是占了兩個小輩的便宜啊……慚愧、慚愧！
李長奎心裡波濤洶湧，然而面上仍是一派鎮定沈穩。
三人朝上游走了大約五百尺，李長奎停了下來，四下看了一圈，對著一塊稍微大點的石頭沈思起來。
這裡仍處在江邊崖壁上，李長奎探身看了看下面的江水，轉過頭，神色嚴肅地開了口——
「今兒把你們帶過來，我就不打算再瞞著了。這事情說來話長。你們可能想過，李家在蜀中的分點，為何沒設在渝州府城，卻選在偏僻的彭山縣？這與一段前朝往事有關……」
原來，李家本是已傳承數個王朝的大世家，但幾經興盛衰敗後，到了前朝，變成隱世的宗門，家族中人，多是習練武術的人才。練武需要足夠的財物，所以，為了維持宗門，李家在各地設有分點，經商賺錢。
前朝時，李家宗門設在蜀中的渝州城外。

前朝末期，蜀中冒出一個以民亂起家的張西傑，自號張西王。
皇朝末期，亂世當道，混亂的中原引起外族垂涎。
張西傑占領之地，西側正與外族接壤。一時間，渝州竟成了外族入侵中原的絆腳石。
雖然張西傑幹了不少搶掠百姓的事，但對於抵抗外族之事，卻格外堅定。
為此，他特地尋找蜀中大族支持，李家便與他聯手。
李家祖訓第一條，若遇外敵入侵中原，須竭盡全力，絕不苟且惜身。
因此，他們與張西傑合作時，可謂要錢出錢、要人出人。
在這樣的支持下，張西傑終於擋住外族攻勢，為中原留出一段喘息的時間。
然而，張西傑和李家勢力因此折損嚴重，本朝王族乘勢而起，開始打起蜀中的主意。
兩年後，張西傑眼看不敵，竟陷入瘋狂境地，不但涸澤而漁地在蜀中燒殺搶掠，更對曾經聯手抵禦外族的李家人下毒手。
最後，李家還是保下了多數族人，卻也損失一批高手和大半財產，可謂代價慘痛。
為此，李家對張西傑恨不得食肉寢皮，當張西傑準備帶著搜刮來的大筆財寶逃出蜀中時，被李家擺了一道，最後落得死無全屍的下場。
但是，張西傑死後，那筆財寶卻下落不明。
為了找出財寶，那時的李家掌門留下兩句線索密語，同時也訂下規矩，不管何時，蜀中的彭山縣必須設有分點。
百年後，朝代更替，當年的新王朝，如今也有了衰敗之相，而李家人卻仍舊沒能找到那筆消失的財富。
李長奎說完李家的舊事後，站在崖邊，輕聲唸道：「『石龍吐石鼓，珍寶百丈五』，這是百年前的掌門在張西傑死前逼問出來的密語。但這麼多年來，我們仍沒找到石龍與石鼓到底在哪兒……」
李彥錦和謝沛聽了，都覺得有些詭異。李彥錦聽到的口訣與李長奎說的並不相同，不過，時空轉變，口訣有差異，也是尋常。
李彥錦走到那塊稍大點的扁平石頭前，看了好半天，道：「這要真是石鼓，那還真難找啊……感覺也就稍微大一圈，和別的石頭沒什麼不同……」
李長奎點頭。「是呀，所以找到石龍才是關鍵！有了石龍的位置，再根據百丈五的距離，才能大致搜尋。」
三人都是高手，既然有了發現，立刻行動。
謝沛仍留在崖上，李彥錦和李長奎牽著繩索，朝崖壁下方降去。
謝沛正聚精會神地盯著兩人，忽然耳尖微動，察覺遠處有些不太尋常的動靜，頓時警戒起來。
幾個高手，如此小心翼翼地靠近，怕是來者不善呀！
此刻，李彥錦和李長奎還在下降，在他們倆停下來之前，她絕不能讓繩索出事。
既是高手，從他們準備到動手之間，不過剎那而已。
謝沛側頭的工夫，三個灰衣人從不遠處的石堆後衝出來。

灰衣人動手時，一句廢話都無，且行動間配合得極有默契。

三人中，雙臂格外粗壯之人直撲謝沛而來，而另一個削瘦男子則握著匕首朝兩條安全繩砍去。矮小男子則繞到謝沛後方，打算伺機下手偷襲。

謝沛見狀，抬腳將身前硬石向削瘦男子踢去，左手護住繩索，右手硬生生接下灰衣人碩大的拳頭。

喀啦！緊接著又是一聲悶哼，撲到謝沛近前那人，指骨竟硬生生被震裂。

與此同時，原本意圖砍斷繩索的男子為避開來勢凌厲的碎石，只得頓住身形暫避。

謝沛聽見腦後風聲大作，剛剛收回來的左腳，順勢往後踢去。

砰！一個黑影似皮球般，被踢得飛出去老遠。

短短一瞬間，三個灰衣人已與謝沛各過了一招。

崖下的李長奎和李彥錦也察覺到上面不對勁，立刻在崖壁上借力，緩住身形，齊齊向上竄去。

崖頂，謝沛擊退兩人後，回頭如閃電般地轉到拿匕首的削瘦男子近前。

男子一見不妙，連忙後撤。

孰料，謝沛身形猶如鬼魅，虛影晃過，雙掌霸烈地擊中男子胸腹。

噗！男子猛地噴出一口鮮血，人已經無聲無息地栽倒在地。

雙臂粗壯的男子握著自己的右拳，見狀痛吼一聲，怒恨交加地撲上來。

這人一看即知是肉搏的好手，然而，不幸的是，他撞上了謝沛。

以謝沛如今的功力，最不懼的就是近身相搏。

因此，當李彥錦和李長奎竄上崖頂時，見到的就是兩名灰衣男子趴在地上、一動不動的樣子。

謝沛見他們上來，立刻道：「還跑了個小個子男人。分頭找，免得洩漏消息。」

說罷，她不等李彥錦他們反應，直接朝身後方向疾奔而出。

因三名灰衣男子上來就做出砍繩索、要人命的舉動，所以謝沛動手時，也用了全力，毫不留情。

小個子男人受了謝沛猛力一踢，內腑傷得嚴重。這番行動已是失敗了，但只要他把對方尋到的地點傳回去，就算是大功一件。

於是，他強忍著劇痛，朝江邊奔去。

想從崖壁到江邊，要麼如李彥錦他們這樣，靠著繩索墜下；要麼只能從側面走出崖壁。

小個子男人選了後者，一心盼著那可怕女子暫時無法脫身來追他，只要能靠近江水，他就能逃出生天。

然而，不過是眨眼工夫，身後就有人追上來。

追上他的是李彥錦。如今，李彥錦的輕功已經練到一流高手的程度，加之小個子男人受了傷，所以兩人追逐片刻後，距離越來越近。

小個子男人眼看來不及逃了，轉過身，打算殊死一搏。

李彥錦沒給他這機會。近日根據上輩子的記憶，他製出新暗器，今兒正好拿來試試。

小個子男人掏出匕首，凶戾地撲過來。

然而迎接他的，卻是一張鋪天蓋地的大網！

大網的邊緣串了拉索，李彥錦一看魚兒入網，立刻猛拽，小個子男人在瞬間被網索捆了個結結實實。

李彥錦走到他面前，看著猶如離水之魚般掙扎不休的灰衣人，又拽動拉索查看網子是否完好，才把人拎回去。

第三十四章

聽到李彥錦的叫聲後，李長奎和謝沛立即趕回來。

看到他抓回活口，李長奎高興地拍了他一掌。

「行呀，小子！總算沒白辛苦給你找那麼多書來，哈哈哈！」

小個子灰衣人面上並無太多驚恐之色，仔細打量謝沛等人，尤其是把他抓住的李彥錦，看得最為仔細。

看過之後，他閉上眼，裝起了屍體。

上輩子謝沛審過戰俘，把人拎到一邊，簡單訊問。

小個子男人聽完後，嘴角一勾，露出蔑視又冷酷的笑容，緊接著嘴唇微動，一絲腥臭味便逸了出來——

「服毒了，是個死士。」謝沛對他的死並不意外，沒問出什麼來也不惱。

李彥錦撓了撓臉。「邪門啊，他們怎麼知道咱們要來這裡？」

謝沛把三具屍體擺在一起，掀開面巾後，看了看，道：「他們應該不知道我們要去哪裡，不過是跟著我們罷了。」

說罷，她站起身，在地上找了一圈。

「二娘，妳找什麼？」李彥錦好奇地問道。

謝沛從地上撿起一顆小黑石頭，聞了聞，道：「那死士沒有立刻服毒，是為了留下這東西。」

她說著，手指一搓，石頭落下一層蠟狀黑殼，露出裡面的小木片。

「欸？什麼東西？」

李彥錦拿來仔細一看，木片上竟被人刻了幾個小字。

從字跡看，是用指甲摳出來的，應是剛才小個子男人偷偷弄出來的。

雖然看得出是文字，但李彥錦看著那古怪字跡，感覺一個都不認識。

「我怎麼看不懂呀？」

謝沛聞言，讓他把木片遞給李長奎瞧瞧。

李長奎皺眉看了一會兒後，緩緩道：「原本我還只是猜測……之前你們不是說竹林邊有座石虎嗎？那是我們李家百年前的掌門所設的魚餌。

「當初，張西傑死時，他的手下逃走了，其中有些人手上沾了李家人的血。為把這些人引出來，掌門特意弄出個似是而非的藏寶密語，以及竹林邊的石虎雕像。

「不過，之後很長一段日子，都沒人去那竹林，時日一長，我們都快把這事給忘了。要不是今日你們說竹林中有了竹屋和小路，我還沒想到老掌門當初設的圈套……哎，看來真是時機到了啊！」

李長奎說完，欣慰地看看兩個徒孫，越發覺得這兩人真是福緣之人。

謝沛聽完，低頭看著地上三具屍體，道：「叔公是說，這三個人應該是張西傑餘部留下的死士？他們也一直在找張西傑的藏寶？」

李長奎點頭。「應是如此。木片上的字是軍中暗語，且是前朝用的，一般人認不得。」

李彥錦皺眉。「那咱們得盯緊了。既然他拚死都要留下木片，想必還有同夥會尋來。」

想著時間緊迫，謝沛沒心思讓三個死士入土為安，直接把人拎起來，拋入崖壁下的滾滾江水，算是水葬吧。

接下來，三人又開始下崖壁，尋找寶藏的蹤跡。

頭一天，因為工夫短暫，沒能有什麼發現。

三人也不氣餒，下了崖壁，找到避風之處，生起火來。烤熱乾糧，吃喝一番後，就輪流休息。

次日，三人重新回到光禿禿的崖壁上，看看四周並無新的痕跡，才繼續搜尋。

下午，謝沛和李長奎交換，由李長奎在崖頂上守著，小夫妻倆則貼著崖壁摸索。

大約真是緣分到了，謝沛剛下去不久，李彥錦想湊過去說話，卻無意中按到一塊圓石。

結果，這一按，岩壁內似乎微微抖動了下。

接著，崖頂的李長奎驚訝發現，那塊疑似「石鼓」的扁平石塊嗖的墜了下去，一個黑洞就這樣出現在腳邊……

謝沛和李彥錦聽到他的叫聲，手腳齊齊發力，飛快爬上去。

不久，三人湊到黑洞邊，卻傻住了。

這洞口也太小了吧……

以謝沛的身形，勉強能進去，但進去以後，恐怕連手都沒辦法伸開。

若換成李彥錦和李長奎，說不定直接卡在洞口，出都出不來……

李彥錦比劃了下，說道：「這只有小孩才能下去吧？」

謝沛和李長奎沈默不語，半晌後，李長奎開口了：「若是從小練縮骨功，大人倒也能進得去。」

三人彼此對看，沒轍了……

李彥錦還不死心，又垂到崖壁上，反覆按圓石，卻再無動靜。又挨個把附近的石頭全按了一遍，也不見別的反應。

李彥錦在下面摸石頭，謝沛也沒閒著，琢磨起能不能把這石洞挖大一點。

李長奎攔住她。「我總覺得，洞下通道怕是都如此窄小。就算硬挖開，到了底下，一樣難行。在地下挖洞需要竅門，咱們不見得會。而且，萬一不慎挖垮壓著人，想救都難。」

謝沛聞言，不敢胡亂動手了。

李長奎見狀，把李彥錦喊上來，對兩人道：「行了。我得守著這裡，你們倆回去，讓李宜顯給本宗發急信，就說彭山舊事有結果了，讓他們先派人，還要叫二長老盡快趕來。」

李長奎一邊說、一邊四下尋找石塊，希望能隱藏這個洞口。

「好，那我們回去報個信就來。要是那邊派的人太多，您也別硬撐著。」

謝沛說完，把兩人的乾糧和水囊都解下來，留給李長奎。

事不宜遲，為了趕在江面起風前離開，小夫妻雙雙施展輕功，朝江邊掠去。

不久，兩人找到來時的小船，趕緊收起繩索，撐著竹竿，朝江對岸划去。

然而，船行至江中時，謝沛忽然感到腳底微涼，一低頭，船底居然進水了！

「不好，這船怕是被人做了手腳！」

謝沛立時焦躁起來，誰能想到，上天入地、無所不能的鬼將軍，竟是個見水就沈的實心秤砣！

可不會游泳這事，真不能怪謝沛不上心。

上輩子她從軍後，才發現自己遇水就沈的毛病。

起初，謝沛不服氣，硬是想盡辦法學游泳。

可見鬼的是，若直挺挺不動，她還能在水裡半沈不沈地漂著；可只要稍有動作，便猶如水鬼纏身般，嗖嗖往下沈。

練了一年都沒進展後，智通勸她。「妳這天生神力怕是在骨肉裡摻了金鐵之性，如今遇水即沈，也屬尋常。」

在灌了無數江河湖海之水後，謝沛只得接受了這個小小的缺陷。

不過，讓她欣慰的是，雖然游水不行，可和人比賽潛水，沒見過比她更厲害的；至於潛下去之後，必須拉著繩子才能回來這事，就不要太在意了。

這輩子依然沒能甩掉秤砣身子的謝沛，此刻發了急。眼見小船要沈，不知李彥錦會不會水？即使會，以她的身體，恐怕只能撈個夫妻江底一日遊的結果。

謝沛正拚命想著對策，李彥錦卻脫起了衣服。

時值冬末，兩人身上都穿了便於行動的薄棉馬甲。可落水時，這些保暖衣物就變成礙手礙腳的枷鎖。

李彥錦自己脫，還一個勁兒催促謝沛：「二娘，都什麼時候了，別怕羞，趕緊脫啊！」

謝沛聞言，表情扭曲了下，但的確顧不得那麼多了，只能先脫再說。

她一邊脫衣裳、一邊對李彥錦道：「阿錦，我不會水，等下你先上岸，找個地方固定繩子，再來接我。我在江底憋住氣，朝對岸走……」

李彥錦聽著，正脫衣服的手突然停了下來，扭頭問：「娘子不會水？」

謝沛道：「不只是不會這麼簡單，根本是遇水就沈啊……」

「噗～～」

李彥錦也知，這麼緊要的關頭還笑，實在有些過分，於是趕緊憋住，安慰道：「別怕，妳阿錦哥上輩子的花名，就叫浪裡白條。等下妳別緊張，放鬆了，我托著妳游。」

謝沛搖頭。「你托不住的。」

李彥錦眨了眨眼睛。「那咱們試試再說。」

謝沛想解釋，但沒工夫多說了，只得聽李彥錦的話行事。

才一會兒，小船已經全沈進水裡。

小夫妻倆明明還站在船上，卻彷彿踩在水中，顯得格外怪異。

偏也是巧，有幾條漁船正在江邊停靠，一個漁夫撈起纜繩，朝江面掃了一眼，突然大叫一聲——

「龍王出來了！老婆子、二弟，快來看呀！」

眾人一聽，抬頭觀望，果然看見江中有兩個人影。

原本這也沒什麼，可神奇的是，兩人竟是不靠任何支撐，雙腳直接插入江水中！

除夕剛見神龍顯影，大年初二又見龍王化形，江邊十幾人齊刷刷跪下，胡亂磕起頭來。

「龍王保佑！風調雨順！」

「龍娘娘保佑！賜我一個孩兒！」

一時間，江邊喊什麼的都有，熱鬧得賽過往年廟會。

可這夥人剛喊了片刻，卻見江中水花一晃，龍王和龍王娘娘竟是齊齊失了蹤影。

「哎喲，龍王兩口子走了！」

「我看，是龍王陪著娘子回娘家了吧？」

「正是、正是！」

江中的謝沛和李彥錦還不知自己又給彭山送了段神話異文，如今正在水下忙個不停。

彭山段的岷江江水清澈，李彥錦下水後，親眼目睹自家娘子驚人的秤砣體質。手明明朝江面划，但身子竟如同汽艇般，噴著氣泡，直朝江底鑽……

李彥錦確實識水性，可他真沒見過像謝沛這樣的，當即呆愣了一下。

等到他去撈人時，謝沛已經沈得只能看見頭髮了！

李彥錦心中焦急，腦子飛快運轉，急著想對策。

剛才下沈時，他想幫謝沛套上繩索，好拉著她游，但謝沛堅決不肯。此時，他才明白過來，謝沛必然是害怕拉著他一起沈了，才沒答應。

可看著自家娘子沈入水底，自己卻沒心沒肺地游走，這種事，李彥錦真幹不出來。

緊急關頭，李彥錦靈光一閃，從懷裡掏出個東西，全力對著謝沛一扔。

水面下，一張古怪的大網忽然張開，從謝沛的頭頂罩下……

半個時辰後，江邊某處忽然一陣浪花翻滾。

累得猶如死狗般的李彥錦精疲力盡地爬上岸邊，顧不上休息，先把挎在肩上的一圈繩索猛地一拽，唰唰唰連拉十幾下，從水裡拽出個不明物體。

接著，他撲上去，一把抱住被捆成蠶蛹的謝沛，險些哭出聲來。

這一路，真快把他累得吐血了！

他哪是拖了個娘子，分明是拖了艘潛水艇啊！

起先，李彥錦的暗器網子只罩住謝沛的上半身，好在謝沛知道自己的毛病，被罩住之後，兩條腿死死併著，一動不動，這才讓李彥錦把她拉出水面。

小倆口喘了會兒氣，李彥錦準備拖著娘子游上岸。誰知剛游不遠，就覺得身後傳來一股大力，險些把他直接拖進水裡。

李彥錦嗆了口江水，扭頭一看，謝沛竟直接沈到他的正下方去了！

他無奈，只好再拉，游幾步，再沈……折騰半晌，兩人還沒游出十尺。

此刻，李彥錦才深刻體會到，謝沛說自己是個秤砣，實在太謙虛了……

謝沛也很不好意思，不知怎的，水波一晃，她就控制不住自己，老是想動。結果……就不用說了……

於是，李彥錦只好停下來，撕了身上的中衣，費了好大功夫，才把謝沛裹成蟬蛹，只露出眼睛、鼻子和嘴巴，拖著她游到岸邊。

現在，李彥錦身上只剩褲衩，其他衣物都貢獻給娘子了……

兩人上岸後，累壞了，喘了好一會兒才恢復過來，想起現在尷尬的處境——李彥錦赤條條的模樣，不好見人；謝沛渾身濕透，比他強不到哪兒去。

李彥錦倒不太在意，上輩子還穿泳褲逛沙灘呢，這不算什麼。

可這裡是古代，如此行事，似乎不妥啊……

於是兩人商量，謝沛把中衣脫下來給李彥錦穿，自己只著貼身小衣，再把剛才綁她的破衣服裹在身上，倒也勉強湊合。

可謝沛看著自家相公穿著短小緊身的中衣，卻忍不住噴笑出聲。

最後，李彥錦是打扮得非常怪異回去的。

他的上身，穿著謝沛的緊身六分袖中衣，下身則是大褲衩配過膝綁腿，險些讓守門士兵把他當成瘋子趕出去。

要不是他眼尖，看到了李家的人，如此穿著想進城，怕還要解釋半天啊……

一番來回折騰，終於把話傳給李宜顯，謝沛也換上乾淨衣物，回到城中。因擔心張西傑餘部的死士再去圍攻李長奎，小倆口遂急著找船過江。幸好之前李方偉買船時，留了心，記下可靠的人家，這才趕在天徹底黑下來前，找來只容得下兩人的小舟。

謝沛上下檢查一番，這艘船還挺結實，雖然小了點，但尚可使用。

於是，兩口子帶上乾糧、水，還有一大包雜物，又過江去了。

這次過江後，謝沛乾脆把小舟扛走，免得再被人做手腳。

兩人趕到崖頂，已是月過中天。

李長奎見到他們回來，就放心地去睡一會兒了。

待李長奎起來值夜時，才聽李彥錦說了下午江中遇險的事。

「這幫龜孫子，只會做些卑鄙齷齪之舉！待找到人，老子要把他們全按到水底，把江水喝乾！」

然而，他倆不知，睡著的謝沛卻在夢中反覆憶起沈江的事。

幽暗的江底，光影晃動間，李彥錦那張扭曲的俊臉，帶著幾分驚慌、幾分焦急地撲面而來……

娘子，我來救妳！
娘子，別怕，我托著妳！
娘子……娘子……
明明是無聲的江底，謝沛卻彷彿聽見李彥錦一聲聲呼喚。
水波蕩漾間的記憶，在謝沛的心底刻下了印記……

第三十五章

次日清早，三人醒來，閒得無事，開始瞎忙起來。

這次，李彥錦把他的寶貝都帶過來，先做了穿繩的軲轆，又弄燈油，製出簡易吊燈。

接著，李彥錦小心翼翼地用繩子把亮著一星光亮的吊燈放進窄小的黑洞中。

三人目力奇佳，當油燈放下去約二十尺時，洞壁上一處不起眼的突起，竟被他們同時發現了！

「那處難道是機關不成？」李彥錦看著半球形的突起，好奇地問。

「除非能下去，不然連碰都碰不到啊……」李長奎無奈地說。

「雖然咱們沒辦法下去，但想碰那個東西，倒也不難。」謝沛戳了戳身邊人，道：「阿錦，你再朝下放放繩索，看看還有沒有別的機關。」

李彥錦點頭應了，繼續把油燈朝下放。又降了五、六尺，竟然見到水光！

「啊?!竟然有水！」李彥錦大吃一驚。

謝沛和李長奎也滿頭霧水，如果這裡真是藏寶地的話，那裡面不該進水啊！不然，除了金銀瓷器能保存下來，其他東西都會泡爛。

三人盯著洞穴，起來趴在崖頂上，大眼瞪小眼，又陷入了苦思……

另一邊，竹林的地道中，六個黑影也湊到一起。

昆哥正畢恭畢敬地向一個略微駝背的男子回稟這幾天的事。

「族長，之前去追殺李家人的兄弟，已兩日未歸，應是凶多吉少。我擔心他們洩漏族裡秘密，您看，咱們要不要派人去查探？」

族長半天不語，過了一會兒，才道：「你親耳聽見那人說出『石龍對石虎』？」

昆哥點頭。「絕無錯漏。」

族長追問：「他沒說出後面的嗎？」

「並未。他只說了這句，又在石虎處徘徊了一陣。」昆哥回答。

族長沈吟片刻，道：「當初我們費盡周折才弄到一句密語，這些年來，一直沒多少突破。既然那小子也曉得這句密語，說不定他還知道後面的內容。只是，既然他們能解決我們的人，身手必然不錯，在彭山地界，恐怕只有李家人才有這個能力了……」

昆哥一愣，有些緊張地問：「族長，您是說，李家人已經找到藏寶地了嗎？」

族長嘆了口氣。「說不定啊，畢竟老祖宗最後可是落到了他們的手裡……能比咱們早一步找到寶藏的，也只有李家人了。」

昆哥有些焦急地說：「那咱們……就任由他們宰割嗎？」

可是，他心裡也知道，如今家族凋敝得厲害，若是與李家正面對上，恐怕連還手之力都沒有。

族長聞言，擺了擺手。

「別急，你們且去看看。如今他們多半知道還有人盯著寶藏，所以起了戒心。不過，不管他們找到多少寶藏，總是要運出來的，到時候，咱們或許還有機會。這次，你們遠遠看著就行，機靈一點，別傻乎乎上去拚命。」

「是！」

昆哥率領四個手下齊齊應聲，出了地道。

與此同時，謝沛等人正商量著，要如何去碰黑洞中的突起。

如今，李長奎的功力倒是能做到內勁外放，卻擔心破壞裡面的機關，只能用最小的勁氣去撞。

可惜，從上往下撞了幾次，卻是一點反應都無。

李長奎有些頭疼，勁道再加大，恐怕就會擊碎機關了。

三人一時想不出法子，便各自散開，繼續琢磨起來。

謝沛走到崖邊，望著江水，想起李彥錦那天夜裡吐露的秘密。

他說上輩子聽過類似的事，但那批寶藏是被沈到江底，也沒有機關和洞穴之類的存在。

既然如此，剛才洞底泛起的水光，莫非意味著，他們找的寶藏也在水底不成？

雖然還沒想出法子，可李彥錦他們仍舊照常吃飯、休息，晚上輪流值夜。

無論如何，先守著再說吧！

幾天後的上午，李彥錦靈光一閃，想到了上輩子玩過的撞球，便試著做，想藉此弄出可以撞擊機關的暗器。

謝沛和李長奎則開始四處轉悠起來。

「奇怪，那群龜孫子怎麼沒再來了？」李長奎站在崖邊，朝江中望去。

謝沛也有些不解。「莫不是被咱們嚇到了？」

這次，倒是被她猜中了！

此時，江邊的礁石下，五個黑乎乎的腦袋湊到一處，正小聲嘀咕著。

「昆哥，怎麼剛看見個人影，你就讓我們撤呀？是看見什麼要命的了？」眉尾長著痦子的男人說道。

昆哥皺眉。「你們沒看見嗎？那個絡腮鬍已經練成勁氣外放，咱們五個真過去了，還不夠人家塞牙縫的……」

「嘶……勁氣外放？好像連族長都沒練到吶？」痦子男人吸了口氣。

「那現在怎麼辦？就在這裡泡澡嗎？」旁邊四方臉的男子也發急了。

「你急什麼？要上你上，我才不想和之前的兄弟一樣，給人白送菜去……」痦子男人沒好氣地嘟囔。

「你——昆哥，你就不說說他？」四方臉男子瞪大眼，滿臉不高興。

「行了，你別扯著昆哥了。要我說啊，這些年，咱們一天到晚躲躲藏藏，吃苦受累，真不知圖個什麼。彭山這裡，被李家盯得死死的，只有族長還相信本宗會來找咱們。真要找，這麼多年了，怎麼一點音信都沒有？」

痞子男人似乎憋得太久，又受了兄弟被殺的刺激，一口氣說了個痛快。

「你我年紀還小也罷了，昆哥才被害慘呢。昆嫂是多好的人，這些年，沒名沒分地跟著昆哥不說，如今竟連孩子都不敢要，是為了什麼？」

這話一出，其餘四人都安靜下來。

「還不就是捨不得讓孩子跟著受罪嗎！」痞子男人說著，語氣中帶出一絲哽咽。

大家聽了，更覺得心頭沈悶。

半晌後，昆哥開口道：「罷了，咱們兄弟一場，誰也不比誰過得輕鬆。如今族長也變了許多，咱們盡力就成了。最多，也只到咱們這代了……」

眾人不語，痞子男人心裡還盼著李家人趕緊得手。他早受不了家族那些見鬼的約束了，他們吃苦受累，竟活得連普通漁民還不如……那些什麼祖宗傳承的鬼話，也只有族長這種老頑固才真當回事。

謝沛三人不知李長奎之前那番嘗試，竟直接震散了某些人的鬥志，一邊想辦法、一邊如常吃喝，晚上輪流休息值夜，把埋伏在江邊的五人累得叫苦連天……

一夜過後，李彥錦的撞擊暗器終於做好了。李長奎將勁氣擊打在第一顆球上，就能將第二顆木球撞得橫向擺動。

兩人又試了下，調整好後，把暗器放入黑洞。

李長奎擊打幾次後，終於讓木球重重地撞到洞壁的半球形突起上。

這一撞之下，地底傳來沈悶的隆隆聲，且聲音似乎不斷下沈，直至江底忽然翻起一股濁浪，像是藏在江底的某個東西被放了出來……

崖頂上的三人因為離得遠，還感覺不出什麼，在江邊埋伏的五人，卻倒了大楣。本來趴得好好的，腳邊忽然竄出一股急流，竟把他們推著、滾著，沖進了江裡……

一會兒後，李長奎等人驚訝地發現，窄小黑洞中忽然響起一陣哨音，緊接著彷彿龍王吸水般，猛地將周圍空氣抽進洞去！

足足過了一頓飯工夫，抽氣時發出的哨音才漸漸散去。

此時，埋伏的人已經被江水沖得老遠，幸虧他們極識水性，一番驚嚇後，竟然沒受什麼大傷。

李彥錦取來吊燈，確認洞底的水光消失後，依此判斷，小洞下應該還藏了巨大的密室。密室中，原本應該是裝滿水的，機關被觸發後，水排光，空氣通過窄小黑洞填補進去。如果他推測得沒錯，江面下，應該就藏著真正的入口！

聽李彥錦說完，三人決定去崖底探探。

不過，鑑於謝沛的秤砣體質，這事只能交給李彥錦和李長奎來辦了。

一刻鐘後，接到急信的李家人趕來支援時，見到的就是自家七爺正往江裡潛！

這次李家派了兩百多人過來，由於路途遠近不同，最先趕到的竟是李長奎點名求助的二長老——李長屏。

雖然叫二長老，但李長屏實是李家「長」字輩中，年紀最大的一位。

年近六十的李長屏接到宗門急信後，日夜兼程趕到了彭山縣。

他到了李家分點，從李宜顯口中得知消息後，一刻都沒耽誤，直接出了縣城。

不過，李長屏沒立刻去找李長奎，而是先去老掌門當年擺下魚餌的竹林查探。

可惜，還是晚了一步，他趕到竹林時，那裡已經人去樓空了。

看著竹屋下蜿蜒曲折的地道，李長屏冷笑一聲：「真不愧是鼠輩的後代！」

沒抓到老鼠，李長屏便去找七弟李長奎會合。

於是，當李長奎再次從江底鑽出來時，看到的就是自家二哥那張老樹皮般的糙臉。

「二哥，你總算來了！」李長奎頭上頂著幾根水草，歡喜地喊了一聲。

李長屏點點頭，面無表情地說：「來看你一把年紀還光屁股玩水，難怪至今討不著老婆……」

「咳，二哥，這裡還有小輩呢……」李長奎衝鬢角微白的李長屏使個眼色，趕緊爬上岸，把衣服穿好。

李彥錦在江底尋了一番，暫時沒什麼發現，也浮上來換氣。

他一出水，就看到李長奎旁邊多了個滿臉寫著「不開心」的老頭兒。

李長奎見李彥錦上來，連忙開口道：「二哥，這是智通收的徒弟，咱們的徒孫李彥錦。」

「嗯。」李長屏瞥李彥錦一眼，鬱悶地從懷裡掏出雙魚珮遞給他。

「聽說宜山收了一對小夫妻，這個送給你倆吧。」

別看李長屏滿臉鬱喪，可行事卻讓人挑不出錯。

李彥錦笑嘻嘻地接過。「二爺爺勿怪，待小子換了衣服，便與您行禮。如今這樣，忒失禮了些。」

李長屏點點頭。「去吧，我和你叔公先說話。」

宗門長輩來了，李彥錦自是要把謝沛喊來拜見，可李長奎攔住他，道：「別讓二娘下來了，咱們都上去，正好讓你們看看二爺的厲害！」

於是，三人繞了一圈，重新回到崖頂。

謝沛在崖上見到李長奎帶人過來，待他們走近，趕緊迎上去。

李長奎笑呵呵地誇了謝沛，李長屏卻耷拉著眼角，傷心地說：「見面禮都給妳男人了，現在我身上沒啥可給了……」

李長奎聽見，連忙咳了聲，忍住笑意，道：「二娘是個好孩子，不會和你計較這個。咱們先說正事，說正事。」

跟在他們身邊的李彥錦有點明白了，為何李家宗門的這代掌門沒選李長屏，這實在不是個善於同人打交道的料啊……

四人幾步來到黑洞前，李長奎把這幾日的經歷細說了一遍。

李長屏聽了，伸手仔細丈量洞口，又借來李彥錦的吊燈，探下去看了半晌，才蔫蔫地說道：「試試吧。」

接著，謝沛和李彥錦就見他古怪地扭動起來，然後在一串讓人牙酸的哢吱聲中，猶如被曬化的雪人般，縮了下去……

一炷香工夫，原本瘦瘦高高的李長屏已經變成幼童身形，只是肩膀上還頂著老頭的腦袋瓜子，叫人看著怪異得很。

李長屏披著空蕩蕩的外衫，滿臉愁容地對謝沛道：「二娘，妳能不能把臉轉開呀？我得換身衣服吶……」

謝沛險些噴笑出聲，趕緊轉過臉，走遠了幾步。

李彥錦覺得這樣看著長輩換衣服，不太妥當，乾脆走到謝沛旁邊，小倆口你看我一眼，我瞅妳一下，都憋著笑，不敢出聲。

兩人身後，李長屏嘆了口氣，道：「小時候我就不愛練這個，想著以後一使出來，定要被人譏笑。老掌門還騙我，說練好了，特招娘子們的注意……嘖，老騙子……」

李長奎聽了，實在沒忍住，哈哈大笑起來。

這話說得可不全是事實，雖然李長屏總是一副苦大仇深的模樣，但性子極好，後來討了個古靈精怪的小姑娘黃氏當娘子，如今人稱黃婆婆，擅長使毒跟藥學。

這回被弟弟和徒孫笑話，李長屏竟也不怒不惱，慢條斯理地從包袱裡取出一套童衫換好後，就朝黑洞走去。

另一邊，李彥錦聽見動靜，與謝沛轉身走回去，替李長屏繫上安全繩，讓李長奎抓著，師徒三人盯著李長屏進了洞裡。

經過半球形突起時，李長屏又按了幾次，依然沒什麼動靜，就讓李長奎繼續放繩子，朝下降去。

繩子放了二十多尺後，因為陽光照不進去，幾乎已經看不清楚李長屏的身影了。

忽然，李長奎覺得手中繩子一輕，朝洞裡細看，竟見不到李長屏的大腦袋，不由大驚。好在，繩子飄了兩下，便重新穩住。接著，洞中傳來李長屏的聲音——

「這……這可真奇了！」

一刻鐘後，李長奎揚聲喊道：「老七，再放繩子，放五丈！」

李長奎依言，緩緩把繩子放下去。幸虧李彥錦和謝沛在後面把另外幾條安全繩繫在一起，不然只怕還不夠用。

一會兒後，李長屏落地，立即把繩子解開，在下面查探起來。

李長奎又覺得手上的繩索鬆了，知道李長屏心裡有數，沒開口催他，只握著繩子，與兩個小輩默默在洞口等著。

兩刻鐘後，下面隱隱傳來水聲，三人面面相覷。又過了片刻，竟聽到李長屏的聲音從崖底傳出來——

「喂～～你們快下來啊！」

李長奎大驚，連忙走到崖邊，探頭看去，卻見李長屏濕漉漉地坐在江邊礁石上，衝他們招手。

眾人立刻想到，之前找了許久的水下入口，怕是被李長屏發現了！

為了安全，李長奎留下謝沛守在崖頂洞口，自己和李彥錦運轉輕功，繞到崖下。這也是因為繩子都用在李長屏身上了，才不得不費點功夫繞路。

與李長屏會合後，三人不敢耽誤，立即依著李長屏指示，打算前進江中，一探究竟。

第三十六章

李長奎與李彥錦脫掉外衣，跟著李長屏潛進江中後，才發現一處凹進去的岩壁裡，竟然藏了兩人寬的水洞。

李長屏一頭鑽進洞裡，身後兩人也趕緊跟上。

原來這水洞是條傾斜向上的通道，三人游了片刻，腳下就踩到臺階。再走一會兒，竟是離了水面，踏到硬實的土地。

李彥錦抬頭一看，哎喲，真是個奇景呀——這江底的水道，竟然連到一個如巨大鐘乳石洞般的地穴。

與普通鐘乳石洞不同的是，這裡每一處都充滿開鑿的痕跡。

最先映入眼簾的，是洞中心聳立著一座碩大的蛋形石雕，幾乎霸占四分之三的位置，讓原本空蕩寬敞的洞穴硬是變得逼仄起來。

而且，這巨蛋的模樣還有些奇怪，底部朝向水道出口這一側，竟被開啟了一半。

但從缺口裡看去，黑乎乎一片，不知藏了些什麼。

除了碩大的石蛋外，洞穴底部也格外不同，竟是一片傾斜向下的光滑坡面。

李長屏伸手指著洞頂道：「剛才我就是順著石蛋一路滑下來，落地時，還險些被下面的苔蘚滑了腳。」

李彥錦摸著下巴，琢磨一會兒，似乎明白了這洞穴裡的奧秘。

原本，洞穴裡應該灌滿江水。而黑洞壁上那個球形突起，是江底入口的開關。入口被打開後，石洞裡的水就順著斜坡，從底部流出去。

崖頂黑洞就是石洞的進氣口，水流出去，氣補進來，直到洞內水位與外頭的江面持平。

想到這層，李彥錦再看向碩大的蛋形石雕，眼中精光閃爍——若這是個空心蛋，那根本就是藏在水底的隔水裝置呀！

古人的智慧當真驚人！

李彥錦扭頭，對兩位長輩道：「二爺爺、叔公，這蛋殼裡應該沒進過水，正是最好的藏寶之地！」

李長奎驚喜。「啊？裡面不會進水嗎？那可要進去瞧瞧了！」

三人不囉嗦，邁步朝蛋殼底部的入口走去。

走到入口前，李彥錦忽然停住，擔心石蛋中的空氣還未完全流通，貿然進去，搞不好會中毒或缺氧什麼的。

「叔公，您有法子先弄點風吹進去嗎？」李彥錦撓頭問道。

李長奎一愣，轉瞬便明白過來。

李長屏站在兩人身後，嘆道：「還不如一個小孩周全，丟人吶……」

李長奎嘴角抽動，當即就想上去把蛋殼砸出幾個窟窿。

李彥錦見狀，趕緊攔住他。「這裡太狹窄了，叔公慢著點。咱們不急，一點一點地探，只要不進去太深，應該無礙。」

於是，三人掏出火摺子，緩緩摸進石蛋中。

一進去，李彥錦眼前立刻一黑，舉起火摺子，想抬頭看看，卻被眼前的景象驚到了。

就在他們前面幾尺處，有座半圓形高臺。高臺邊緣與石蛋內壁貼合，臺子有兩人多高，看不清上面有些什麼東西。

再向上看，高臺邊緣還豎著一圈石柱，石柱之上，竟然又是一層石臺。

讓李彥錦驚訝的是，回頭一看，發現入口處也豎著不少柱子。這些柱子比對面高臺上的要長出不少，而柱子頂部竟同樣也是個半圓石臺。

石蛋內部，數層石臺就這樣左右交錯著，如同葉片般展開。

因為不敢走得太近，三人跳到底層第一座高臺上，查看起來。

這一看，李彥錦心裡不由生出一股怒意。

沒錯，這裡確實是張西傑藏寶之地，高臺上堆滿裝著金銀財寶的箱子。有些箱子受潮氣侵蝕，已經朽了，滾出一地金器和發黑的銀器。

可這些都沒讓李彥錦心疼，直到李長屏在石蛋內壁上發現了幾段石刻文字。

李長屏認出這些是前朝文字，邊看邊唸，唸完之後，不由搖頭嘆氣。

李長奎也嘖了一聲。「占了人家的墓，竟連點好事都不做。」

然而，這三人中，最生氣的就屬李彥錦了。他聽完後，怒火中燒，心中暗罵張西傑簡直暴殄天物！

原來，這幾段石刻文字中注明，此處洞穴並非張西傑所挖，乃是他的人馬無意中發現黑洞後，觸發機關找到的。

不過，因為無法修復原本的機關，最後只好改製別的機關頂替。

這洞穴原本是一處古墓，裡面葬了近百具古屍，讓人驚奇的是，竟然個個保存完好、栩栩如生。

除了古屍外，還有大量器皿、雕像，以及龜甲、皮卷等等。龜甲和皮卷上似乎有不少文字，奈何張西傑手下無人能識，這些陪葬器物遂被送出去。

可惜的是，送走後，這些珍寶竟然見光即化，全成了粉末，散於風中……

因覺得古屍保存得恍如活人實在不可思議，張西傑秘密命人研究其中奧秘，卻亂搞一通，這些古屍竟也被糟踐光了。

這麼大一座古墓，竟沒能讓他撈到什麼好處，張西傑一怒之下，讓人把洞穴中所有壁畫、石刻毀了個乾淨。

後來，瞧此處夠隱秘，他乾脆把這洞穴當作自己的私庫，並安排死士、親衛看守。

李彥錦看著滿是劃痕的內壁，忍不住又把張西傑痛罵一頓。

能在那麼早就知道利用空氣壓力製作水底的隔水墓穴，該是多麼進步的文明呀！

結果呢，被這個暴發戶毀得一乾二淨！

因為氣惱，李彥錦再看到那些形式各異的金釵、金鐲、金錠子，竟是一點激動的心情都沒了。

一旁的李長屏偷偷觀察他，朝李長奎滿意地點點頭，真是個不為財物所動的好苗子！

李彥錦生了會兒悶氣，漸漸冷靜下來。此時再恨張西傑，又有什麼用呢？東西都被毀了，罪魁禍首也死了一百多年……只能長嘆一聲罷了。

三人在石蛋內待了一陣，確認沒什麼不對勁後，開始查看其他石臺。

整個石蛋內，左三右二，一共修了五層石臺。每層石臺上都堆滿金銀，除此之外，並無奇珍異寶。

李長屏看過後，嗤笑道：「這鐵定是張西傑那土包子的東西，只會認金銀而已。」

李彥錦腳邊，有個破箱子，露出滿滿一箱黑色魚鈎狀的物事。

因為已經在古代待了數年，他辨認出，這不是魚鈎，而是最便宜的銀耳環。翻了下周圍的箱子，發現近百個箱子裡，竟然都是氧化發黑的銀耳環。

這些粗陋的銀耳環是普通人家的女子才會佩戴的飾物，上百箱發黑的銀耳環，到底是從多少女子的耳朵上搶來的……

李彥錦想著，心頭忍不住發沈。

李長奎走過來，也看到了這些黯淡發黑的耳環，嘆口氣，拍拍他的肩膀，搖頭走開了。

李彥錦又瞧了瞧其他的金銀器物，徹底失去了興趣。

看多了那些保存良好的飾品，連金子也不吸引人了。相反地，這些發黑的釵環、手鐲卻讓李彥錦忍不住想，這些東西被搶掠時，發生了什麼事……

他想得腦袋發脹，乾脆出了洞，換謝沛下來看看。

這天晚上，四人分成兩批。李長奎和李長屏待在洞穴中，謝沛夫妻倆看守崖頂。

謝沛察覺到李彥錦心情不太好，靠在他肩膀上，小聲問道：「咱們找到那麼多金銀，你不高興嗎？」

李彥錦攬住她的肩膀，側頭蹭了蹭她的秀髮。「起初還挺興奮的，可是我看到那些樣式各異、貴賤不一的首飾，就沒法忽視，這些都是從無辜百姓身上搶來的……」

謝沛嘆氣。「亂世就是這樣，小老百姓總是最常被洗劫的對象。」

謝沛點頭。「嗯，有我呢。」

李彥錦低聲道：「我不想像他們一樣，連半錢銀子打的銀耳環都保不住……」

李彥錦聽了，忍不住笑：「好呀，娘子可要保護好我。」

謝沛沒理他，輕聲道：「我聽叔公說，這次找到的東西太值錢了，宗門會獎勵咱們。」

李彥錦把她摟進懷裡。「給，咱們就收著。畢竟，要不是我倆，他們根本找不到石龍在哪兒。」

小倆口低低商議了一會兒，輪流休息幾個時辰，天就亮了。

天亮後，李家人開始清點找到的寶藏。

另一邊，兩個黑影互相攙扶著，走進江邊的竹林。

看到竹屋中的密道入口被掀開時，昆哥和手下都覺得事情不妙。

他們在竹屋中搜了搜，發現族長竟連一點東西和標記都沒留下。
「昆哥，族長這是……這是拋下我們，跑掉了嗎？」痦子男人微微發抖地問著。
昆哥閉了閉眼，低頭看自己被泡得發白的雙手，緩緩道：「他跑了……倒好了……」
痦子男人聞言，兩眼一亮。「昆哥……咱們、咱們不幹了？」
昆哥猛地睜眼。「不幹了！」
話落，他頓時覺得，被宗族使命糾纏多年，終於得到了解脫。
兩天後，有人發現，在城外江邊擺渡的張家人竟然不見了。
此後，再也沒人看過他們。

與此同時，李家人陸陸續續抵達了彭山縣。
清點後，他們從蛋形石墓中，共清理出四十三萬兩白銀和二萬兩黃金。
上千上百的箱子，光是運走，就要費很大的功夫。
好在有兩位長老坐鎮，宗門亦很快加派人手，終於把這筆巨額財寶收進囊中。
找到寶藏的功臣，也有豐厚的獎賞。
謝沛夫妻各得了五百兩黃金，另外還獲得一次回本宗學習新武藝的機會。
兩人商量後，決定先不急著去，待家裡安頓下來再說。
在彭山縣住到二月初六，謝沛一行人向李方偉告辭，回了福壩鎮。

路上走了半個月，才到謝家老宅。

剛到家，連人帶狗貓呼呼大睡了一天，再醒過來時，個個餓得肚子叫。

幾日後，謝棟在家裡試作新菜，發現調料用完了。

福壩鎮太偏僻，他要的幾種調料，這裡都沒有賣。於是，在家裡待不到十天，這夥人又去了渝州城。

這次不用人帶路，謝家人便熟門熟路地住進了同福客棧。

汪掌櫃看著油光水滑的謝小白和蟹黃，笑說牠倆真是遇到好人家了。

安置好後，李長奎帶著屬下出去辦事。

謝棟由女兒、女婿和智通陪著，去買調料。

路過市場時，謝棟想想，也採買了肉菜，準備晚上弄幾道新菜，給大家嚐嚐。

偏也是巧，吃晚飯時，汪掌櫃的幾個老友恰好過來找他。

這幾人也都是老饕，聽說謝棟的菜做得新鮮美味，遂厚著臉皮，託了汪掌櫃的關係，湊了過來，想蹭頓飯吃。

汪掌櫃被幾個饞鬼朋友逼著，沒奈何，只好紅著一對大耳朵，帶他們去見謝棟。

「謝大哥，這是我的朋友，他們欽慕你的廚藝，想過來同你說說話。」

「咳，什麼欽慕不欽慕的，既是汪老弟的朋友，就賞臉嚐嚐我的手藝吧。這幾道菜，都是我最近琢磨出來的新菜，來，汪老弟也試試……」謝棟開了幾十年飯館，對招呼人，還是很有一套的。

幾個老饕厚著臉皮與謝家人打了圈招呼，便拿起筷子吃起來。

「欸，這道菜的甜味裡還有股清香和淡淡酸味。不錯！開胃！」

「嗯，這透明的小餅子是什麼東西？」

「白白的肉片竟然辣味十足，夠勁！」

一群人七嘴八舌地給謝棟不少誇讚和挺有價值的意見。

就這樣，謝棟在渝州城裡，多了幾個老饕朋友。

晚上，待客人走後，李長奎對眾人道：「你們是不是要在城裡玩幾天？」

謝沛想著沒事，點點頭。「叔公可是有事嗎？」

李長奎道：「沒什麼。之前我讓方偉幫忙在城裡買了套宅院，離客棧只有幾步路，裡面一應俱全，柴米油鹽都準備好了。要不，咱們明天就住過去吧？」

謝棟受幾個老饕朋友的啟發，正想找個地方好好改良自己的新菜，便答應了。「那敢情好，成天借汪掌櫃的廚房，總是不太方便。有自己的屋子，還是強得多啊。」

第二天，謝家人把行李搬去離同福客棧不遠的院子裡。

幾日後，謝棟把調過味的新菜重新端到汪掌櫃面前，汪掌櫃一嚐，竟激動地站起來，握住他的手——

「老哥，你到我店裡來做事吧！別擔心太累，每天幫我做幾道特色菜就行。回頭按月算錢給你，小弟分文不取。」

之前謝楝還和自家閨女提過想法子賺錢的事，此時聽了汪掌櫃的建議，覺得挺不錯。

「咳，汪老弟，按說，這事我不該拒絕你。不過你也知道，我是帶著女兒、女婿回鄉祭祖的，所以……我得與他們商量。」謝楝有些不好意思地說道。

在寧國，這種事，誰家大男人還得問女兒、女婿才能做決定吶？也就謝楝這樣的人，才不覺得丟面子。

謝沛聽了，沒什麼意見，只要不是鬧著回衛川，老爹愛幹啥就幹啥！

於是，兩家就此說定，汪掌櫃還鄭重其事地寫了契約，交給謝楝。

謝沛看了，沒什麼問題，就讓老爹簽了。

至此，謝楝白天就去同福客棧幫忙，利用客棧廚房嘗試各種新菜。雖然大部分的味道都不錯，但偶爾也會出現幾道一言難盡的怪味菜，權當博大家一笑了。

而每日陪謝楝去客棧的，並不是閨女和女婿，而是一隻黃狗與一隻白貓。

如今兩隻都養得膘肥體壯、油光水滑，一黃一白往客棧門口一蹲，還真有點招財貓和護家犬的感覺，逗得上門的客人忍俊不禁。

幾日後，看老爹在客棧玩得挺開心，謝沛和李彥錦便問李長奎，要是去一趟本宗駐地，來回大約需要多久。

李長奎看看他倆，道：「若是坐馬車，大約要兩個多月。如果依你們的功力，用兩條腿跑，應該一個月就能到了。」

算算時間，來回兩個月，再在本宗駐地待一個月，小倆口一來一回就要花掉三個月。為此，他們特意與謝棟商量一番。

謝棟聽說女兒、女婿是因為擔心他，之前才沒去駐地，激動地跳起來道：「妳爹的身體這麼好，需要什麼照顧？趕緊去好生練練，免得日後出門受人欺負。」

謝沛兩口子笑嘻嘻地應了，準備收拾行裝。

臨走前，謝沛把自己的五百兩黃金交給謝棟。

謝棟嚇了一跳，看著桌上的金錠子，以為哪個倒楣的大貪官落到了閨女手裡。得知是小倆口完成宗門任務後得的獎賞，才安心地把錢收起來。

安排好家事，謝沛夫妻便與李長奎離開了渝州城。

三人一走，原本駐守彭山的李宜顯和李方偉父子隨即趕到渝州城，保護謝棟。若非設在十萬大山中的李家宗門門禁森嚴，且路途艱險，一般人極難靠近，謝沛兩口子是很想帶老爹去的。

然而，當他們跟著李長奎在絕壁山崖間騰挪跳躍半個月後，就格外慶幸，謝棟沒有跟著來了。

李家宗門並沒有華麗的山門亭臺，可讓謝沛和李彥錦震驚的是，宗門中，幾乎個個都是外間難尋的高手，還時常可以看到三、四十歲的大漢恍如幼兒般癡賴著，不肯離開……

這趟宗門之行，對謝沛夫妻倆而言，收穫頗豐；除去武藝的精進，也讓他們對宗門有了更深的了解。

雖然宗門號稱有七支，然而如今活躍的，只有五支。

老掌門與智通都是第四支的人。現在排第一位的是第二支的李長屏，若不是因為他個性太過頹喪，當初老掌門倒很想讓他來做繼任之人。

第五支的李長倉夫妻負責管理宗門財物和經商之事。至於第六支的人，卻是小夫妻倆萬萬沒想到的，乃古德寺的慧安大師，俗名李長婁。

第七支則是李長奎所在的一支。各支的代表人物都按白虎七星來取名，倒也符合李家習武尊德的本意。

三個月一晃而過，謝沛等人，便與李長奎回了渝州城。

第三十七章

升和十六年五月，謝沛和李彥錦剛回到渝州城的宅院，謝棟便匆匆迎出來，神色焦急。

「二娘、阿錦，你們在外可有聽到湖白府的消息？」

謝沛和李彥錦對視一眼。「沒有啊，爹，出了什麼事？」

謝棟憂心忡忡地說：「前幾天有個客商住店時說，去年秋冬，湖白府鬧旱災，不知衛川縣怎麼樣了？若真遭難，阿壽、老孫他們的日子會很艱難啊……咱們存在古德寺的那些糧，不知能不能派上用場？」

謝沛心想，這還早呢，今年夏季洪災後，衛川縣才要面臨最大的考驗。

只是這些話不能直說，她只能安慰親爹：「咱們衛川臨著衛水呢，這樣還鬧乾旱，恐怕就不只是湖白府遭災了。阿爹不要憂慮，古德寺有大師坐鎮，如果阿壽他們過不下去，必然會去求助的。」

謝棟聽了閨女一番話，這才把心中的憂慮壓下去，卻發現謝沛似乎有些不對勁，神色中竟帶著幾分猶豫。

「二娘，妳這是怎麼了？莫非出門三個月受什麼委屈了？」

謝棟剛問出這句話，就扭頭去看李彥錦，接著又是一愣，喃喃道：「應該不會啊，阿錦沒那個膽吧？」

「咳……爹啊，您想到哪兒去了。」李彥錦滿頭黑線。

謝沛笑著搖搖頭，這才小聲對謝棟說：「爹，這次回宗門，我和阿錦都被好好調理了身體。只是……只是宗門長輩說，我練的功法，若是男子也罷了，女子練的話，很難有孕，讓我早做打算……」

「什麼?!怎麼會這樣?!」

謝棟大驚，剛想說話，但看看李彥錦，便閉上了嘴巴。

李彥錦見狀，知道這對父女是想說點悄悄話，於是很識相地開口道：「爹，我去燒些熱水，等下讓二娘洗個澡，去去乏。」

「好，你去吧……」謝棟有些心虛地點頭。

待李彥錦出了房間，謝棟才皺眉對謝沛道：「二娘啊，妳怎麼這麼傻?這種事竟也當著女婿的面說。」

謝沛笑道：「沒事，我與阿錦說好了，他並不介意。如果我真的無法懷孕，又想要孩子，就去收養幾個，再挑個最喜歡的繼承家業。」

謝棟聞言，撓著頭道：「不是我懷疑阿錦，畢竟你倆新婚燕爾，感情正濃，此時就算他說得真心，可過個十年，見旁人都有親生兒女承歡膝下，他心中多少會有些遺憾。到時候，若他提出娶二房或在外面包個小婦，妳該如何自處?」

「這個，爹不用操心，真要那樣，我定然不會委屈自己。要是被我發現他起了二心，哼哼……」

謝沛說完，朝窗外看了一眼，嘴角微微勾起。

正在廚房裡燒火的李彥錦聽見動靜，抖了抖耳朵，嘟囔道：「爹，您可別再給我挖坑下套了啊……」

房間裡，謝棟想了片刻，道：「那閨女千萬要好好練功，不可鬆懈。一是要對得起妳付出的代價，二是萬不可讓阿錦那小子超過妳……」

「咳咳咳——」

灶臺前，李彥錦似乎被煙嗆到了，猛地咳嗽起來。

待吃過晚飯，洗完熱水澡後，小倆口互相幫對方擦乾頭髮，上床休息。

因一直在外趕路，兩人好一陣子沒親熱了。

李彥錦摟著謝沛，委屈巴巴地告狀。

「唉，今天我傷透心了，爹竟然背著我，說了這些壞話。我向來把他當親爹一樣，掏心掏肺地對待啊……」

謝沛白他一眼。「那是我親爹欸，不向著我，難道向著你呀？再說了，若我倆交換，我是男的，你是女子，我爹定然不會如此憂慮。這世道對無法生育的女子，實在太過殘酷了。」

李彥錦聽了，連忙把娘子摟緊了些。「二娘別難過，其實我早想告訴妳了，我最怕小孩子，見到他們就頭疼！所以，要是真有了孩子，那沒辦法，咱們只能好好教養；若是沒有小孩來鬧騰，那我就能和親親娘子痛快地玩一輩子了。」

謝沛知道李彥錦是安慰她，不過這話說得著實讓人欣慰，於是伸手抱住某人的狗頭，用力親了一口。

李彥錦打蛇隨棍上，趕緊湊上去，親親熱熱地舔咬一番。

「娘子，聽說本宗的黃婆婆傳授妳幾套不錯的……功法。嘿嘿嘿……今晚就讓為夫開開眼界吧？好不好，好不好嘛……」

李彥錦說著，兩隻爪子已經伸進了謝沛的褻衣中，摸摸捏捏，上下索求。

謝沛被他弄得發癢，也伸出手去，又撓又抓。

小倆口打鬧幾下，便情投意合地練起了黃婆婆新教的「功法」……

窗外，竹影搖曳，夏蟬輕唱；窗內，水乳交融，陰陽合一。

謝沛和李彥錦心意相通，對謝棟說過子嗣之事後，就沒把這事放在心上。

然而，幾天過去，謝沛發現謝棟消瘦了，這可不妙！

於是，她耐心地與謝棟談了又談，卻始終無法解除他心中的憂慮。

謝沛無奈，乾脆劍走偏鋒，找個時機，偷偷對謝棟道：「爹，您別再胡思亂想了。之前，我有些羞臊，不好直言，可您怎麼都放不下，我只好說實話了。

「我的功法練到如今，想回頭已是不能。若我是男子，靠自己苦練也罷了，偏偏我是個女娘，想要練至圓滿，就必須……採陽補陰！」

「噗！咳咳咳……」

在院子裡喝茶的李彥錦和智通聽見動靜，齊齊噴出一口茶來。

房間裡，謝棟眨了眨眼，完全無法接受閨女的說詞，好半天，才顫巍巍地道：「二娘，妳……妳是說，妳練的是……話本裡說的那種邪功？」

「咳，不邪。只是這功法本應讓男子練，女子就算練了，也沒什麼成效。可我體質特殊，竟是練得比男子都好，只是有些小小的……缺點罷了。」

謝沛說著，臉色發紅，繼續糊弄親爹：「結果，天長日久的，對阿錦多少有些損耗。師父也是擔心這事，所以去宗門時，特意帶著阿錦練功，好讓他撐得更久些。」

謝棟張大嘴，半晌才喃喃道：「那咱們謝家太虧著阿錦了……」

謝沛用力點頭。「可不是嘛！關鍵是啊，阿錦被採補的時日越長，陽氣就越少。待過些年，就算、就算他想找別的女人生孩子，也生不出來！」

「咳咳咳！」

這下，李彥錦在院子裡咳得撕心裂肺，至於智通，剛才就已經跑出門去，再不敢聽謝沛胡說八道了。

這下，被自家閨女徹底唬住的謝棟，再看到李彥錦時，那目光中的感情，又感激、又愧疚、又同情、又慶幸……複雜得讓人直掉雞皮疙瘩。

看得李彥錦頭一次生出了揍老婆的念頭……

此後，謝家的菜色突然發生了劇烈的變化。

頓頓不離韭菜不說，泥鰍、羊肉更是換著花樣來。除此之外，李彥錦還開始有了特殊待遇——開小灶！

什麼烤羊腰子、水煮牛蛋不說，運氣好的話，還能湊一份三鞭湯。

這簡直是……逼得李彥錦開始反思起婚姻的意義。

謝沛看著，雖然謝棟不再憂鬱地消瘦，但這麼下去，相公要狂躁發瘋了。

於是，她趕緊去找自家老爹，又把什麼男人的尊嚴、師門的補藥胡扯一番，才讓家裡的菜色恢復正常。

至於受補過度的李彥錦，也沒白白浪費老丈人的心意。

每天晚上，他都要拉著娘子，好好探討生命的意義、宇宙的和諧，一切如此美好。

就這樣，謝家人在渝州城裡安頓下來。謝棟在同福客棧裡邊練廚藝邊賺錢，謝沛夫妻則恢復日常的練功作息。

轉眼，半年過去，到了冬季。

十一月下旬，陳貞娘的祭日將至，謝家父女倆按慣例準備紙錢之類的祭品。

李彥錦見狀，有些心疼謝沛。因陳貞娘的祭日與謝沛的生辰是同一天，所以他從沒見過謝沛過生日。最多，就是吃一碗謝棟做的長壽麵罷了。

看著父女倆準備好的豐盛祭品，李彥錦特別想為謝沛做點什麼。於是，從這天起，謝棟發現，自家女婿竟開始對廚藝有了興趣，且家裡的雞蛋似乎莫名少了許多。

十一月二十六日，謝沛和謝棟早早就在院中上了香燭，祭拜陳貞娘。

當他們準備做早飯時，發現李彥錦早已霸占了廚房，不但搞得乒乓亂響，大鍋中似乎還呼呼地蒸著什麼吃食。

比平時早飯晚了半個時辰後，李彥錦才得意地大喊一聲：「吃飯了！」

院子裡，謝家父女和智通、李長奎幾人，早就擺好了桌椅等著，想看看李彥錦究竟做出什麼吃食來。

李彥錦心裡無比得意，端著大木盤出來了。

眾人一瞧，都有些忍俊不禁。盤上還倒扣著一口大鍋，黑黑鍋底與李彥錦燦爛的笑臉，頗相映成趣啊。

「來來來，今兒讓你們沾沾二娘的光。這是我特地為二娘做的生辰蛋糕！」

說罷，李彥錦猛地拎起鐵鍋，露出鍋內藏著的吃食。

大家湊過去一看，竟是一大塊圓圓的雪白糕點。也不知這糕是何物做的，竟潔白細膩賽過凜冬雪花。有趣的是，中間竟還用紅蘿蔔絲拼出「二娘生辰快樂」的賀詞。

智通想伸手去戳一下，被自家徒弟非常不敬地用鐵鍋擋住了。

「慢著、慢著！」李彥錦急吼吼地道：「這是給二娘慶賀生辰的，所以要由二娘閉上眼，許個願之後，才可切開分食。」

「哼，居然搞得那麼麻煩！」智通被徒弟攔了，面上有些掛不住，憤憤地嘟囔一句。

謝沛看著這個奇怪又有趣的糕點，滿眼都是愉悅笑意，翹起嘴角，看著李彥錦道：「多謝阿錦！」

「快閉上眼，許個願，記得不要說出來啊！」李彥錦顧不上手裡還舉著鐵鍋，已是左搖右擺地笑成一朵狗尾巴花。

謝沛微笑地閉上眼，默默想了一會兒，睜開眼，道：「許好了！」

智通等得不耐，連忙吼道：「快切、快切，這雪做的糕都快化了！」

「什麼雪做的，這是蛋做的！」李彥錦嚷道，兩步跑回廚房，放下鐵鍋，拿菜刀過來。

謝沛接過刀，刷刷幾下，整塊蛋糕就被均勻地分成十份。

此時，眾人才發現，這「蛋糕」外面塗了白膩乳膏，裡面藏的卻是簡化的糯米八寶飯。看過稀奇後，每個人拈了一塊，慢慢品嚐起來。

這一吃，真是有些驚喜。

糯米八寶飯就不說了，蒸得甜軟適口，而外層裹著的乳膏卻擁有奇特的口感，細密軟滑中，竟還帶著淡淡梨子清香，與略有些甜膩的八寶飯搭配得恰到好處。

眾人邊吃邊點頭，連謝棟都對自家女婿讚不絕口。

謝沛嚐著蛋糕，臉上的笑意一直沒有散去。

李彥錦嘿嘿笑著湊上前，小聲道：「二娘，開心嗎？」

謝沛點點頭，李彥錦看著她俏麗的笑臉，只覺心內彷彿揣了個小太陽，熱呼呼、滾燙燙，幸福極了。

謝沛的生辰過去後，轉眼到了臘月。

年前，謝家人回了福壩鎮，由丁誠陪著，在自家修了祠堂，立好牌位，編寫族譜。因三代之前俱是無名百姓，所以謝棟乾脆在最高處的牌位上寫了「謝家列祖列宗」，一起供奉。

除夕，謝沛幫著謝棟整治了一桌好菜，全家人歡歡喜喜地過年。

因府城裡每年正月十五有廟會、燈會，故而初五之後，謝家人便回渝州城過節。

元宵節，謝家老少牽狗抱貓地出去逛大街。

他們一路走、一路吃，從缽缽雞到冷串串，從擔擔麵到辣兔丁，鍋盔吃乾了，再來碗酸辣湯……

到了燈會開始時，一行人已經撐得昂首挺胸了。

逛完燈會，謝家老小累得筋疲力竭。一到家，謝小白和蟹黃就趴到窩裡，呼嚕嚕睡了。

眾人洗漱一番，各自上床休息。

謝棟卻坐在床邊，想了半天心事……

次日一早，謝棟並未如之前那樣，去同福客棧上工。

待女兒、女婿練完功，吃過飯後，他就把兩人留在堂屋中，道是有事要說。

等三人都坐下後，謝棟眼中帶著點期盼地開口道：「二娘啊，妳看，咱們出門至今，也有一年半載了。之前妳娘讓咱們住滿一年才可回轉，如今時間早就到了，咱們是不是……」

雖然蜀中是他的老家，可他小時候就跟著父母在外顛沛，到了六歲時，還流落他鄉。因此，在他心裡，居住了四十餘載的衛川縣更像是老家，不但有他大半的人生經歷，更有與陳貞娘相伴的幸福回憶。

謝沛聽了父親這話，再看他臉上神色，心中也知，怕是不好再拖了。

其實，要讓李彥錦和謝沛來選，他們倒是更願意住在渝州城。這座府城給小夫妻倆的印象極好，且在謝沛的前世記憶中，蜀中一帶在之後幾十年內，似乎都未被戰火波及。

不過，想到遭了洪災的衛川縣和古德寺，加上謝棟的心意，小倆口也願意回衛川看看。

所以，謝沛很痛快地應道：「爹說得有理。那咱們收拾、收拾，準備回衛川吧！」

「嗯！」謝棟一聽這話，頓時來了精神，喜孜孜地去收拾行李。

謝沛和李彥錦這才發現，謝棟這思鄉病，怕已經不是一日、兩日了……

說是要走，可在渝州城待了這麼久，還有好多事要處理。

最大的一件，便是託人照看福壩鎮的老宅。

李長奎聽了這事，主動開口道：「這事不難，羅泉鹽幫有人長駐渝州城，以後讓丁誠先幫你們看顧著，然後隔三差五再請羅泉的人去看看，待李宜顯回本宗時，也可勞他再去探探。有這些人盯著，諒丁誠不敢不費心盡力地替你們照看。」

老宅有了著落，謝家人便分別去向袁浩、羅泉鹽幫以及客棧的汪掌櫃等人辭行。

他們來時，只有一輛騾車，這次走時，羅泉鹽幫又送了輛騾車。鹽幫原本想送馬車的，可最後還是被婉拒了。

這次回程時，謝家人除了備齊乾糧、食水外，還採買了不少蜀中特產。其中最多的，就是蜀中特有的幾味調料。因為調料的氣味有些衝，所以後面那輛騾車上，沒再放其他東西。

於是，二月初二那天，謝家人在羅泉鹽幫的護送下，趕著兩輛騾車、兩頭黑驢，離了渝州城。

第三十八章

走了不到五日，謝家人在某個小鎮的館子裡歇腳，遇到一群北客。

這些北客正在小館中吃飯，因嗓門敞亮，且口音獨特，頓時引起謝家人的注意。

前世謝沛在北疆拚殺過多年，李彥錦上輩子也被東北諧星們洗過腦子，而李長奎、智通早年到過北疆，甚至曾在那裡待上半年，就連謝棟也因長年開飯館的關係，能勉強懂些北地方言。

因此，他們聽這些北客聊天，完全沒有困難。

這群北客一看就是舉家出門，桌上有男有女，有老有少。

只聽半大的毛頭小子哭喪著臉、抱怨道：「爹，我想吃饅頭，我已經好多天沒吃飽了。您不是說，回老家就能吃飽了嗎？您騙我……」

他旁邊有位三十多歲的男子，聞言後，一巴掌呼到小子的後腦勺上，嘴裡罵道：「你個癟犢子，一家人就你吃最多！飯桶一樣的，還說沒吃飽，想騙誰呀？」

咚！毛頭小子挨了一巴掌，腦袋當即撞上桌面。

眾人見狀，都想著，這孩子怕是要被揍哭了。

孰料，孩子還沒說話，旁邊的中年婦人卻發起火來。

「你做啥?!孩子正長身子，吃得多怎麼了？你像他這麼大時，不還有個外號叫大耙子嗎？說你嘴裡長的不是舌頭，根本是耙子，伸出來劃拉兩下，桌上就啥玩意都不剩了……」

婦人嘴皮索利，沒等中年男子攔著，便把他的輝煌往事宣揚出來。

「妳這個臭婆娘，趕緊閉嘴！」中年男子的黑臉微微發紅，氣急敗壞地說道。

婦人還不服氣，瞪著眼還要再說，旁邊的公爹咳一聲，發了話：「出門在外，怎麼也給妳男人留點面子啊，回頭你倆進房，再去爭個上下高低。兒啊，別把孫子餓著了，你儉省了一路，眼看咱們快到家，大方點，給孩子買點白饅頭吃吧。就兩個，給他們解解饞。」

「爹……那饅頭太小了，一個還要四文錢，能買四大碗稠粥了……」

中年男子嘴裡唸著，雖然不樂意，還是掏出二十文錢，買了五個饅頭回來，遞兩個給老父，又分了一個給娘子，才把最後兩個塞給蠢兒子。

剛才還似母老虎般的中年女子，此刻卻羞臊起來，把手裡的饅頭剝成兩半，塞了半個給男人，剩下半個，則給了乖巧不作聲的小女兒。

男人見狀，乾脆把自己那半個也給了小閨女，小聲道：「對不住啊，爹的錢帶少了……」

小閨女抿嘴一笑，小聲道：「爹爹吃，我吃不下。」

一家人和和氣氣地吃了起來，彷彿剛才拍桌瞪眼的是旁人一樣。

謝家人坐在他們旁邊，兩桌人互相看了幾眼，就各顧各地吃了起來。

吃到一半，毛頭小子突然嘆氣。「要是舅舅他們也跟著回來就好了……」

中年女子的筷子一頓，剛才還如母老虎般，此刻眼眶卻紅了起來。

男子偷偷在桌下踢了呆兒子一腳，嘴上卻趕緊寬慰娘子：「妳別急，雖然北地有些危急，可回了南邊，就會好很多，那些肆意燒殺的蠻子一個不見，哪怕有些小賊小盜，也不會上來就胡砍濫殺。待咱們安頓下來，我再跑一趟，定把大舅兄一家帶來團聚。」

謝沛聽了男子這話，眉頭一皺。上輩子，升和十七年，也就是她投軍的第二年裡，北疆確實遇到了蠻族大舉入侵。

那一年，北疆軍隊折損大半，若非老將唐琦以身作則、苦苦支撐，寧國的邊防說不定就要被蠻軍突破，北地百姓將面臨滅頂之災……

想到這裡，謝沛心中沈甸甸的，卻也無可奈何。

飯後，兩家人在鎮裡的客棧歇腳，準備明日一早再出發。

謝沛想了想，低聲把上輩子蠻族進犯的事告訴李彥錦。

李彥錦琢磨一下，道：「妳可記得，那些蠻人進攻最危險的時間和地點？」

謝沛點頭。「自是記得，就在十七年七月。那時，蠻軍按往年慣例，會休養一陣子，待到初冬時再出來搶掠。可這年七月，他們竟是假作退軍後，集中所有兵力猛攻盧龍塞。因攻勢又急又猛，唐老將軍唐琦親自上城牆苦守了五日五夜。幸虧北地各部守軍極愛戴唐老將軍，亡命般趕去馳援，這才守住北疆。

「只是，這一戰，代價慘重。因要襲擾蠻軍，前去支援的寧軍失了城牆庇護，平坦草原上，步兵與騎兵相遇，廝殺起來吃虧至極。唐老將軍的二子一婿皆亡於此役，以至於後來雖守住盧龍塞，唐老將軍卻落下心病，咳了半年血，竟是含恨去了……」

謝沛回憶起上輩子的戰事，心情沈重，李彥錦雖未經歷過那種血戰，但聽著她的訴說，心中也是波瀾起伏。

兩口子說完後，相擁無言，各自沈思了起來。

這會兒，北地來的一家人也進了房間，恰巧住在謝沛夫妻隔壁。

兩口子在房中少了顧忌，說話更直接了。

「我真是後悔，當初沒聽你的，讓大哥裝病離開軍隊……」婦人嘆息道。

男人也嘆氣。「唉，這也是我佩服大舅兄的地方。咱們北地人誰不痛恨那些殺人喝血的蠻鬼，可像咱們大舅兄這樣，明明有家業可繼承、卻依然從軍的，實在是一條好漢呀！」

婦人哽咽了。「好漢有什麼用呀？咱們走前，他的結拜兄弟剛陣亡，他竟捨了將軍的親衛不幹，非要去打前鋒給兄弟報仇，這、這不是去送死嗎？」

「妳莫心焦，大舅兄好歹在唐老將軍跟前露過臉，多少會得些照應吧……過幾日，咱們到渝州城安頓下來，我再跑一趟。不管怎麼說，至少先把大嫂和孩子接來……」

不過，男子說得沒什麼底氣，畢竟時局還亂著呢。

夫妻倆又商議片刻，才勉強安下心，準備休息。

兩人的對話，一字不漏地被隔壁房的謝沛和李彥錦聽了去。

小倆口眼睛一亮，想到了主意……

次日一早，北地一家人繼續朝渝州城前進，謝家人往衛川縣而去。

當天晚上，北地來的夫妻遇到了老鄉。

「大兄弟、大妹子，你們這口音，聽著是從北邊來的吧？」

來者中等身材、滿臉絡腮鬍子，一開口就是純正的北地腔。

男子側身走到前面，笑道：「可不正是。老哥也是北邊人吧？」

喬裝後的謝沛見男子隱隱把妻兒、老父擋在身後，心中越發對他高看了一眼。

「是呀，我來這邊有半年了。唉……北邊日子實在是……」謝沛搖頭嘆氣。

男子聽了，也跟著一嘆。

謝沛見狀，抱拳道：「難得遇到老鄉，我想跟你們打聽北邊的事，大兄弟方便不？」

男子想著，晚上沒事，出門在外，多交點朋友總沒壞處，就讓娘子帶著孩子和老父先去休息，自己則跟這位老鄉去了路邊小館，探探消息。

上輩子，謝沛在北地待了七年，與北地人交談起來，自是不露馬腳。

因此，兩人喝了兩盅酒、正式見過後，來自北地的郭壯就信了，這自稱姓柴的大鬍子確實是剛從北地離開沒多久的老鄉。

再聽此人曾在北地守軍幹過一段時日，因為重傷才離開時，郭壯更覺得他親切無比。

「柴大哥，不瞞你說，我的大舅兄還在北地的先鋒軍中呢。我娘子為了他，可是日夜焦慮，唉……」郭壯端起酒杯喝了口。「這酒不過癮，又淡又少。」

謝沛聽了，點頭道：「是呀，我可饞老馬叔釀的燒刀子了……」

「嘿，那個夠勁！」郭壯咧嘴一樂。

兩人吃吃喝喝，說得頗是投機。

謝沛見差不多了，便皺起眉，長嘆了一口氣。

郭壯見狀，問道：「柴大哥可是有什麼難事？」

謝沛道：「這事……我也不知該與何人說才好？以前在北地時，我不敢說，可如今越想越覺得不對……」

郭壯原本以為這老鄉怕是要找他借銀子，可這麼一聽，似乎不是那回事。

「當初，我曾去蠻族探查敵情，與我一起的，還有三個兄弟。孰料我們也是倒楣，竟撞上一隊蠻族騎兵，只得分頭逃跑，打算能活一個是一個……

「我的運氣差點，沒跑多遠，就被蠻人捉走，另外兩個兄弟倒是跑掉了。萬幸的是，當晚蠻族正好在辦婚事，我趁亂溜了，只是為此受了些傷。」

謝沛說到這裡，看郭壯原本還帶著醉意的眼神已經徹底清醒，於是繼續道：「後來，回到軍中，看兩個兄弟平安，我就沒與旁人提起被俘的事，畢竟……不是多好聽。」

郭壯微微點了下頭，這是人之常情，不難理解。

接著，謝沛露出一副後悔莫及的樣子，道：「可我後來離開軍中，遇到一件事，如今越想越是後悔啊……

「以前做探馬時，我也學過蠻語，但抓我那部族所說的話，卻是聽不太懂。當時偷跑前聽了幾句，也沒注意，只想著逃命。

「後來，我在城裡遇到以前的老隊長，不知怎的，突然想起那幾句蠻語，學給他聽。不想，竟……竟聽出幾句要命的話來……」

謝沛話說到此，忽然停住，把郭壯急得直催：「是何要緊之事呀？」

謝沛嘆道：「說是那些蠻族已經商量好了，要在來年，也就是今年，一起做件大事。他們部族之間有人正謀劃著，要在七月圍攻盧龍塞。」

「什麼?!」郭壯大驚失色，他家大舅兄的駐地就在盧龍塞，要是真被蠻族各部圍攻，身為前鋒軍，怕是……

「柴大哥，你可上報此事了？」郭壯焦急追問。

謝沛滿臉沈痛地說：「老隊長聽了，也急著回稟，為了不讓我受牽連，自己去找了隊正。

「我想著，這事交給了老隊長，應該也算妥當，又擔心受到追究，便連夜收拾包袱，若情況不對，就趕緊離開。

「可我萬萬沒想到，兩日後，我再去老隊長家探消息時，竟聽說老隊長舊疾復發，走了……」

郭壯聽到這裡，頓時愣住，盯著謝沛看了一會兒，才小聲道：「可是有不對勁？」

謝沛點頭。「老隊長沒有成家，身後事是鄰里幫著辦的。我去打聽過，自那天分別後，老隊長再沒回家，後來有人在城外發現他的屍體，已是死了兩日……」

郭壯倒抽一口涼氣，左右看看，低聲道：「莫非是被蠻人的細作害了？」

謝沛神色悲痛。「那天，我剛打聽完老隊長的事情後，就被人盯上了。我想來想去，只覺得一個人最為可疑。老隊長明明是去找隊正稟報消息，為何被人說是出城閒逛時舊疾復發而死？若說真有細作，那隊正怕是跑不了干係。我想到這裡，擔心自己也會被滅口，便連夜帶著包袱逃了。這一逃，就逃到了這裡。

「原本，我以為這秘密怕是要爛在肚子裡，不想今夜竟是遇到了郭兄弟……我實在愧疚、憋屈啊……」

謝沛說到這裡，猛地灌了幾口酒，隨即起身，藉著酒意，搖搖擺擺地起身離去了……

郭壯看桌上留著一塊碎銀，心知這是老鄉給的酒錢。

結完帳後，他揣著一肚子心思，回了客棧房間。

當晚，郭壯與他娘子商量了半夜，第二天一早再來找「柴大哥」時，有人說昨晚看到個大鬍子男人醉醺醺地出了小鎮，朝南邊去了。

郭壯無法，只好先帶著家人去渝州城。

幾天後，郭壯在渝州城裡安置好，急匆匆地把家託付給老爹和娘子，就揣著路費，再次奔赴北地。

這一趟，他不指望能把大舅兄帶離軍隊，但至少，他要把前幾日那位老鄉所說的重要消息帶回北地！

另一邊，出了鎮後，謝沛即趕回自家車隊。

李彥錦幫她打掩護，並未驚動旁人。

謝沛對郭壯所說的事情，其實並非空穴來風。上輩子真發生過這件事，不同的是，那位真正的柴大哥並未躲過細作隊正的追殺，死在逃亡的半路上。

而那隊正則在七月蠻族人圍攻盧龍塞時，害死唐琦的長子，繼而逃到北蠻。

原本，謝沛沒想著去操心這些家國大事，但半路上遇到郭壯一家，聽聞他還要回北地去找大舅子後，便順手傳個信。

孰料，這件順手之事，在五個月後，讓蠻族人遭遇沈重的打擊，而北地守軍也避免了上一世的慘痛犧牲。

第三十九章

離開小鎮後，謝家人繼續往衛川縣去。

可當他們越接近湖白府，越覺得事情不對勁。

一年多前，他們來時，雖然附近百姓的日子艱苦，但還能勉強種田餬口。

如今，再路過這些村落時，卻是杳無人煙的景象。原本用心耕作的田地雜草叢生、荒蕪一片。

謝棟見狀，喃喃道：「怕是鬧了大災啊……」

蟹黃和謝小白蹲在車上，看著廢棄的村莊，也不敢下去玩耍了。

這天傍晚，謝家人原本應在穀營鎮上歇腳，不想他們剛進鎮，就見到一群衣衫襤褸的流民堵在鎮口。

謝家人見狀，立刻放緩腳步，謹慎地打量起這群人來。

這一看，他們覺得事情有些不對。

這些流民居然是有人領頭、聽人指揮的。

謝沛他們還在觀望，就見流民中領頭的大漢走出來，衝著他們喊道：「你們是何人？來穀營鎮做什麼？」

謝沛眉頭微皺，李彥錦朝她搖搖頭，自己上前，道：「我們是過路人，打算在鎮上住一宿，明天繼續趕路。」

那大漢聽了，又看看謝家這群人，不但有男有女，竟然還帶著貓狗?!

「咱們人都吃不飽，他們竟然還養貓、養狗？」

流民中，不知是誰嚷了一句，人群中頓時嗡嗡嗡鬧了起來。

謝沛見狀，臉色漸冷，悄悄朝自己人打了幾個手勢。

不想，剛剛走出來的大漢回頭朝人群吼道：「閉嘴！再鬧，就給我滾！」

他這一吼，還挺管用的，流民們立刻安靜了下來。

大漢轉過頭，衝謝家人抱拳，道：「我們乃是呂將軍的人馬，負責駐守穀營鎮。諸位若是尋常百姓，自是來去自由；可若藏了壞心，想要作亂，那就要跟我們走一趟了。」

謝家人聞言，全傻住了，好端端的，怎麼冒出個呂將軍來？

不過，這話不好問，李彥錦遂笑著掏出謝沛仿造的路引和文書，遞給大漢，道：「失敬，不想竟是軍爺在此。這是我們行路的公文，您過目。」

大漢面露尷尬，卻仍是把東西接過來，胡亂掃了掃，就還給李彥錦，道：「行了，你們去住店吧。晚上不要出來瞎逛，明天早些走。」

李彥錦點頭。「欸、欸，多謝軍爺！」

大漢又衝後面的流民嚷道：「都起來，把路讓開，等著天上掉金子嗎？」

當謝家的騾車即將從大漢跟前過去時，他卻突然開口道：「慢著，這車裡裝了什麼？」

趕車的李長奎神情鎮定地回答：「都是做飯用的調料。」

說也奇怪，李長奎這副漫不經心的樣子，竟讓那大漢有些發怵，沒再多說什麼，揮揮手，放謝家人進了鎮。

走出一段距離後，謝沛還能聽到後面那群流民在嘀嘀咕咕。

「頭兒，就這麼放他們走了？」

「人家是正經過路的老百姓，非官非兵的，怎麼攔？」

「頭兒，您就是太誠實了。雖說呂大將軍只讓我們攔官兵，可下面誰不偷摸著撈點好處？也就是您，明明最早跟著呂將軍，結果現在反被丟到這種小地方來……」

「行了，閉嘴！」

「哼，要能吃飽，我才懶得張嘴吶……」

謝家人找到鎮裡的客棧時，掌櫃和夥計都是滿臉驚慌的表情。

與其他地方不同，他們連謝家人的姓名、來歷都不敢問，直接收了訂金，把人帶進屋子後，就溜了。

謝家人彼此對視，李長奎道：「把行李放了，來我房間商議。」

不久，眾人聚到李長奎和謝棟的房間裡。

謝棟有些擔憂地問：「叔公，那夥人到底是什麼來路？咱們住在這鎮上安全嗎？」

李長奎神色淡定地答道：「雖不知道是什麼來頭，但要對付他們，卻不用費什麼勁，不必太過擔心。」

謝棟聽了，心下稍安。
李彥錦看看似在沈思的謝沛，開口道：「要不要去打探一下？」
李長奎點頭。「晚上智通和我輪流守夜，阿錦和二娘去探聽消息。現在先吃飯，晚點再行事。」
眾人聽了，回房收拾好，就去大堂裡吃飯了。
結果，他們沒想到，這客棧竟不提供飯食。問原因，只說此處的米糧都被人吃光了……再問下去，從夥計到掌櫃，居然都成了啞巴。
沒奈何，謝棟只得向客棧借廚房，燒了鍋湯，熱熱自家的餅子，讓大家有點熱食吃。
做飯時，謝棟去騾車上取調料，還有個小夥計偷偷跟去瞧。回來後，掌櫃的點點頭。
吃過飯，謝棟把貓兒、狗兒帶進房間，生怕被那幫人偷走。
謝沛叫上李彥錦，兩人收拾俐落，翻窗離了客棧。
此時，鎮上的人已經準備歇息，下午堵著鎮口的那夥人也不見蹤影。
只是，他們留了兩個人，似乎是在值夜。
雖是三月春季，可夜裡的風仍帶著寒意，再加上這兩人肚子半空，衣衫襤褸，便露出拱肩縮背的寒酸模樣。
「哎，跟著這些人，遲早要餓死啊……」

「小聲點。」

「怕個屁呀！你以為那幫王八蛋能扛著凍，跑來偷聽咱們說話？要不是欺負咱倆是後來的，也不能兩、三天就輪守一回夜！」

「唉，你知足吧，要不是遇上這些人，咱倆大概也和家裡其他人一樣，都餓死啦……」

「……不是我不知恩，咱們活著，總得找點好處。你看其他幾個隊長，哪個不是肥得流油，他們的親信，也跟著沾了香。再看咱們這隊，只比流民強點，穿不好、吃不好，說自己是呂將軍的人馬時，人家險些沒笑出聲來。誰見過這麼慘的隊伍，還人馬咧……馬屎都輪不到咱們！」

「那你說，咱們要怎麼辦？」

「我覺得，咱們倆上點心，見到其他隊長時，多露露臉。以後跟著搜房舍時，也想法子藏點東西。」

「呂將軍不是說，咱們起於民，就絕不害民嗎？不許拿這、拿那的。要是違了，聽說要打板子呢。」

「哼，這種話也就騙騙鬼，真不拿，那他是怎麼起家的？那些隊長原本都是一群窮得光屁股的傢伙，可如今你看看，哪個不是好大的派頭？」

「那……那好吧。誒，你那兒有吃的沒有？我餓了。」

「有屁，你吃不？」

「你敢把屁股上的肉割下來，我就敢吃！嘿嘿，不知下面的人會不會早點來換班……」

「那群龜蛋都在陳財主家睡得香噴噴，還指望他們早點來？木頭都比你機靈點……」

夜色中，兩個黑影偷聽完他們說話，悄悄起身離開。

穀營鎮不大，謝沛和李彥錦找了一圈，就尋到這群人落腳的陳財主家。

大門口掛著一盞燈籠，昏暗燈光下，一個破衣爛衫的傢伙正靠著門柱打瞌睡。

謝沛和李彥錦尋了個位置，輕輕巧巧地跳進陳家。

此時，陳家還有幾間屋子裡亮著燭光。

謝沛和李彥錦打個手勢，兩人各挑了間房，分頭行事。

謝沛挑的這個，正是陳財主和他正房娘子待的屋子。

「老頭子，你說這怎麼辦？他們要在咱們家住多久呀？」

「哎……沒想到，咱們這裡竟然還能出個土將軍。」陳財主語氣中不見多少憂愁，慢條斯理地說道。

「什麼土將軍，那就是個破落地痞！回頭官兵來，他們拍拍屁股走了，咱們家怕是落不著好！」吳氏沒好氣地道。

陳財主坐在靠椅上，瞇起眼。「噓，小聲點。那人從前雖落魄，可也混出潑呂三的名頭。妳看後來那些街頭地痞，誰敢欺他家孤兒寡母？這人啊……還是有點本事的。」

「你莫不是打著什麼主意吧？你是要瘋呀?!」吳氏罵道。

陳財主翻個白眼。「婦人之見！如今呂三還沒起勢，天知道以後怎麼樣，我豈會冒這個險？」

「那你剛才不是……」吳氏疑惑。

陳財主嘆氣。「人家都上門了，妳能怎樣？咱們錢也出了，糧也送了，當然得撈點人情啊！若是他們敗了，咱們就當被搶了一回；可若他們真有點運道，妳說，咱們家是不是就要發達了？」

謝沛聽到這裡，腦中靈光乍現，終於知道這呂三是何人了！

上輩子，她在北疆待了七年，但中間回京述職了幾次。

最後那次回京時，聽說江南民亂已經遏制不住，其中領頭的就是呂興業，人稱呂三。

後來，寧國大亂，呂興業乘勢占了江南大半地盤，成為不可忽視的一方勢力。

只是，在謝沛死前半年，勢頭正猛的呂興業突然嗝屁了。死因頗讓人無語，竟是被後宅某個爭風吃醋的小婦人設計，共赴黃泉……

呂興業死後，他的部下爭奪權勢，內鬥起來。沒多久，整個勢力便土崩瓦解。

想到這裡，謝沛見沒再聽到別的有用消息，就轉頭去找李彥錦了。

小夫妻倆碰頭後，尋了僻靜之地說話。

「娘子，我聽到那邊正派人出去送信，好像是口糧不夠了。」李彥錦說道。

謝沛也講出自己聽到的事，再低聲把上輩子知道的後續說了。

李彥錦愣住，過了一會兒，才小聲道：「這是小瞧了女人的厲害啊……依目前局勢，咱們還是不要急著動他吧……」

謝沛點頭。「若他以後會占領江南，那咱們衛川也跑不掉，遲早要遇上。上輩子，我長年待在北疆，所以沒多留意這人的傳聞，不知是好是壞。咱們先瞧瞧，暫時不要出手。」

兩人商議好，就返回客棧，跟李長奎說了今晚看到的事。

果然，李長奎聽說這夥人是草根之人聚攏起來的，且行事還有些章法，決定暫時按兵不動，先趕回衛川，安置好謝家人再說。

次日一早，謝家人與掌櫃結算房錢，趕著騾車就要離開。

當他們剛走到鎮東頭的出口時，李長奎等人敏銳地察覺到，前方不遠處，正有不下千人的隊伍朝穀營鎮趕來。

因不知來者善惡，為避免正面撞上，謝家人便把騾車和驢子趕進路邊的巷子裡。

不久，只見前方大路上，黑壓壓一片人影朝這邊疾行。

領頭的是三名男子，看氣勢便與其他人不同。

左邊的，是個黑熊般壯碩之人，手上拎著寒光閃閃的銅鈸磬口雁翎刀；右邊則是威風凜凜、胸膛橫闊的大漢。

夾在兩個大漢之間的男子，雖然個頭略矮，卻比他們更引人注目。

晨光微曦中，其他人膚色偏黑，看起來都有些灰暗；唯有他，從臉到脖頸，以及露在外面的小臂，竟是白得有些刺眼。

待走得略近，這位男子的面相就更清晰了些，真是目似點漆、眉飛入鬢，英武不凡。

謝沛等人見到這三名男子，便知道不是普通角色，更加警戒起來。

他們在巷口安靜地等這支隊伍過去，鎮裡的小隊長卻帶著人迎出來。

「大將軍！」小隊長一見對面之人，頓時歡喜地大叫一聲。

呂興業也笑著喊：「我們來得急，趕緊弄點飯來填肚啊！」

「欸?!」小隊長原本正笑得開心，聞言頓時就僵住了。

呂興業見狀，還想問話，身邊胸膛橫闊的大漢宋武卻扭頭看向巷子中的謝家人。

「大哥，那邊有人。」宋武低聲道。

呂興業轉頭朝巷子裡看去，窄巷中，李長奎和智通站在最前面，謝沛和李彥錦則分別護在謝棟左右。

見有兩位魁偉大漢，呂興業心中一喜，當即忘了早飯和小隊長的事，邁步過去。

宋武與壯碩的何癸趕緊跟上前，而小隊長則有些摸不清頭腦，愣了下，才小跑著追上。

「兩位好漢，在下呂興業，今兒有幸相見！」

如今，呂興業極缺人才，雖然現在已聚攏三千多人，然而其中堪用的，十根手指就能數完了。

此時見到兩位似乎不遜於自家結拜兄弟的大漢，他立時起了結交之心。

李長奎看對方不似來找碴的，也笑著抱拳。「呂將軍，有禮了！」

呂興業一看，這好漢後面拖家帶口，還趕著騾馬、黑驢，嘴角微微抽了下。

「諸位是剛到此處嗎？」呂興業客客氣氣地問道。

李長奎回答：「昨日到的。我們回家路過此鎮，在客棧裡歇了一宿，如今正要啟程。」

呂興業心中念頭急轉，道：「諸位有所不知，去歲發洪災後，這附近就鬧起來了。我等為了自保，聚在一起，攆走幾個貪官，守住一方安寧。你們若要繼續朝前走，我怕還會遇到亂事，不如……」

智通在一旁聽得心累，遂開口道：「此事不勞你費心，我等自會處置。」

呂興業身邊如黑熊般的何癸聽著有些不爽，扯開粗嗓門，大聲道：「我大哥好心好意與你分說，你這禿驢竟不知客氣點！」

「三弟！」

「鳥廝！」

雙方爆出一聲大喝。

呂興業身後的兵卒聞聲，立刻圍了過來，片刻就把巷子口堵得嚴嚴實實。

呂興業見狀，心中惱怒。他本想與這兩位好漢拉些交情，以後想法子把人收到麾下，奈何三弟何癸雖然勇武過人，卻是個說話不經腦子的粗魯脾氣。

「都退後！」呂興業見謝家人面色冷肅，當即轉身喝退兵卒。

待巷口被清空後，李長奎的臉色才好看一些。

「好漢勿怪，我三弟性子粗直，卻是知善惡、重義氣之人。這樣吧，為表歉意，我派人護送你們一段。」

呂興業說完，準備叫人過來。

李長奎開口拒絕：「不必了，本就沒什麼大事，我等自行離去便可。」

說罷，他直接催動騾車，帶著謝家人，依次從呂興業等人身邊走出巷子。

呂興業有些惋惜地盯著李長奎和智通看個不休，待謝沛、李彥錦等人從身邊經過時，目中更是露出驚喜之色。

這些人果然不一般，除去那個中年胖子外，其餘四人竟是個個精采，人人出眾！

「大哥，你是看上那個小娘子了吧？」何癸見呂興業還癡癡盯著謝家人的背影，不禁開口問道。

「胡說！我是欽慕這幾人的出色！」呂興業有些惱怒。至於看到謝沛時，他內心是否起了波動，就不為外人所知了。

「大哥要喜歡，不如我帶人把他們追回來。也不虧待他們，男的留下與我們一同做大事，女的給大哥做妾。」

宋武早年幹過山匪，某些能力非常之高……

「你們都住嘴！跟了我這麼久，可見我欺男霸女？當初結拜時，不是發誓要跟著我做好事嗎？」呂興業板著一張白生生的俊面，不豫地說道。

「大哥勿惱，我倆聽話就是。」

宋武和何癸訕訕接話，不敢再狂言了。

謝家人離開穀營鎮後，中午沒有休息，直走到了晚上，才在一處破舊的土地廟中歇腳。因此處無旁人，大家便說起早上的事情。

李長奎問：「阿錦，昨日你們打聽到的呂將軍，應該就是呂興業吧？」

謝沛夫妻點點頭。「應該就是他。」

謝棟在他們身後，取出砂鍋，從水囊中倒些水來，放在火上燒著。他一邊掰餅子丟下去煮、一邊開口道：「我看那呂什麼的，好像也不是太壞，與咱們說話時，挺客氣的，就是他身邊那個黑大漢有些凶……」

謝沛湊過去，幫忙把乾硬餅子掰成碎末，笑著道：「那是因為姓呂的相中了叔公和師父，自然要客客氣氣，不然怎麼拉攏人心？」

李長奎聽了，微微一笑，倒是智通哼了聲，道：「連出家人都不放過，也忒沒用了。」晚上，眾人吃了頓糊糊湯，然後排好值夜順序，就圍在篝火旁，各找位置鋪好褥子，和衣而臥。

待李彥錦值夜時，謝沛醒過來，一時也睡不著，夫妻倆就頭挨著頭，湊在一處小聲嘀咕。

「娘子，今兒那呂興業看妳的眼神有些不對！」李彥錦歪嘴嘟囔。

謝沛忍不住輕笑一聲。「他看你也是那德行，估計是手下沒什麼能人，眼饞了。」

李彥錦卻大吃飛醋地說：「才不是，他差點就把眼珠黏在妳身上了。乾脆我連夜回去，把他滅了吧？」

「我怎麼沒感覺？我倒覺得，若他能管束好部下，說不定，咱們還能和他好好談談。」謝沛就事論事地道。

「要談也是我去談，妳不許去！」李彥錦乾脆撒嬌耍賴了。

「為何？」謝沛故意逗他。

「妳當我傻嗎？說不定你倆一談，就覺得非常投契，談成朋友……」李彥錦喃喃道。

「朋友也不錯啊。」謝沛漫不經心地回道。

「哼，他要和妳做朋友，鐵定沒安好心。多半是想著從朋友變成藍顏知己，再然後，藍著、藍著，我頭上就綠了……」

李彥錦說著，彷彿已經看見自己的腦袋上長出嫩綠的小草，而那該死的呂姓小白臉，就在綠草叢中癡癡地笑……

謝沛聽了，起先還沒想明白，片刻後，才突然噗哧一聲笑了起來。

於是，小倆口你掐我，我撓妳，硬是把兩個時辰的值夜，過成了夫妻時光。

第四十章

次日上路後，謝家人越走，越是心驚。

雖然聽說江南鬧旱災又鬧水災，可已經過去半年多了，路上卻見越來越多的荒蕪之地和廢棄村落。

謝棟憂心忡忡地說：「不知咱們衛川是什麼情況？」

又走了大半個月，他們終於抵達湖白府的地界，離衛川縣已然不遠。

但讓眾人沒想到的是，他們在房縣的客棧中，竟見到一位熟人——衛川縣令劉洪文！

他們剛在客棧中要了三間客房，身後就傳來一個有些耳熟的聲音——

「夥計，來間上房。趕緊燒些熱水，老爺我要沐浴。」

李彥錦和謝沛聞言，不約而同地轉頭看去，見劉洪文衣衫髒亂、髮髻歪斜地靠在櫃檯前說話。

兩人互視一眼，心有靈犀地趕緊回頭，小聲對謝棟等人提點了幾句。

待謝家人分頭進房後，便把晚飯叫進來吃。

李彥錦則飛快幫自己改裝，然後離開房間，去跟蹤劉洪文了。

他剛出門，就見劉洪文正站在斜對面房間的門口，衝夥計嚷道：「趕緊把熱水送來，老爺的事，你耽擱不起！」

夥計點頭哈腰地應聲：「尤老爺放心，立刻幫您送來！」

李彥錦聽了，眉頭一揚，縣令大人竟連姓都改了，看來肯定藏著什麼貓膩啊～～

下樓逛了一圈後，李彥錦叫來一壺茶，在大堂裡與客棧夥計閒聊起來。

這一聊，竟讓他倒抽一口涼氣。

原來，不久前，湖白府也生了民亂，其中幾個地方更被亂民好一番搶掠燒殺，當地官員要麼被打死，要麼逃得不見蹤影。

李彥錦還想打聽衛川的消息，卻見劉洪文已經洗好澡，下了樓。

見他搖搖擺擺出了客棧，李彥錦把茶錢付了，不遠不近地跟上去……

劉洪文走出客棧後，直奔一家銀號而去。

李彥錦抬頭看看那銀號的牌匾，竟是高運錢莊。

說起高運錢莊，李彥錦還記得，當初他們為抓劉洪文小妾和徐仲書的姦情，從而揭開了清善庵裡的污糟之事。而謝沛為了救出無辜女子，把高運錢莊當家人的嫡長子弄死了。

高金貴雖然死了，可他身上的信物卻被謝沛留了下來。

李彥錦腦子裡還在轉著主意，卻見劉洪文拎了個小包袱，喜孜孜地出了銀號。

看來，這是剛把銀票換成銀錢了啊。

劉洪文手裡有錢，心情鬆快不少。他已經想好了，雖然衛川縣被圍前，他就逃了出來，可他當時的藉口是去府城求援，因此沒帶上妾侍、親信。所以，衙門中，不少人都以為縣令老爺是真的報信去了。

此時，他之所以沒有跑遠，是想等那些亂民散了之後，裝個慘樣，再溜回去。到時候，最好把亂民進城的事壓下去，若實在壓不下，他就給自己安個求援不成、拚死抵抗，奈何力有不逮的好名頭。說不定上頭被糊弄過去，還能給點獎賞。

劉洪文想得很美，打定主意先在房縣逗留些時日，待亂民差不多散去，再潛回衛川。他只是心疼那些沒來得及帶上的金銀。自被賊人洗劫過一番後，他不太敢再明目張膽地搜括，但這些年下來，多少還是又存了些家底。

不過，逃跑時多有不便，所以他只帶上輕便的銀票。好在這次民亂鬧得不算太大，湖白府內的銀號竟然還能兌出現銀。

劉洪文的心情不錯，哼著小調，回了客棧。

他躲進房中，把現銀與其他銀票藏進包袱中，然後揣著三十兩銀子，逛青樓去了。

往日在衛川縣裡，他多少還要顧忌一點，不好大張旗鼓地逛。

如今改名換姓，又無人認識他，「尤老爺」自然要好好過個癮了。

趁劉洪文回客棧藏銀錢的工夫，李彥錦把剛才打聽來的消息告訴謝沛他們。

謝沛很快便猜出原因，衛川多半是出了亂子，不然劉洪文不會改名換姓躲到此地。

想到這裡，謝沛對李長奎說：「叔公，不如這樣，您帶著大家在此稍待幾日，今夜我先趕去衛川看看情形。若是無事，我自然來喊你們回去；若有事，咱們也好提前準備。」

智通道：「不如我去好了。」

李長奎看看謝沛和智通，道：「還是二娘去吧，她處事更周全些。如果放你去，怕你一時不忍，鬧出亂子。」

智通也知自己脾氣太直，被李長奎說了，竟無話反駁。

李彥錦聽了，雖知謝沛功夫高，為人又冷靜機敏，此去應是無礙，還是忍不住硬塞了好些簡單易用的小暗器給她，以備不時之需。

接著，他又叮囑謝沛幾句，才不捨地目送她離開。

謝沛走後，李彥錦繼續跟蹤劉洪文，發現這廝竟是天天奔花樓，日日喝花酒，頓時氣不打一處來。

好豬頭，你把一縣百姓置於危險而不顧，自己卻跑出來花天酒地，害得我娘子得孤零零去查探！今日我李彥錦若不讓你吃點教訓，我就……我就跟著我娘子姓！

於是，這日，劉洪文吃了頓極為開心的花酒後，一摸錢袋，竟是掏出了幾塊……石子?!剛才還在床上叫得千嬌百媚的花娘見狀，頓時豎起柳眉，瞪大眼睛，尖聲叫道：「快來人呀！這老貨沒錢啦！」

沒錢的劉洪文在花樓裡挨了頓臭揍後，一瘸一拐地被人押著回客棧取銀子。

因看熱鬧的人極多，當他被押回房中打開包袱取錢時，門口擠了一大堆人，其中還有不少是城中的閒人、地痞。

因身分特殊，劉洪文就算吃癟，也不敢叫破縣令老爺的身分，更不好報官，只得吃下這大大的悶虧。

不過，從這天起，但凡劉洪文上街，無論隨身帶了多少錢，都會遭賊。有下手晚、沒撈到錢的，還會把他拖進巷子裡暴打一頓。

至此，劉洪文再不敢出去招搖，整日待在客棧裡，留心打探外面的消息。

過了不久，盤纏用盡，劉洪文便只能流落街頭了。

而另一邊，謝沛離了眾人後，放開手腳，快速奔行，竟只花了一日工夫，就走完原本需要十天的路程。

待她趕到衛川縣時，看見上千流民正漸漸朝縣城聚攏。

謝沛觀察了下，發覺不妙，這些流民竟多半是從古德寺的方向而來。

略一琢磨，謝沛大致猜出，很可能是古德寺開倉救濟，從而引來大量流民。

流民一多，便可能鬧事，可別看古德寺只是寺廟，論起防禦，怕是比衛川縣城強許多。

這些流民大概鬧了幾日，沒得著好，這才放棄古德寺，轉頭包圍衛川縣城。

此時，縣城早已關閉城門，而城門下，圍了一層流民，還有人不斷鼓動他們衝擊城門。

隨著圍堵古德寺的流民逐漸轉投到縣城下，衛川的安危也有了搖搖欲墜之勢。

謝沛看城門還能支撐一時，遂掉頭跑去古德寺。

果不其然，古德寺的圍牆外也聚了一批流民。

只是，古德寺中幾乎都是青壯僧人，雖然他們不是正經習武之人，可拿著木棍對付一些餓腸轆轆的流民，還不算太難。除了個別心軟、不忍心用力推擋之人，被流民撓破頭皮外，其他人都還神色沈穩地守在圍牆和大門後方。

謝沛見狀，眼珠一轉，想出個主意。

此時天色已近黃昏，圍在古德寺外的流民忽聽身後傳來洪鐘般的喊聲——

「古德寺諸法師見安，府城僧正司已派遣八百武僧前來護持，隨後抵達——」

這道洪亮呼聲，擴散到四面八方，聞者皆恍如說話之人就在身旁。

這一喊，徹底鎮住了想動手的流民。

他們屏住呼吸，靜待片刻，這才你瞅瞅我，我瞅瞅你，偷偷地朝外撤去。

既然古德寺這硬骨頭啃不動，不如趕緊去縣城裡打秋風吧！

似乎是商量好般，短短一個時辰，流民竟是散去大半；留下的，不過是些老弱病殘，並不打算鬧事，只想依靠佛寺，得點救濟。

與此同時，寺中僧人也聽到那洪亮之音。

副寺面帶喜色，想去與慧安商議，不想卻被侍奉弟子告知，慧安正在接待貴客。

副寺腦子一轉，認定這貴客必是帶著八百武僧前來之人，於是滿臉堆笑，退了下去。

他猜得不錯，謝沛確實是來支援的，奈何那八百武僧，不過是天上的浮雲罷了。

屋裡，慧安看著謝沛，眉頭微皺。「此舉雖解了本寺之危，但對縣城來說，怕是雪上加霜啊……」

謝沛微微一笑。「大師莫急，我正是為了縣城安危，才來尋您的。」

兩人低聲交談許久後，得了主意。

接著，謝沛沒去衛川，回頭趕去與李彥錦等人會合了。

因事情緊急，又有夜色掩護，謝沛這一路走得比來時更急。

次日上午，她便趕回房縣，和李彥錦等人說了救衛川的計謀。

這一次，跟著謝沛同去的，多了李彥錦和智通。李長奎則帶著謝棟，留在客棧中等候。

三人一路狂奔，趕到古德寺時，已是次日上午。

連續幾日幾夜不休不眠，謝沛臉上露出了幾分疲憊之色。

李彥錦心疼娘子，想讓她在寺廟中休息，但看到衛川城外的大批流民和搖搖欲墜的城門時，沒法開口了。

當天晚上，夫妻倆和智通繞到遠離城門的城牆處，趁夜翻進了城中。

三人先去謝家門外轉了轉，看起來還算完好，便直奔縣衙。

這次，謝沛之所以要把李彥錦喊來，是這個主意必須有相公配合，才能辦成。

三人進了縣衙，如入無人之境，飛快找到所需之物後，又去劉洪文家轉了一圈。

二更時分，謝沛等人帶著一大堆東西，潛回古德寺，準備動手了……

第四十一章

這天清晨，圍在衛川城外的流民已經推出了三個頭領。在他們的鼓噪下，流民們尋來粗壯樹幹，準備今日定要攻破衛川縣城門。

然而，當他們還在準備時，身後傳來「哐哐哐」的銅鑼聲，伴隨著一片叫嚷——

「官兵來了！官兵來了！」

「快跑呀！上萬精兵來清剿亂民了！」

原本還躍躍欲試的流民頓時大亂起來，他們的心志本就不堅定，一聽到官兵來了，就有人偷摸著想開溜。

三個頭領見狀，心裡一陣發寒，嘴上卻大聲嘶吼著，不斷鼓動身邊的人。

「哪來的官兵，定是騙人的！」

「就是，咱們一路行來，根本沒見過官兵！」

「就算來了，最多不過幾十個衙役，咱們一人伸出一隻腳，便能把他們踩死！」

他們剛喊了兩句，後方就湧上一大批人，黑壓壓的，還沒來得及看清楚到底有多少，那些打頭的官兵竟如砍瓜切菜般，把堵路的流民隨手一抓，朝後一拋。

後面立刻有人接應，掏出麻繩刷刷捆了。

流民們見狀，哪個敢擋？

而且，這些官兵手上拿著明晃晃的利刃，後面的衙役還舉著好些肅靜牌匾和官銜牌子，分明就是真正的官員帶人來鎮壓民亂了啊！

之前還在觀望的流民頓時如海水退潮般，呼啦啦向兩側逃去。

那三個流民首領也跑了，動作居然比旁人還要矯健幾分。

而城內死死頂著城門的幾個老兵，聽到官兵來的呼喊，險些痛哭出聲。

這些日子，衛川縣群龍無首，還沒被圍城時，就跑了一批官員富戶；被圍困時，那些平日耀武揚威的衙役、小吏，竟沒有一個人站出來主持大局。

只有這幾個負責看護城門的老兵，念著家裡跑不動的老弱婦孺，咬牙死撐在這裡。

外面的流民從昨日就開始叫囂，今日必要砸破城門。

老兵們做好最壞打算，不想，突然等來了援兵！

待門外吵鬧聲漸漸退去後，趴在城門上的小姑娘阿意歡呼一聲——

「爺爺！真是官兵來了，快開城門！」

下面的老兵立刻手忙腳亂地搬石頭，撬門栓，直忙了一刻鐘，才在一陣「吱吱呀呀」聲中，開了衛川縣的城門。

有了謝沛和智通這等強悍的「官兵」開路，「官老爺」李彥錦也不急著進城。

直等到城門附近再見不到一個流民時，一群古德寺出產的冒牌官兵才護送著李彥錦，雄赳赳、氣昂昂地進去。

謝沛還不放心，讓智通帶著幾個人守在城門，自己則押著一串哭天喊地的流民，跟著李彥錦去了縣衙。

上輩子，李彥錦便研究過化妝術，後來又從李長奎帶來的書中學了易容，兩相結合，如今在易容術上，已達高手之境。

此時，他懷裡揣著從劉洪文那裡偷來的文書印函，喬裝成與自己有幾分相似的年輕官員。

他帶人進縣衙，見無官吏值守，心裡不禁冷笑一聲。

謝沛押著三十來個流民，先去大牢關人，隨即去了李家開的彩興布莊，找兩位管事借來五位屬下，再趕回縣衙。

此時，李彥錦正板著臉，把主簿、典史罵了個狗血淋頭。至於縣丞和縣尉，之前見劉洪文一走，就跟著不見蹤影了。

沒人在前面頂著，主簿和典史被罵了足足一頓飯工夫。

等李彥錦罵完，誰都沒敢提，要看看這位新上任縣太爺的官牒……

待謝沛帶著五個李家人趕來後，之前逃得不見人影、現在紛紛回衙的小吏們，更加膽戰心驚，生怕一個不小心，就惹得縣太爺撤掉他們，換上自己的心腹。

雖然李彥錦這夥人從上到下都是假的，可他們的到來，竟似給整個縣城吃了顆定心丸。

為避免古德寺僧人露出馬腳，李彥錦下令派他們扮成百姓，繼續搜捕之前鬧事的亂民。

於是，這批跟著李彥錦進城的假官兵陸陸續續散了出去，然後各自繞路，回了古德寺。

這批僧人自始至終都不知道李彥錦他們冒充官員之事，慧安只說，新上任的官爺請他們假扮幾日官兵，幫忙平亂。

隨著這批假官兵的陸續消失，縣城的人倒是更敬畏新縣令了。

不少人都在心裡琢磨著，媽呀，那些官兵都藏哪兒去了？該不會正盯著他們吧?!

幾日後，彩興布莊的葉管事受謝沛之託，帶著李長奎和謝家人回到衛川縣城時，城裡的局面已經平穩下來。

李彥錦和謝沛知道，這種假扮官員的事做不長，即便能偽造出逼真的假官牒，可總要見上級和同僚吧?!吏部的檔案沒法改吧?!這些都不是偽造出幾張紙就能糊弄過去的。

所以，見謝棟他們安頓好後，兩人就與智通商量起假裝失蹤、藉機脫身的事。

孰料，還沒等他們計劃好，湖白府內又出了亂子。

這一年來，寧國南方天災人禍不斷，受災嚴重之地，尤其是那些沒有得到及時賑濟的地方，百姓幾乎找不到活路。

於是，盤踞在湖白府境內雙峰山上的一夥賊人，因此壯大起來。

他們先是連哄帶騙地把一些過路災民弄上山，待人數漸多後，就開始明目張膽地劫掠。

他們一邊搶、一邊收攏流民，如今已經聚集了近萬人。

人一多，匪首的膽子便越發大了起來。五日前，他們居然派出百人混進湖白府的府城——武陽城中。

深夜裡，這夥匪人先把守城門的十來個官兵殺死，接著打開城門，將同黨全放進來。匪人進城後，頭一件事，就是抄了大、小官員的家宅。尤其是知府和通判家，更是被砍殺得幾乎沒留活口。

因為失了人指揮，城門又被賊人把持，武陽被屠城三天後，才傳出消息。第四天，附近縣城派人前去打探情形，城門倒是開了，進城一看，竟是恍如人間地獄。城中宅院，不論貧富貴賤，幾乎全被匪人毀了一遍。凡是能搶走的東西，上到金銀，下至雞蛋，竟是一個都沒放過，全被洗劫一空。

東西被搶也就罷了，這夥匪人知道守不住武陽縣，竟從上到下放肆淫樂起來，但凡齊頭正臉些的娘子，都難逃賊手，有烈性的娘子，當場就尋死了。

再加上被匪人殺害的百姓，城裡幾乎家家都掛起了白幡，更悲慘的，竟是全家死絕……

這慘案一爆出來，整個湖白府都嚇傻了。原本不是只有流民鬧事嗎？怎麼竟是堂堂一府之首被屠了？

結果，朝堂還沒收到消息，湖白境內的官員竟是潰逃成風，無人敢出面，生怕步了知府和通判家的後塵。

吃得滿嘴流油的雙峰山賊人聽說後，放了話，今後進城時，如遇抵抗，必屠城三日；若主動送上供奉，則只要錢物，不砍人頭。

湖白府內也有鎮守的廂軍，自然有人前去報信，希望守備能帶兵剿匪。等他們找去時，才知道，守備竟也被匪人殺害了。

本就沒什麼戰力的廂軍，失了首官，下面的副官也無人願意出頭。
他們都被雙峰山賊人嚇破了膽，聽聽城裡的傳言，那是一夥惡鬼、羅剎呀！
此時，武陽城的軍報還在進京的路上，但湖白府境內已然亂象叢生，離武陽城和雙峰山近些的地方，更是出現整村、整村的逃民。
於是，在李彥錦和謝沛準備替這次假冒官員行動收尾時，衛川縣裡突然多了不少過來避禍的外地人。
主簿家裡因此收留了兩房親戚，得知了武陽城的慘況，急匆匆地找李彥錦商議。
「大人，趕緊召回那些官兵吧，聽說雙峰山的匪人，很快就要再下山了！」
此時，李彥錦和謝沛也得知了武陽城的事。聽說通判家被屠得絕戶，謝沛愣了下，上輩子出手壓下她父親死亡真相、包庇真凶的胡通判家，就這樣沒了？
送走主簿後，夫妻倆皺起了眉頭。
原本他們想著，如今城裡無事，就算縣官失蹤，一時半刻也不會鬧出大亂子。
然而，雙峰山的匪人卻冒出來屠城，這就危險了。
雖然衛川縣離武陽城不近，但誰能保證這裡不會被那些匪人看中？
結果，到了下午，竟有幾家在流民圍城前就搬走的富戶跑回來。大概是覺得湖白境內哪兒都不安全，乾脆主動去見新任縣令，說要出錢、出糧，只求他好好守住衛川縣！
李彥錦毫不客氣地答應了，笑咪咪地誇了這些人幾句，送客時還說：「有各位支持，我就能放心了。今後若須麻煩諸位，還請不要推辭喲～～」

他這一「喲」，把幾個富戶嚇得哆嗦了下，心中暗罵，這貪官不會是打著繼續找他們要錢的主意吧?!

送走這些人後，李彥錦轉頭對謝沛道：「把叔公和師父請來商議一下吧。」

當晚，在縣衙後院，原本空置著的縣令官宅中，眾人談了大半個晚上，訂下了保住衛川的大計。

次日一早，謝沛被李彥錦任命為新縣尉，頂替逃不見影的老縣尉。

雖然沒有朝廷發的文書，可憑著當初她在城門口那手抓人、捆人的本事，便沒有不長眼的傢伙敢跑來找碴。

謝沛上任後，第一件事，就是整治縣衙裡的三班衙役。

與此同時，李彥錦暫時無法脫身，開始打理縣衙六部。

因得到李家支持，有了五個比較可靠的人當幫手後，謝沛和李彥錦的整頓之舉，進行得還算順利。

只是，也太順利了些⋯⋯

那些被開除的衙役和不入流的小吏們，竟是跑得格外歡快，就差熱情洋溢地來一句「謝主隆恩」了！

之前流民生亂，小吏們覺得只要把人驅散就沒事了，因此，待事態平息後，都還想繼續當差。

可如今不同了，有雙峰山那些惡徒在一旁虎視眈眈，誰還願意為了那點微薄薪俸把小命搭上？

於是，被免職的衙役和小吏居然沒人來懇求，全興高采烈地拍拍屁股跑了。

就連主簿和典史，要不是擔心惹怒新縣令，被直接扣上罪名抓起來，都恨不能讓李彥錦把他們撤了……

這段時日，謝沛也對衙役有所了解，除去那些刁鑽奸猾、憊懶之徒後，剩下的，都派上用場。

其中，有兩個年紀大的老衙役，大家想著，這樣老弱之人，必然會被新縣尉不喜。不想，謝沛卻對這兩人格外友善，因為當日守住城門的幾個老兵，就是他們帶領的。

謝沛特意記住了他們的樣貌，因此一見到就認了出來。

不管他們是出於什麼目的死守城門，在她看來，都已經勝過縣衙裡其他官吏了。

因此，清點完所有衙役後，謝沛也不管什麼三班不三班的，直接按軍隊編制，十人一組，每組派一個什長帶隊。

原本衛川縣衙裡有七十個衙役，之前跑了一些，後來又被謝沛清理一番，眼下只剩四十七人。

謝沛想了一下，留下兩個李家人跟著李彥錦，另外三個李家人再加上兩位老衙役，正好是五個什長，每人各帶九個手下。

這五隊人中，留下一隊負責守衛縣衙，其餘人則輪流看守城門和維持城中秩序。

而李彥錦也聽了謝沛的建議，把其中一個李家人安排到兵房做吏書，幫忙招收鄉勇。

往日，因為鄉勇的花費需要衙門出錢，貪財的劉洪文哪捨得把銀子花在這種地方？所以衛川縣好些年沒招過兵丁了。

但李彥錦兩口子與劉洪文不同，不但不貪財，且還有足夠的銀兩招兵買馬。

之前李彥錦在房縣時，就從劉洪文身上摸走大部分銀票，這幾日城中富戶送來的銀錢，也不在少數。

謝沛更乾脆，夜裡去了劉洪文家，把他沒來得及帶走的現銀全搬回來。

於是，李彥錦大手一揮，在縣裡出了告示招鄉勇，每個月一兩銀子的餉銀，管吃、管住，還送新衣服！

這待遇實在太好了，沒多久，真有不少窮人家的子弟跑來應徵。

謝沛挑選一番，留下一百五十人，打散後分到之前的五個小隊中。

這些天來，跟著新縣尉邊學邊幹，讓那些衙役有了極大的改變。此時有後輩加入，他們這些前輩更不能丟臉，於是操練和做事時越發認真起來。

謝沛看看這些人還算得用，遂把之前自創的三招簡單刀法教給他們。

練了幾天後，這兩百人的戰力提高不少。對付普通山匪，也能像模像樣地砍出幾刀了。

謝沛的進展還不錯，李彥錦那邊也辦了不少事。

他把衙門裡的人安排好後，掏錢雇了百姓，好好修繕衛川的城牆與城門。

首先，幾座城門統統再加厚，至少得保證不會被流民輕易衝破；其次，把城牆破損的地方補好。

夫妻倆在城裡忙個不休，李長奎便帶著智通出門去打探雙峰山匪人的動靜，思索如何滅了他們。

夜裡，謝沛和李彥錦偷偷翻進自家院牆，與謝棟見了面。

回到衛川後，謝棟尚未重開飯館，時局不安，也沒人有心情出來吃飯。且謝棟還有點私心，若出了什麼事，家裡的糧食很重要，所以不急著開張。

倒是鄰居們來看了看，問起女兒、女婿怎麼沒回來？謝棟就說小倆口去了女婿老家瞧瞧，糊弄過去。

這些日子，謝棟看女兒、女婿沒法回來吃飯，又格外忙碌，消瘦了不少，心疼起來，下廚給兩人開了小灶。

瞧著小倆口埋頭吃得香甜，謝棟嘆道：「你們做的是好事，爹不攔著，只是萬萬要保重。咱們幫人是沒錯，但不能害了自己……」

謝沛喝了口熱呼呼的鮮湯，笑道：「爹放心，我倆脫身是沒問題的。只是想著，若沒人接這個攤子，衛川縣怕是成了人家砧板上的肉，所以總想多做一點。」

李彥錦也道：「爹放心，我定把二娘看好，真打不過，就拽著她回家！憑咱們幾個的本事，護著一家人躲一躲，還是能做到的。」

謝棟高興地點點頭，心裡總算踏實了些。

「對了。」謝沛忽然想到一事，開口道：「爹，咱們家沒有地窖，可以請人做一個。」

謝棟一聽，明白了閨女的意思，連忙道：「妳說得對。回頭我讓老孫、阿壽他們家都挖個地窖，以防萬一。」

吃完飯，謝沛和李彥錦向謝棟告辭，趁夜回了縣衙後面的官宅。

這官宅已經收拾好了，兩人休息，不愁沒有地方。

負責守門的老門子常常感嘆，新縣令和縣尉真是好官啊，幾乎日日都議事到半夜。還因為太晚了，乾脆歇在一個屋裡。

兩個好官洗漱一番後，照例又要議事。只是，議著、議著，兩人就議到床上去了……

第四十二章

因擔憂雙峰山匪人來犯，如今縣衙上下、鄉勇兵丁，甚至是修城牆、城門的百姓們，都格外認真。

如此又過了半個月，到了端午節。

可是，城中百姓沒心情慶賀，各家弄點粽子吃吃，就算過節了。

端午節後，初七這日，智通回來了。隨著他一同來的，還有個壞消息。

端午節那天，雙峰山的匪徒屠了安錫縣。

雖然安錫縣令沒有逃跑，可也沒抵抗。不過一頓飯工夫，城門就被撞開，後面的慘事，不說也罷。

李長奎和智通趕到時，禍事已成，無法挽回。

看到城中慘狀，叔姪倆怒不可遏，當即動手殺了不少作惡之人。

但這樣一來，驚動了雙峰山的匪首，知道外面有高人要對付他們。

待李長奎冷靜下來，想要擒賊先擒王時，雙峰山的四個當家人已經有了對策，不但成日讓親信護著，且四人從不聚在同一個地方太久。之後更是到處放話，若有人敢傷首領，他們就隨便挑一個地方屠城！

這下，李長奎叔姪投鼠忌器，若不能在短時日內除掉匪首，便要連累更多無辜的人。

李長奎無奈，只好派智通回來報信，一是想讓謝沛等人知道外面的事情，二是想問問，可有什麼對策？

智通說完，氣惱地蹲在石階上，怒道：「這四個鳥廝好生狡詐！如今分在四處，相距又遠，還一堆人跟著，連睡覺、上茅房都有親信護著，真是不嫌臭！」

謝沛和李彥錦聽了，也有些無語。

如今，能在上千匪徒中殺進殺出的，恐怕只有李長奎和謝沛。但就算謝沛拋下衛川縣的事，跑去幫忙，依對方之計，也沒有完全的把握啊……

「師父，這事非同小可。若讓這幫禽獸壯大下去，今後有多少百姓要慘遭毒手？」李彥錦沈聲道：「我看，師父應該聯絡本宗，看看能否請幾位長老或高手前來相助。」

智通聽了，也覺得有理，遂進城去找彩興布莊的兩位管事報信了。

待智通走後，謝沛開始思索，該如何不讓安錫縣的悲劇發生在衛川縣。

既然無法立刻殺掉四個匪首，只好想法子防禦了。

可不管怎麼防，總得在匪徒來襲前得到消息，才能讓眾人有工夫應對。

晚上歇息時，李彥錦忽然想起上輩子看過的抗戰片，便湊到謝沛耳邊嘀咕。

「二娘，我看應該到城外放探子，這樣就不會等人家打上家門了，咱們才知道。」

謝沛聽了，眼中露出一絲欣賞。「我正有此意。只是咱們手中並無合適的探馬，很難及時回報消息。你可有別的辦法？」

李彥錦想了下，道：「雖是百姓，也有法子。北城門外五里處的大道旁有座山坡，坡上還有樹木，妳可記得？」

謝沛眨眼，握住李彥錦的手。「確實有。然後呢？」

李彥錦把她摟進懷裡。「妳想，那些匪徒若來攻城，因為人多，又想走得快，只能走大道。咱們只要讓人守著那山坡，就能提前看到是否有匪徒從那邊靠近。」

謝沛點點頭，又有些疑惑地問：「可就算發現了，若想傳信，還是只能跑回來啊。萬一被後面的匪徒發現而滅口，又該如何？」

李彥錦賊笑。「娘子莫急。我這法子啊，不需要人跑回來，咱們就能得信～～」

「哦？還不速速道來！」謝沛笑咪咪地露出一口小白牙，一把抱住頂頭上峰的腦袋。

李彥錦藉著窗外月光，看著謝沛姣好的臉蛋，不禁湊上去，親了親她的額頭。

「縣尉大人饒命！且聽小的慢慢道來……」

次日一早，謝沛就出去看樹了。

她來到城北的山坡，看著坡頂的大樹，不禁露出滿意的笑容。

此樹長得粗壯高大，站在城門上都能瞧見，用來做李彥錦所說的信號樹，再合適不過。

不過，她並不滿足於一棵樹，繞著縣城跑，在另外三個方向亦找到了適合的樹。

謝沛站在樹冠上思索著，遙望衛川縣城的城牆，心裡有了念頭，隨即跳下樹，運轉輕功，趕回縣衙。

此時，李彥錦正在衙門大堂裡聽主簿稟報上個月的稅銀帳務。

謝沛走進來，主簿就住了口。

李彥錦見狀，道：「先把帳簿放在我這裡，我看完了，再找你說話。」

主簿有些心虛，點頭應了。這新縣官看著很年輕，應該不會懂那些帳本裡的把戲吧……

「咳，謝縣尉可是有事稟報？」李彥錦坐在椅子上，一本正經地問道。

謝沛忍著笑，肅容回答：「啟稟大人，正是。」

兩人相視一笑，這才好好說起話來。

「我去看了，那裡果然很適合弄個信號樹。」

謝沛說著，走到李彥錦跟前，把他略有些歪斜的官帽正了正。

李彥錦撓撓鬢角，煩躁地說：「天熱了，整日頂著這麼個玩意，頭髮怕是要掉光了！」

謝沛聽了，乾脆把他的官帽取下來。「傻不傻呀？熱了就摘下，上堂或出門時再戴。」

李彥錦嘿嘿笑了兩聲。起初，他還挺稀罕這官帽的，上輩子看電視、電影，可沒少見這東西，如今他也能過過癮了。

謝沛看李彥錦額頭微微有些汗意，取了帕子幫他擦擦，把上午的收穫說了一遍。

李彥錦滿意地點頭。「接下來，必須找可靠、嘴嚴，且有耐心的人去守著信號樹，不然怕會壞事。」

謝沛道：「我想好了，之前守門的老兵，我就覺得挺不錯的，乾脆把他們抽出來，特地做這件事。」

「可靠是可靠，但……老人家的眼力會不會不濟呀？」李彥錦想了想，有些擔憂。

謝沛愣住。「這倒是，若看不清楚，就白搭了。我先去找他們試試。」

李彥錦伸手捏捏她的肩膀。「辛苦了，娘……不，謝縣尉。」

謝沛抿嘴一笑，出門做事去了。

守在門口的兩個衙役，看到自己的頭頭出來了，趕緊挺胸，抬頭站好。

待謝沛走後，一個虎頭虎腦的傢伙小聲道：「平日看謝縣尉總是冷著臉，今兒一笑，我才發現，他還挺俊的。以後想討娘子，肯定容易，嘿嘿。」

旁邊的瘦子白他一眼。「縣尉是見了縣令大人才有笑臉，見到你這個飯桶，不瞪眼就算好了！」

兩個衙役閒話幾句，就閉嘴了。

大堂裡的李彥錦聽見了，心裡有些不是滋味。

討老婆？討個屁！老子就是……咳咳，不可說，不可說啊～～

另一邊，謝沛找來兩個帶頭守城門的老衙役，如今已是她手下的什長了。

「大人找我們來，有何吩咐？」

梁勝對這位年輕縣尉非常恭敬，當初他親眼目睹謝沛是如何左右開弓、出手如電地控制住城門附近的那些亂民。

與他一同過來的馮振也認真地行了個禮，才抬頭看向謝沛。

謝沛微微笑著，讓他們坐下，才道：「如今有件要緊事，需要可靠又細心的人去做。」

兩人一聽，連忙起身。「若縣尉不嫌我等老邁，只管吩咐！」

謝沛搖搖頭，低聲把設立信號樹、提早防範山匪之事說了一遍。

兩位老衙役不是糊塗人，聽完後都覺得，若做好此事，當真意義重大，當即毫不猶豫地說：「這事，我等願為！」願意因此放棄什長之職。

謝沛笑道：「不急，這事需要不少人手，光你們兩個還不夠用吶。我才來不久，雖然知道下面人的好歹，但到底不夠詳細。今兒喊你們來，就是想問問，能否薦些可靠的人？不一定是咱們的衙役，只要符合可靠、細緻、嘴嚴這幾條，就可以。」

梁勝與馮振聽了，沈思一會兒，才分別說了幾個名字。

馮振講完，有些猶豫地看看謝沛，吸口氣，開口道：「之前一同守城門的，還有位叫韓勇的大哥，他並非衙門公人，但與我倆私交甚好。那陣子，他不但自己來，還把孩子帶上，一併守城。事後卻囑咐我，不必報他的姓名……所以，當初領賞銀時，沒寫他的名字。」

梁勝在一旁點頭。「韓大哥向來如此，有事時從不推諉，幫完忙，卻不喜旁人道謝。不少人說他性子古怪，又道他是孤老，不愛與之來往。實際上，韓大哥最是熱心不過……」

「孤老？不是說有個孩子嗎？」謝沛好奇地追問。

馮振嘆氣。「韓大哥年輕時倒是成過親，後來……」

他話音一頓，梁勝搶著接話：「後來那女人就病死了。」

馮振看梁勝一眼，磨了磨牙，繼續說：「後來，韓大哥沒再成家。十四年前，我帶著他出城收糧時，撿到一個棄嬰，就被他收養了。」

梁勝嘆氣。「是個女嬰，大概是哪家人不想要，就丟了……」

謝沛聽了，也不深究，開口道：「既然如此，你們先去問問韓義士，我去尋你們提的那些人。如今算下來，四個方向，每邊至少需要四個人輪流，就是十六人。咱們還缺人啊，這幾日勞你們留心，看看還有沒有可用的。」

梁勝和馮振知道謝沛的用心，點頭應了，告辭離去。

晚間，馮振提著一包滷菜去了韓家。

「大哥，你在家嗎？」馮振在門口高聲喊道。

「來了！你小子折騰一天，老胳膊、老腿的，不回家歇著，跑到我這兒來幹麼？」

韓勇說話帶著老家的鄉音，平時硬邦邦的，稍微大聲點，就像和人吵架。除了熟識他的人不介意外，旁人一聽，就覺得這老傢伙是個臭脾氣。

馮振拍韓勇的胳膊，笑道：「你還比我大三歲吶，到底是誰老胳膊、老腿呀？」

兩個人在門口說話，院子裡傳來清脆的呼喊——

「馮爺爺，快進來坐！爺爺，您做什麼又堵在大門口呀？老了、老了，倒和小孩一樣！」

韓勇對別人總是一副老子懶得理你的表情，對抱來的孫女卻從不大小聲，疼愛極了。

「妳這丫頭，越來越沒規矩。」韓勇小聲抱怨著，讓馮振進院子。

阿意笑著把人迎進屋，拍拍韓勇的手，道：「爺爺，您不是總念叨梁爺爺和馮爺爺嗎？快進去說話。我再炒兩道菜，咱們晚上吃頓好的。」

「炒什麼菜啊，他老小子來，給口水喝就夠了。」韓勇不太滿意地嘟囔著，到底還是聽孫女的話，跟著進屋去了。

馮振嘿嘿笑著，把手裡的油紙包遞給他。「瞧，兄弟我識相不？自帶乾糧，哈哈哈！」

韓勇咳了聲，沒好氣地說：「誰稀罕啊……」

馮振早就知道韓勇嘴硬，看著他轉身去廚房找盤子來裝滷菜，忍不住嘿嘿直笑。

晚飯，兩老一小在院子裡吃。

馮振一邊吃、一邊小聲把謝沛吩咐的事說了一遍。

韓勇聽了，半天沒說話，片刻後才開口道：「總算來了個可靠的人。這些年，我看寧國都快倒……咳咳。」

阿意收回掐自家爺爺的小手，繼續笑咪咪地吃飯。

馮振瞥韓勇一眼，沒憋住，笑了出來。

韓勇抬頭看看月亮，厚著老臉道：「這事，我看可以。是要我幫忙嗎？」

馮振點頭。「別看謝沛年輕，卻是個肯幹實事的。這些日子來，我看他和新縣令做得不錯，兩人也不是貪財之人，都把錢用在正事上……」

「我知道，看見他們招募鄉勇的告示了。」韓勇說道。

馮振又點頭。「要是咱們年輕時能遇到這樣的官，憑哥哥的本事，也不會……」

韓勇擺了擺手，打斷他。「如今說這些都沒用，而且，還要再觀察看看。你別傻乎乎就對人家掏心掏肺，我總覺得這兩人有些古怪。」

馮振一愣，韓勇見狀，嘖了聲：「你說，光憑那謝小子的功夫，做縣尉是不是浪費？」

馮振同意。「真挺浪費啊……」

韓勇道：「他那本事和眼力，去軍中或京城，肯定不只混個從九品的小吏。新縣令更有意思，竟是能說動古德寺的和尚幫他做事……」

「什麼?!和尚?!」馮振大驚。

韓勇白他一眼。「你真是老眼昏花了，縣令帶人進城那天，你就沒看出不對？」

馮振回憶著，汗顏道：「那時我激動極了，本以為老命休矣，不想竟等來救星……」

韓勇搖頭。「那天動手抓人的，其實就兩個人，一個是謝沛，還有個黑大漢。後面跟著的人，全是擺設，最多幫忙捆捆人罷了。有幾個才好笑，捆人時，還偷偷豎起手掌，默唸佛號，才敢動手。

「當時我就覺得怪，後來那些人說是去搜捕亂民，就再沒回來。我擔心他們出事，就跟著其中三人出了城，結果繞了一通後，這群人竟是回了古德寺。」

馮振聽得目瞪口呆，半晌才道：「原來竟是這般……」

旁邊的阿意也愣住，小聲道：「爺爺，您怎麼沒同我說過呀？」

韓勇揚揚眉頭，看著自家孫女和馮振那傻樣，不禁得意洋洋地喝了口酒。

過了一會兒，馮振會意過來，道：「其實這是好事，只要他心正，腦子活泛，倒能幹得長久，下面的人也安心。一個新縣令要是什麼準備都沒有，就這麼來，怕是早被流民吞了。」

韓勇點頭。「是呀，所以我一直沒和人說過這事，你倆也只當自己沒聽到。以後這招，說不定還能再用幾次。」

阿意和馮振聽了，連連點頭。

飯吃得差不多了，韓勇才問馮振：「如今你們還缺多少人呀？」

馮振道：「上午算了下，至少還要再找五個。怎麼，你有認識適合的人嗎？」

韓勇沒搭腔，阿意卻扯扯他的袖子，小聲道：「這事沒什麼危險，又不用與人打鬥，爺爺……」

韓勇轉頭看看她，嘆口氣。「我同意了也沒用，縣尉他們不會讓女娘來做這些事……」

馮振一驚。「大哥，你是想讓阿意去嗎？這、這怕是……」

「妳看，連馮爺爺都不同意吶。」韓勇馬上把鍋甩給馮振。

阿意立刻扭頭，眼巴巴地盯著馮振。

馮振被瞧得渾身不自在，只好結結巴巴地說：「這……我去問問謝縣尉好了……」

阿意笑著應了聲。

第四十三章

次日，謝沛聽馮振說，韓勇很痛快地答應加入，只是……

「只是什麼？可是家裡有什麼難處？但說無妨，咱們也該去謝謝他的。」謝沛關切道。

馮振乾笑了聲，低語：「韓大哥的孫女，是個極可靠又機靈的孩子，她聽了這事，也想幫忙。咱們不是缺人嗎？不知縣尉介不介意她是個小娘子……」

謝沛聽了，臉上露出親切的笑容。「不介意，完全不介意！對了，你說我要不要親自去拜訪韓家呀？」

馮振一愣。「不必吧……韓大哥脾氣有點古怪，我看……」

謝沛點點頭，沒再堅持，讓馮振代她謝謝韓家老少了。

兩日後，預警隊終於湊齊了人，為方便他們爬樹，謝沛還提前在那幾株大樹上做出軟梯，搭好小臺子。

若白日見到匪人來襲，他們只需在高處的樹枝綁上大紅布條；晚間，則改掛燈籠。眾人試過，確認都能看清遠處大樹上的標誌後，把人選定下來，然後排班，並制定緊急情況時的退路。

李彥錦見到名單，把這些人歸到衙門名下，讓他們每月都能領到一份餉銀。

因要負責預警隊的事，馮振和梁勝的小隊，暫時交給旁人來帶。
好在，所託之人都是老實認真的性子，在謝沛手下也不敢起什麼歪心。
接下來，謝沛便專心教預警隊如何辨識敵情，好及時回報。

在緊張又忙亂的氣氛中，五月過去了。
六月初，雙峰山的匪徒又坐不住了。之前屠城讓他們嚐到甜頭，如今這些賊人的胃口，竟被越養越大。
偏偏，這段時日還有幾個讀過書的文人投奔他們，成了名副其實的狗頭軍師。
這群軍師的野心可比匪首大多了，不停攛掇各自的「主公」，趕緊趁亂建立「基業」。
於是，所有人都沒料到的事發生了。
雙峰山的匪人替自己起了個「山神軍」的名號後，居然兵分三路，以雙峰山為基點，擺出要吞下整個湖白府的架勢……
一時間，湖白境內人人自危，大批官員潛逃。
可湖白府的緊急文書卻被壓在一大堆案卷中，無人聞問……
此時，寧國朝堂上，正為了立儲之事，吵得不可開交。
幾個皇子你爭我奪，不但在升和帝面前吵生吵死，暗地裡還各出陰招，互相拆臺。
今兒二皇子管的工部被爆出修繕皇宮時，以次充好；明兒大皇子待的吏部，存檔房被燒了大半……

後宮中也是奇招迭出，勾心鬥角。

這些大人物們，似乎誰都沒工夫去關心陷入水深火熱中的湖白府百姓……

這次，衛川縣有些不走運了，位置正處在山匪進攻的路上。

幸運的是，在此之前，這條線上的山神軍並未攻下像樣的大城，因此搶到的武器有限，整個隊伍的戰力，並沒有提升。

隨著山神軍搶掠的東西越來越多，不可避免就要分出更多人來看守、運送這些東西。見識過這些山神軍的匪性後，沿路沒多少人願意加入，就算是被逼來，趁亂逃跑的也有不少。

因此，當他們快接近衛川縣時，負責進攻的小隊，還不到三千人，竟比出發時的人數還要少些。

自從智通回來報過信後，他和李長奎又出去設法對付山神軍。謝沛和李彥錦也知情況緊急，兩人商議多次後，都覺得衛川縣還是能保住，必須盡力。

因山神軍行進的路線很明確，謝沛特意在他們來的路上，又多設了幾棵信號樹。

這樣一來，至少能保證，若山匪想趁夜進攻，衛川縣不會被他們打個措手不及。

隨著山神軍越來越近，縣城中再次出現一波逃亡潮。

好在走的都是些有家產的富戶，這對多數是由窮人組成的鄉勇並未造成太大震動。

只是，李彥錦也不是什麼好脾氣之人。這些富戶要走，他不攔著，只要求每家走前，都必須交一筆錢，以保護自家宅院；若是不交，回頭守城時，就會優先從他們留下的鋪子、房子中，拆用木料與石頭。

因此，這些富戶之前有多喜歡這個臨危不亂的縣令，現在就有多痛恨他。然而，看著那幾百個鄉勇，以及把守嚴密的城門，他們也只得乖乖交錢。

可李彥錦還不滿意，竟讓他們把錢都換成存糧。

囤起一批糧食後，李彥錦心裡有了底氣，開始進行下一步。

他調配各種古怪粉末做暗器，謝棟也大方地把從蜀中帶來的一車麻辣調料捐出來。

同時，他還製出五架小型投石器——用來砸人，再好不過。

在山神軍距離衛川縣僅兩日路程時，縣城大門關閉了。

城中百姓囤好糧水，不安地待在家中。

又過了兩天，這日傍晚，北門外的阿意正貓在信號樹的小臺子上，認真盯著前方大路。

忽然，一陣沈悶混亂的腳步聲傳來，黯淡天光下，一片黑乎乎的人影出現在大路盡頭。

阿意屏住呼吸，瞪大眼仔細看。

那些人越走越近，身形變得清晰起來。

前面的人拿著刀槍，後面的持棍棒，一群人亂糟糟地走著。隊伍兩頭和中間，還有幾個領頭模樣的傢伙，不斷低聲喝罵、催促著。

阿意抽氣，穩住微微發抖的身子，輕手輕腳地順著軟梯爬下樹，掏出火摺子，點燃三根蠟燭。

接著，她把這三根蠟燭插進燈籠中，放穩了，一拉繩索，無聲無息地把燈籠拽上樹梢。

阿意這邊剛升起燈籠，守在城門上的韓勇立刻看見了，當即拎起手裡的銅鑼，衝著城樓下方，「噹噹噹」敲了起來。

聽到警示的衛川城內，頓時動了起來。

輪休的鄉勇全被喊醒，拿好武器，穿上藤甲，按照之前縣令和縣尉演練過的，各就各位，準備作戰。

而阿意升起燈籠後，立即離開信號樹，按之前說好的路線，繞道城西門，避難去了。

那些準備趁夜偷襲的山神軍，有人發現了那盞古怪的燈籠，只是誰都沒興趣跑到山坡上的林子中查看。

當這一大群人興匆匆趕到衛川縣時，不禁愣住了。

今夜烏雲蔽月，按說正是偷襲的好時機。可此時的縣城，牆上竟豎著無數火把，明亮火光後面，密密麻麻，不知藏了多少兵士。

而且，新修的城門和城牆看起來是如此堅實厚重，完全不是之前撞兩下便能撞開的破爛大門。

打了許久，第一次遇到如此難攻的城防。

該怎麼辦？一群亂糟糟的山匪有些摸不著頭腦。

這次領命來攻打衛川縣的，是一個名叫曾慶的傢伙。

他之所以沒去搶那些攻打大城的差事，正是怕遇到硬骨頭，把自己的小命丟了。

然而，萬萬沒想到，這座偏僻的小縣城竟修得如此堅固。若要攻下，比當初屠了的府城還要難上不少。

曾慶心裡生出退意，但這裡可不止他一個人，為了不被抓住把柄，只得硬著頭皮，胡亂一揮手，道：「這衛川看起來很有錢呀！咱們攻進去，分金、分銀、分女人！」

然而，尷尬的是，回應他這番口號的，不是手下們熱血上頭的嗷嗷亂叫，而是一片寂靜中，某隻老鴉的呱呱聲。

曾慶見下面的人半天沒動靜，氣惱之下，拎起鞭子抽過去。

在一片「哎呀、媽呀」聲中，山神軍總算朝前走了幾步。

城牆上的謝沛看得十分無語，沒想到這群匪徒居然爛成這樣！更沒想到，就這種爛兵，還攻下湖白府不少城池……看來真是應了李彥錦的話——沒有最爛，只有更爛！

不過，即便對手爛成這樣，謝沛依然不敢大意，轉身對城牆內的梁勝喊道：「準備投石，射程十丈！」

城內兩組人馬聽見，立刻行動，調好投石器，裝上石頭。待謝沛喊放，兩塊石頭便「嗖」一聲飛出了城牆。

第一次投，稍微遠了點，沒打著站在前頭的山匪，倒砸中了後面的人。

城裡的鄉勇繼續投石攻擊，山匪那邊卻炸開了鍋！

曾慶身邊的狗腿子，臉色發白地問：「曾頭兒，衛川縣怎麼會、怎麼會有投石器呀?!那不是朝廷軍隊才有的玩意兒嗎？」

曾慶板著臉，內心卻是驚駭異常。沒想到，這麼個小地方，竟然是塊硬骨頭！得了，他們也不是鐵做的人，外面那麼多軟柿子，捏都捏不過來，才懶得和這臭骨頭硬磕呢！

想到這裡，曾慶大聲吼道：「不要亂！看來，是朝廷禁軍聽到風聲，特意在此地設伏，要把我等一網打盡！好在他們太過急切，一下就暴露了！聽我號令，向後轉，我們繞過衛川，去攻打旁邊的六紡鎮！」

一群山匪聽了，哪管曾慶是不是在瞎忽悠，立時掉頭，朝來路逃去。

待他們走遠後，謝沛對身邊的馮振道：「你們在此守住，不到天明，不要鬆懈。天亮後，恢復輪休，城門暫時不開。我去去就來……」

她說罷，直接從城頭一躍而下，在一群人的驚呼聲中，縱身直追匪兵而去。

守著城牆的馮振感覺自己似乎才發了一會兒呆，就見謝沛去而復返。

只是，她回來時，手裡多了樣東西……呃，多了個人！

謝沛拎著曾慶，輕鬆躍上牆頭，對馮振道：「你們再守一會兒，我去找縣令大人，審審這廝。」說罷，下了城牆，朝縣衙走去。

曾慶的腦子裡一片糊塗，剛剛他還走得好好的，突然後脖子一痛，就昏了過去。

在昏過去那瞬間，他似乎聽到有人大喊：「官兵追來了！快跑呀！」

他沒聽錯，夜色中，一群被衛川縣城防和投石器嚇到的匪徒如驚弓之鳥般，四散而逃。

混亂中，竟沒人注意到，他們的領隊曾慶失蹤了。

曾慶是個膽小怕死之人，醒來發現自己被捆成粽子，關在大牢中，頓時嚇得心肝亂顫。

李彥錦幾乎沒費什麼勁，就從他嘴裡問出了不少東西。

原來雙峰山的匪首，其中兩個是一對兄弟——盧志、盧強，另外兩個則是一對父子——蔣立、蔣峰，而曾慶是蔣峰的手下。

前些時候，駐守雙峰山的蔣立突然被人襲殺，蔣峰嚇破了膽，所以之後攻打他縣時，就把自己藏起來，只派手下出去。

主將慫了，手下也沒幾個勇猛的，於是淨挑些偏僻的小地方打。

所以，曾慶才選了衛川縣，不想一腳就踢到鐵板。

李彥錦又問匪兵的情況，曾慶倒是知無不言，言無不盡。

盧家兄弟本就與蔣家父子沒多親近，曾慶只聽說需靠口令才能見到盧家兄弟，且那兄弟倆平日還會扮成普通匪兵隱藏身分。

暫時問出這些後，李彥錦囑咐牢頭看好曾慶，別讓他跑了，但也別讓他死了。

他與謝沛離開牢房後，便低聲商議起來。

「蔣立之死，怕是叔公做的……」李彥錦道。

謝沛點頭。「不知他倆那邊是什麼情況？李家人有沒有去幫他們，也不清楚。」

「你我不好離開衛川，不然還能去找找他們，助上一臂之力。」李彥錦有些無奈。

謝沛卻搖搖頭。「叔公不傳消息來，怕是不想讓我們去找。以你我的本事，混進匪兵，再去襲殺匪首，自然沒問題。可我們在這裡，卻能保住一城之人，這大概是叔公他們更希望咱們做的事。」

李彥錦也有同感。「叔公的本事那麼大，會沒事的。咱們把自己的事做好，也能讓他們安心。」

兩人商議完，又派人去探查六紡鎮的情況。

守了一夜後，匪兵沒再來攻城，衛川縣恢復平靜，鄉勇們繼續輪流值守。

只是，這日過後，謝沛的威望超過了李彥錦，成為最讓縣民安心的存在。

第四十四章

兩天後，派去六紡鎮打聽消息的人回來，那裡沒被山神軍襲擊。看來，失了頭領後，那些匪兵竟是四散逃了。

於是，阿意和韓勇又回信號樹守著，衛川城門再度開啟。

大門一開，衛川人便出去採買，他們到周圍村子、集鎮時，便忍不住吹起自己城裡是如何把匪兵給趕走的。

消息傳出去後，有不少人想遷入衛川縣城。

這些人中，有錢的，自然買房子或租院子住進來；錢不夠的，便暫時找便宜的大通鋪住下，再想法子在城裡尋些謀生活計。

更窮的，乾脆白天去幹活，晚上找個屋簷隨便將就。像這樣的多是無依無靠之人，若遇到意外，很容易就變成街邊的乞丐。

因此，這日晚間，衛川的縣太爺與縣尉再次共聚一室，商議大事。

「咳，謝縣尉啊，我看如今城裡多出不少人，夜間巡邏時，街邊也多了好些露宿者。如今天氣熱還好，到了秋冬，怕是要出事啊……」

李彥錦一邊仔細地給縣尉梳頭，一邊正兒八經地說著。

謝沛輕笑一聲。「縣令大人真是體察民情，可是想出什麼好主意了嗎？」

李彥錦玩著手裡順滑的黑髮。「既然不好趕他們走，就用起來吧。」

謝沛點頭。「用時，咱們得防著點，不要走了府城的老路。」

李彥錦道：「嗯，詳查戶籍。若是沒有戶籍、路引，就得受些限制了……」

小夫妻商議完，洗漱好，睡前又跑回謝家看看謝棟，見一切平安，才回官宅歇息。

次日一早，幾處城門口除了之前的守兵外，還多了書吏與十個衙役。

趁著暫時沒有匪兵來襲，謝沛和李彥錦利用幾百鄉勇和衙門中的二十個書吏，清查了全城人家。

核查無誤的，就按人頭發放特製的門禁牌，若是對不上，則需要稟報原因。來投靠親友的，在驗明戶籍、並得到本城人的擔保後，也能獲得門禁牌。

這一查，衛川縣裡的戶籍被大修了一次。不少人家添了新丁，卻沒去縣衙登記，是為了省下以前劉洪文訂立的添丁稅；其中沒有戶籍者，年紀最大的已經到了十八歲。

李彥錦見狀，回去翻查稅文，發現添丁稅根本是劉洪文為了撈錢而自立的名目。百姓家中，但凡添了人口，除去五歲後要開始徵的人頭稅，在衛川縣，第一次繳人頭稅時，還要再納一筆添丁稅。

雖然這筆添丁稅只收一次，要給的錢卻是人頭稅的幾十倍。對於貧苦人家，實在是沈重的負擔，這才造成縣內好多窮人寧願讓孩子做黑戶，都不敢去衙門辦戶籍。

李彥錦想想，乾脆清查衛川縣稅目，把添丁稅、灶頭稅等十七種虛立稅目統統取消。

隨後，還在大街小巷貼了告示，通知城中百姓，自升和十七年六月起，不再加收這十七種稅。

告示一出，城中緊張沈悶的氣氛頓時活躍起來。

這些稅目取消後，普通人家每個月能省下三百多文，一年下來，也有幾兩銀子！

李彥錦在清查城內戶籍與稅目時，謝沛則對新搬進衛川的人口立下規範。

有正規戶籍、路引，或城內有本地人能擔保的，直接放行；兩者兼具者，能直接獲得自由進出城門的門禁牌；只滿足其中一條的，需要到衙門領特用的門禁牌，才能出入縣城。

而無人投靠，也沒有戶籍、路引的，則被謝沛暫時安置在白玉樓中。白玉樓是衛川縣最大的酒樓，但老闆害怕這動盪時局，早早搬走了。

在李彥錦的建議下，白玉樓的一樓修成雙層大通鋪，二樓包間則改成給女子或一家人居住的大小單間。

至於後面廚房的幾十個灶臺，也全派上了用場。

住進來的人，可以每日花幾文錢，吃上熱湯熱飯，雖然沒什麼葷腥，但味道不錯。

若有想自己開伙的，可以借廚房做飯，只是食材自備，時辰也有限制，做完要把灶臺收拾乾淨。

另外，不少人想著，來城裡找活計恐怕很難。

不想，這個問題也被縣令大人解決了。

只要家世清白、身體健康的成年男子，都可以去鄉勇隊試試。若被留下來，每個月的月俸就能養活一家人，還略有結餘。

除此之外，李彥錦清查了城裡的田契，將以前劉洪文昧下的，和那些跑掉的富戶名下沒交稅的田地充了公，挑選在城郊附近的田畝，弄成公田。

於是，城中多餘的人力被他組織起來，在鄉勇護衛下，每日出去勞作，白天種田，傍晚則回城休息。

因提供飯食，且每十日結算工錢，故而來幹活的百姓都十分高興。

把這些事情理順後，李彥錦和謝沛手裡的銀錢便去了大半，好在後面不用投入太多，總算緩了口氣。

此時正值六月，按往年來說，正是農家忙碌時。但因去歲水災的緣故，今年開春有很多田地荒廢，所以夏收的任務並不繁重。

為了日後收益，李彥錦聽取老農的意見，從城中糧鋪買來種子，在公田裡播種。

衛川縣正忙著夏種，而千里之外的北地，唐琦也迎來一次大捷。

因找出軍中細作，將計就計，打蠻族一個措手不及，鎮北軍可謂狠狠出了口惡氣。

正當北地充滿大捷後的輕鬆與歡喜時，湖白府的衛川縣又再次不安起來。

原來，因朝廷遲遲沒有派兵，雙峰山的匪兵在湖白府境內日益囂張。

之前，曾慶敗於衛川縣的消息傳出去後，盧家兄弟暗地嘲笑蔣峰的懦弱無能，面上卻裝出氣憤填膺的模樣，說要幫他討回公道。

於是，盧家兄弟派出一支精良匪兵，準備繞路過來，攻下衛川。

這消息是李長奎派智通傳回給謝沛夫妻的，聽聞來攻城的匪兵竟有四千餘人，且都是殺過人、見了血的凶悍之徒，讓小倆口有些頭疼。

晚間，兩口子躺在床上，都因這事發愁，忽聽窗外響起一聲貓叫，緊接著是幾聲響動。

謝沛和李彥錦一骨碌從床上跳下來，把外衣披上，一個守窗，一個守門。

正當李彥錦準備挑破窗戶紙，看看外面情形時，就聽見窗沿下有個聲音唉聲嘆氣地道——

「欸，你們家的白貓，怎麼胡亂撓人啊……」

「二爺爺！」小倆口聽到這熟悉的頹喪腔調，頓時歡喜地推開窗戶。

窗下，瘦瘦的李長屏嘟著嘴，正與貓兒謝小白大眼瞪小眼。

院牆上的謝小白，尾巴豎得筆直，背還弓著，彷彿下一刻就要撲下來，撓死這半夜翻牆的老賊。

李彥錦回頭看謝沛，見她已飛快穿戴整齊，趕緊招呼李長屏：「二爺爺，快進來吧！」

「唉……別人家是看門狗，你家居然是看牆貓，我真是好倒楣啊……」李長屏慢吞吞地站起來，繞到前門去了。

謝沛抬眼看著自家的白貓，不禁有些奇怪。「小白，你怎麼跑到這裡來了？」

謝小白碧藍的眼睛轉過來，瞧著謝沛。剛才瞪得溜圓的瞳孔緩緩收縮，尾巴也放下來，見李長屏似乎沒有惡意，這才伸個懶腰，竄下院牆跑了。

謝沛看著謝小白跑遠，曉得牠識路，便沒去追，轉身回屋，有些好笑地想著，這小東西竟會偷偷跑來看她和李彥錦，大概是循著氣味找來的。

三人進屋後，李彥錦點起蠟燭，倒了杯溫水遞給李長屏。

李長屏接過，喝了一口，揮揮手道：「坐吧、坐吧，大半夜的，別瞎忙了。」

夫妻倆這才順勢坐下。

李長屏看著他們一會兒，竟罕見地露出笑臉。

「你們做得很好，我們都知道了。」李長屏誇完，臉色微微冷了下，道：「如今朝廷越發昏庸，這麼大的事情，竟遲遲不出兵。整日裡就知道爭權奪利，實在不堪至極！」

「二爺爺勿惱，犯不著為那些人生氣。」謝沛勸道。上輩子她氣夠了，這輩子沒指望過那些人。

李長屏點頭。「說得是。我這次來，是要告訴你們，盧家兄弟已經被我們盯上了，最遲五日內，就會要了他倆的狗命。只是匪兵作亂日久，就算弄死匪首，一時半刻，那些人也不會散。所以，衛川縣這邊，還是要多抵抗一陣子。」

李彥錦聽了，微微鬆口氣。盧家兄弟一死，蔣峰懦弱無能，匪兵很難再做出大事。

謝沛卻是擔憂起來。「聽說那四千匪兵已經快到衛川縣，我們守的話，倒是還行。只是，若圍城太久，外面好不容易種的糧食怕要白糟蹋了……而且，城裡也可能出亂子。」

雖然她和李彥錦能打能殺，但實在不敢太過指望手下的人。畢竟訓練的時日太短，且這些鄉勇還有其他事情要做，沒辦法全心全意地操練。

「我正是為此事特地跑來的。」李長屏喝光了杯中之水。「李家人太過分散，遠水救不了近火，這次只能找旁人借兵。」

「借兵？」謝沛和李彥錦疑惑。

李長屏道：「我聽智通說了，其實你們路上見過的，就是呂興業，記得嗎？」

「是他?!」兩口子齊聲驚呼。

李長屏點頭。「如今他也有些氣候了，手下已有兩萬多人。與那些匪兵比，還是要強得不少。」

謝沛思索一會兒，道：「他是不是想藉這個機會，把那些流民收攏過去？」

李長屏嘆口氣。「是呀，原本希望能讓那些流民得到救濟，然後回鄉種田，可朝廷指望不上，這些流民想活下去，只能四處流竄。既然如此，與其讓他們被匪兵要挾做盡惡事，不如去呂興業那裡，至少我看他行事還算是有底線、有章法。如今他占的地方，竟有路不拾遺、夜不閉戶的態勢……」

「您是說，找呂興業幫忙，讓他去剿那些匪兵？」李彥錦有些不敢相信地道。

李長屏頷首。「這是我們眼下能想出最好的法子了。」

謝沛和李彥錦對視一眼，問道：「那呂興業除了要那些流民，還有別的要求嗎？咱們不會引狼入室吧？」

李長屏說：「呂興業占了荊湖府嶽陽縣一帶，但荊湖府的守備出自當地望族，比湖白府的強了不少。現在，他有兩個選擇，一是想辦法在荊湖府站穩腳跟，以嶽陽縣為中心，逐步壯大；一是趁著湖白府大亂，拿下湖白府。你們覺得他會怎麼做？」

謝沛琢磨一會兒。「若想穩，定然是在荊湖府裡逐步壯大；若想快，湖白府就是那條捷徑。」

李長屏道：「如今吶，呂興業算是找到了一個又快、又穩的方法……」

接下來，謝沛和李彥錦聽李長屏細說一遍，才明白了呂興業的打算。

這傢伙還挺有心計的，他不打算放棄嶽陽縣的老本，又眼饞湖白府的流民。正左右為難時，李家人恰巧找了過去。

雙方一番討價還價，最後約定，由呂興業派六千人趕走雙峰山的匪兵。至於保下衛川縣後，他能收走多少人，就看呂興業自己的本事了。

之後，李家人會給出兩個大倉庫，裡面有匪兵從各地搶來的糧食和部分兵器、布甲。在荊湖府裡，即使有錢，也買不到糧食和兵器！

另外，呂興業在見識過李家人的實力後，態度更誠懇了。畢竟，若真惹惱這些可怕的傢伙，他的腦袋大概也沒辦法安安穩穩地待在脖子上。

謝沛聽完後，建議道：「既然如此，不如先給呂興業送些官兵的衣物，讓他們裝作官兵進湖白府好了。這樣的話，路上會順利很多。」

李彥錦插了句嘴：「也別給太多，夠他們裝起來就成。免得這夥人真沿路接管了縣鎮，到時候說不定就請神容易，送神難了！」

李長屏聽了，歪頭琢磨一會兒，答應下來。
三人又說了一陣，把細節商量好。
說完，李長屏也不休息，趁夜出城忙去了。
李長屏走後，謝沛夫妻倆一直關注著外面的局勢。
如今由韓勇負責的預警隊已經增加到四十人。這些人，不但繼續擔負著使用信號樹、提前示警的工作，更要兼顧在附近縣鎮打探消息的任務。
每天看守信號樹的人換班後，都會把當天的消息交到謝沛手裡。
於是，四天後，有人看見在衛川以北二十幾里的地方，匪兵的隊伍似乎內訌了。兩隊人馬打了半天，最後變成一隊，繼續向北去了。
聽到消息後，謝沛和李彥錦心裡一動，猜想打起來的，恐怕就是呂興業和盧家兄弟。
這對衛川而言，實在是件好事，至少短期內，不用再操心有人來攻打了。
就在呂興業的六千人吞下匪兵的第二日，盧志、盧強竟然在同一天喪命。
原本囂張至極的雙峰山匪兵頓時惶恐起來，懦弱怕死的蔣峰更是調回自己的手下，再不敢輕易出山了。

第四十五章

就在湖白境內局勢生變時，朝堂上，終於有人發現了湖白府的緊急奏摺。只是，代替湖白知府上摺子的參軍，在匪兵攻擊下，已然生死不知。整整一個府陷於匪兵手中，這種大事，沒人敢擔下責任繼續隱瞞，因此優柔寡斷的升和帝也勃然大怒。

但他發完火，第一件事不是派兵剿匪，而是想著把湖白府的所有官員抓起來審一遍。

吏部尚書聽了，心中暗叫倒楣。之前在幾個皇子爭鬥時，大皇子掌管的吏部，莫名其妙失過火，燒燬了一大批官員存檔，湖白府的檔案恰在其中。

吏部的官員們忙到現在，才堪堪把一些重要官員的存檔修補齊全，至於偏僻地方的末流小官，就暫時顧不上了。

原本，吏部的人也不太憂心，年底述職時，總有機會補上。可誰想到，湖白府竟會鬧出這等大事，升和帝一開口就要審查湖白境內所有官員……這就要把之前的醜事徹底捅破了！

吏部尚書得令，不動聲色地應下，再提醒升和帝，是不是該派兵剿匪了？

結果，剿匪之事又拖了好些天後，終於在幾方勢力拉扯下，定下了主將、副將。

當夜，吏部尚書派人去剿匪主將魏將軍府上密談許久，用某些不為人知的好處，換來魏將軍的承諾。

魏將軍答應，會不露聲色地將湖白府境內官員的檔籍補齊，提前派人送到吏部。吏部尚書這才暗暗鬆了口氣。

魏將軍帶著八千禁軍，大搖大擺地趕到湖白府時，已經是兩個月以後了。此時，別說湖白府內那些匪兵已經跑得差不多，連趁亂過來拉人馬的呂興業也高高興興地扛著糧食、武器，返回荊湖府嶽陽縣。

而衛川縣城郊，六月播種的大片公田，也顯出幾分豐收的兆頭。

此時，冒牌縣令李彥錦正與他的冒牌縣尉低聲交談著。

「聽說朝廷剿匪的人過不了幾日就要抵達，咱們是不是該退了？」李彥錦有些擔憂地問。

若湖白府一直亂著，他倒能安安心心把這個縣令演下去，畢竟劉洪文這個麻煩，在他離開房縣時，便已解決掉了。

原來，劉洪文的事，還有不為人知的下文。

李彥錦去搜刮劉洪文的錢財時，偷偷拿了件高金貴的掛飾，塞進他的包袱裡。

後來，劉洪文的銀錢被盜光後，無奈之下，只能典當衣物過活。當他發現包袱裡多了個飾物時，還以為是自己在慌亂中，無意抓進來的，就拿這個飾物去典當。

身為高運錢莊當家人的嫡子，高金貴的飾物上都打有錢莊暗記。於是，那件被典當的飾物，很快就引起了高運錢莊的注意。

唯一的嫡子失蹤數年，高運通早把綁匪恨得死透，現在見到兒子失蹤時佩帶的飾物，如何還能忍得住？

因此，在李彥錦離開房縣前，劉洪文就被高運錢莊的人暗中擄走了。

李彥錦跟蹤而去，親眼見到他熬不住刑胡亂招認，爆出自己是衛川縣令後，便被心狠手辣的高運通滅了口。

沒了後患的李彥錦，這才敢放心大膽地在衛川縣走馬上任。

不過，如今朝廷要派人來，他和謝沛就必須考慮退路了。

正當夫妻倆準備開溜時，李長奎帶著智通回來了。

他回來後，第一句話就是：「你倆這官，我看還能當當。」

謝沛夫妻不由愣住，齊齊望向李長奎。

李長奎哈哈一笑。「想不到還能遇見這事啊……真是……得道者天助！」

原來，李長奎聽說朝廷派人來剿匪，他不放心，夜探了魏將軍的營房。

結果，竟讓他聽到魏將軍吩咐手下，趕赴湖白各地索要官員檔籍。

李長奎覺得這事不對勁，連著跟了幾天，終於把吏部尚書與魏將軍之間的那筆協議弄明白了。

這便是他連忙趕回衛川的原因。照他對兩個徒孫的了解，小夫妻倆說不定正準備來個金蟬脫殼，換回身分呢。

聽完吏部失火、燒燬官員檔籍的事情後，李彥錦撓了撓臉。「叔公，這……不是您跑去放的火吧？」
「去！」李長奎拍了下他的腦袋。「我犯得著為你這麼個芝麻官去皇城燒房子嗎？」
謝沛笑道：「這樣也好。之前阿錦還心疼城外那片即將收穫的公田呢，就怕換了新官後，全被貪掉，那可真是白費了他一番心血。」
雖然夫妻倆還能繼續把官當下去，可為了謹慎起見，兩人還是做了些以防萬一的事。
李彥錦以守城有功為由，提前給手下連發了三個月的薪俸，又出錢把城裡的路、碼頭和下水渠修整一遍。
此外，他還修建了一間慈姑所，收容因故無家可歸的女娘，將前陣子頗有盈餘的公帳徹底花光。
要不是公田中的水稻還差一個月才能成熟，說不定他還能把這些處理完呢！
主簿看著清潔溜溜的公帳帳面，心裡雖是無語，但想著自己荷包裡多出的三個月薪俸，也就老老實實閉嘴了。
幾日後，果然有一個禁軍的傳令兵帶著文書，來到了衛川縣。
他進城時，吃了一驚，相比一路上那些牆倒房塌的破爛城鎮，小小的衛川縣，竟是整潔安寧……
再想到城外那片微黃的稻田，他心中對尚未謀面的衛川縣令，生出了幾分敬意。
於是，待李彥錦見到傳令兵時，意外地覺得這人還挺恭敬的。

「大人，魏將軍剛到武陽城，得知原來的知府已經遇害，為讓湖白府儘早恢復正常，需要各地官員幫忙……」

傳令兵待李彥錦看完文書後，委婉地解釋了幾句。

李彥錦早對魏將軍的打算心知肚明，特別殷勤地表示，一定全力相助。

於是，傳令兵被請下去休息，次日一早，拿著李彥錦的書信和某些衛川「土產」，返回了府城。

李彥錦的信中，倒沒有編得太過，寫了劉洪文早早棄官逃跑，林知府大怒之下，只能派親信李彥錦前來暫代縣令。不想，林知府竟在匪兵攻城之日，英勇犧牲，實在讓人痛心！

為了圓謊，李長奎早從家族人脈中，打聽了湖白府官員的派系。

湖白府出了這麼大的亂子，必然要有人出來揹黑鍋，可這個人絕不會是已經歸西的林知府。林致軒乃大皇子一系的人，叔叔是龍圖閣學士，岳父乃御史大夫，可謂背景深厚。此番不但不會揹鍋，在林家勢力的操縱下，很可能還會得到表彰及撫卹。

那些高官們早就商議好了，湖白府的揹鍋人選，乃是已經死去、失職又沒靠山的守備。

幾天後，魏將軍率兵進駐武陽城，倒是鬆了口氣。原以為要打幾場硬仗，不想，竟沒遇到半場廝殺。

這段時日，他幹的最多的，就是接管爛攤子。一路走來，大點的城裡幾乎沒剩下幾個官員，死了不少，逃的更多。

於是，他不得不沿路將自己的親信安插到這些亂成一鍋粥的地方。

而讓他倍感鬱悶的是，接管下來，這些城鎮全被洗劫一空，一點油水都不剩……

不過，雖然他沒撈到油水，卻不會放過到手的功勞。當即派人給朝廷報信，說自己大敗匪兵，受了輕傷依然英勇奮戰，一路打來，終於攻下武陽城。

且不說龍椅上的升和帝如何給魏將軍表功封賞，吏部尚書也暗中收到了他送來的湖白府官員名單和大致情況。

朝堂上一番你爭我鬥，李彥錦等末流小官在這場利益爭奪中，沾了林知府的光，從暫代變成正式官職。

要是普通地方的縣令，自然不會如此便宜地送出去。可湖白府剛遭了匪兵，據說大部分地方都被洗劫一空，沒人、沒錢，還不知有無沒殺光的山賊，誰活膩了會去搶這種小官？

之前補報官員籍冊時，李彥錦和謝沛報了真名，但在來歷上做了手腳。

報上去後，李彥錦也不怕有人下來查，因為他早就利用縣令的身分，給自己和謝沛在衛川縣裡編了新戶籍。

於是，在上面的人看來，李彥錦是出生在衛川縣本地的讀書人。雖然屢試不第，但因辦事忠心，得了林知府的青眼，並在危難關頭臨時暫代縣令一職。事實證明，此人頗有些才幹，竟是保住衛川縣，沒遭到匪兵侵擾。

一段時日後，八千禁軍在湖白府坐鎮，讓亂局漸漸平穩。十月底，朝廷的正式任命下來，李彥錦、謝沛等人變成過了明路的正式官員，連謝棟也入了衙門編制，暫時不開小飯館，只一心管著白玉樓的大食堂。

時節入秋，衛川縣的公田也收割完畢，手裡有糧，謝沛夫妻就更加安心了。

這日下衙後，李彥錦和謝沛先到謝家，陪謝棟吃了晚飯，又和李長奎與智通商議衙裡的事，這才回官宅歇息。

為行事方便，兩口子已經把看門的老門子調走，現在關上門後，就不必再裝模作樣了。

李彥錦脫下官服，先去燒熱水，謝沛則把兩人的髒衣服泡進木盆中，準備清洗。

李彥錦見狀，立刻端了個小板凳過來，與謝沛一起搓洗。

月光下，兩人一邊洗、一邊閒聊。

「二娘，如今咱們手裡有糧了，要不要再招些鄉勇？」李彥錦嘴裡說著話，手裡也不停，抓了把皂角，搓出泡後，塗在衣服上。

謝沛放輕手勁，搓揉著幾件裡衣。「不用那麼急，現在咱們的問題是，如何把這些人變成能上戰場的兵士。之前空架勢嚇嚇人也罷了，若後面遇到大事，不就沒轍了嗎？」

李彥錦點點頭。「那行，練兵這事就交給妳，我幫娘子管好縣務。咱們要趕在大亂之前，把衛川經營起來。」

兩口子洗完衣服，又各自洗漱一番，這才相擁著入夢。

轉眼過了月餘，魏將軍進京領賞，新來的知府也抵達了武陽城。

這位新知府戴如斌來得有些不情不願，之前他正謀求京官通政司參議一職，別看只是五品官，卻是極要緊的位置。

可惜，幾方勢力角逐，二皇子一系敗陣。二皇子性情急躁，一怒之下，把他丟來接下了湖白府的爛攤子。

於是，戴如斌灰溜溜地離開了京城，到湖白府後，打算立立威，剛到任就讓轄下縣令都來府城述職。

李彥錦自然也接到了信，眼珠一轉，笑咪咪地去找謝沛。

他似模似樣地邁著小方步，走到謝沛跟前，道：「咳，謝縣尉，過幾日，本官要去府城一趟，新來的知府大人要見見我們這些下官。我想著，不如你與我一同去吧，現在縣裡沒太多事，有人坐鎮，出不了亂子。」

謝沛有些好笑地看著他，見左右無人後，才說：「咱們都走了，讓主簿看著縣衙，怕是不穩啊……」

「嘿嘿，沒事，讓叔公和師父來頂幾天，咱們出門玩玩，哈哈！」李彥錦笑道。

謝沛搖搖頭。「我怕叔公不會同意，你去試試好了。」

「娘子等著瞧吧！」

這陣子，李彥錦忙得有些煩躁，想到能和謝沛單獨出門遊玩，心情頓時輕鬆了許多。

晚間，李彥錦厚著臉皮，去謝家拜託李長奎和智通了。

他知道，若說出去玩，肯定沒法得逞，於是擺出一副憂憤神色，糊弄兩位長輩。

「叔公，我聽說那知府不是個好鳥，這次還補了好多新官，裡面肯定少不了貪官敗類。我想著，帶二娘去府城，用最短的工夫查查那些傢伙，若有實在過分的，就直接……」

李長奎聽了，嚴肅地思考片刻後，道：「不如我同你一起去吧？」

「咳！」謝沛在一旁喝湯，差點沒憋住，笑出聲來。

李彥錦不慌不忙，早有對策，一本正經地搖頭。「叔公去，倒不如二娘方便。她畢竟有個縣尉的名頭，接近其他官員，順理成章。我和她可以同時行事，分頭查驗，如果叔公去的話，恐沒這麼方便……」

李長奎聽了，覺得也有道理，點頭道：「行，那我幫你看著縣衙。只是，我也得有個名頭才行啊。」

李彥錦嘿嘿一笑，這件事，他早就想好了。

次日，李彥錦找來主簿，交代道：「明日我帶著謝縣尉去拜見知府，縣衙暫時交給你了，一切按之前的規矩辦就成。若有事，就找這位李大人。」

「李大人？」主簿遲疑地看向旁邊的李長奎，有些糊塗。

李彥錦衝主簿擠了擠眼睛，故意湊到他耳邊，小聲道：「這位可是京城裡……那位派來的！都說宰相門前七品官，這位雖無官職，但咱們得敬著點，懂嗎？以後自有好處！」

主簿聽了，連連點頭，看著李長奎的眼神，恍如看著自家的親爹……

至於謝沛這邊，就簡單多了。

她對五個什長囑咐幾句後，把師父智通請來，道：「這位是我師父——智通大師，我不在的這幾日，他會來替我坐鎮。平日裡，你們能解決的事，我就不說了；如果遇到困難，你們解決不了，可以向我師父請教。」

眾人聽了，非常恭敬地應了。

如今局勢稍安，韓勇被謝沛調回來任都頭，兩眼放光地瞅著智通，心想難怪當初縣令能請動古德寺的僧人來撐場面，莫非就是靠著這層師徒關係不成？

又想到，謝沛的武功如此高強，那她師父的功力，豈不是要頂了天去？

韓勇這輩子最佩服英雄好漢，因此，平日裡看誰都不順眼的傢伙，此刻看著智通的眼神，卻是冒著精光一般。

智通見狀，低聲對謝沛道：「妳看那老頭，怎麼好像想撲上來啃我一口呀？」

謝沛一看，有些想笑，下衙後，乾脆請韓勇和智通到後面官宅裡小酌幾杯，認識一下。

結果，這頓酒後，智通竟是找到知己；而性子古怪的韓勇，也多了個忘年之交。

後來，兩人偶爾喝多了，韓勇還曾大著舌頭說：「智通啊，你乾脆還俗算了！你若還俗，我的乖孫女就許配給你……」

智通醉醺醺地拚命搖頭。「不……不要、不要！女人唧唧歪歪的，我受不了！」

兩個醉鬼的身後，阿意小娘子氣鼓鼓地磨著牙……

第四十六章

次日，謝沛兩口子把事情交代好後，就離了衛川。

這次，兩人沒急著趕路，雇了小船，晃晃悠悠朝武陽城行去。

一路上，夫妻倆趁停靠休息時，下去玩耍。若在城鎮，就尋些小吃，逛逛街市；若在鄉野，便打些野味，看看風景。

兩人輕裝簡行，又不暈船，過得甚是愜意。

幾日後，夫妻倆辭別船夫，進了武陽城。

此時，武陽城的大門已經修好，只是街道和房屋還能看到煙燻火燎的痕跡。

兩人先找客棧住下，又請夥計去給戴如斌送拜帖，約好明日下午在府衙相見。

李彥錦聽了夥計的回話，低聲對謝沛道：「明日才見？正好，今晚咱們就去看看知府家裡的夜景吧……」

小倆口吃過晚飯後，等城中漸漸安靜下來，換好衣衫，翻窗出了客棧。

兩人在月色下躍過牆頭，輕踏屋瓦，不久就來到戴府的宅院中。

找到主院後，夫妻倆先去幾間還亮著燭光的屋外聽了片刻。

最大的屋子中，一個婦人氣呼呼地道：「今晚老爺又去那個騷蹄子屋裡了？」

伺候她的婆子好言勸道：「夫人何必為那人置氣？不過是幾十兩銀子買回來的玩意兒。老爺新上任，怕是累得躁鬱，去解個悶，也是有的。」

婦人冷哼一聲。「如果是好女子，我不會多說什麼。那時，老爺不知吃錯什麼，竟如中了迷藥般，從那等髒地方領她回來。想到要與這種女子共事一夫，我就忍不下這口氣！」

窗外，謝沛與李彥錦對視一眼，悄無聲息地離了主院。

方才他們摸過來時，也在偏院聽到動靜，可能就是戴如斌正在與新歡共度良宵了。

兩人來到偏院，還沒過去，李彥錦就拉住謝沛，低聲道：「別急著看，小心傷眼睛。咱們遠著點，先聽聽。」

謝沛想到之前的某些經歷，很是無語，沒有出言反對。

只是，兩人沒想到，偏院房中，沒什麼怪異動靜，只有戴如斌跟一名女子在低聲交談，談的內容正與李彥錦和謝沛有關！

「老爺是說，衛川縣令是大皇子埋下的棋子？」一道柔媚的嗓音響起。

戴如斌答道：「我曾聽工部的主事說起，當時在吏部上奏的摺子中提過，這衛川縣令乃已故的林知府親自提拔起來的。」

「那應該就沒錯了。老爺可想好明日見他時要如何嗎？」女子問道。

「哼哼！自然是要給他好看。」戴如斌不滿地說：「現在湖白府大亂剛過，府城裡城牆、官衙、道路破損不堪。明日就讓那衛川縣令吃個啞巴虧，讓他出大頭，派勞役來好好修，修他個一年半載！哼……」

女子聽了，嬌笑道：「老爺果然高明。這樣一來，那縣令必然弄得衛川縣怨聲載道。」

「嗯……到時候，民怨沸騰，我再抓幾個小把柄，定然讓他憋屈得說不出話來。想跟我鬥，哼哼！」

戴如斌彷彿已經看到李彥錦跪在他腳下，痛哭流涕喊冤枉的模樣。

女子笑起來，轉頭說起正房的欺壓，撒嬌賣癡哄著戴如斌答應了好些東西，與他上了床，折騰去了。

窗外，李彥錦和謝沛沒再繼續偷聽，翻出了偏院。

小倆口又在戴府院中搜了一圈，找到一處疑似書房的地方。

兩人挑開窗栓，翻進去後，在書案上和書架中翻查一遍，摸到戴如斌的三枚私章。

謝沛想了想，找到印泥，將三枚私章按在紙上蓋出印子，收好紙，才把私章放回原位。

確認沒有弄亂東西後，謝沛招呼著李彥錦出了書房。

夫妻倆順利返回客棧，開始商量起對策。

「若戴如斌真要逼衛川出勞役補牆修路，有什麼法子拒絕嗎？」

李彥錦沒什麼官場經驗，就問謝沛。

謝沛琢磨一會兒，道：「想拒絕，只怕得和他徹底撕破臉。」

李彥錦聽了，毫不在意地說：「撕破就撕破，咱們也不指望真當什麼大官。再過幾年，官職沒用不說，說不定還帶來麻煩。」

謝沛點頭。「那行，回頭你如此這般，這般如此……」說出一個絕妙好計。

李彥錦聽完，哈哈大笑。「氣人這事我在行，明兒看我怎麼把那混蛋氣死！哈哈！」

夫妻倆說完正事，摟著親熱一番，便睡下了。

次日下午，李彥錦和謝沛如約來到府衙，遞上拜帖，被差人引到偏堂稍坐。

差人走後，兩人見連杯茶都沒倒，就知道戴如斌是故意要給他們下馬威了。

可惜，謝沛和李彥錦不是尋常官吏，哪會被這麼點小手段弄得緊張起來。

又等了一個時辰，眼見要散衙，戴如斌才施施然進了偏堂。

他邁著官步，臉上一絲愧疚都沒有。「哎呀，瞧我忙得，竟把兩位忘記了。」

李彥錦和謝沛站起來行禮。「見過戴大人。」

三人落坐，戴如斌不露聲色地觀察了李彥錦和謝沛，心中有些氣悶，怎地對頭竟生得如此俊秀，真是老天沒眼！

沒錯，戴如斌一直覺得，自己官路不暢，是因為長相不好。

他身材肥短、五官平平，再加上塌鼻梁、蒜頭鼻，每次照鏡子時，連自己都看不下去。

因此，戴如斌自小就嫉恨長得好的同伴。若手下中有哪個長得體面些，必然讓他看不順眼，非陷害不可。

結果，戴如斌身邊除了女人外，全是一群醜貨……

此時，戴如斌看著清朗俊秀的謝沛夫妻，心裡原本只有八分不滿，頓時變成十成憤恨。心情不好，戴如斌懶得敷衍，沒說兩句後，直接道：「聽聞衛川縣在匪兵作亂時，沒有遭遇襲擊。如今府城百廢待興，我欲徵發勞役修城牆、補官衙，再把這千瘡百孔的路鋪平，所以嘛……既然衛川受損最小，那你們多出些人力，下個月先派兩千勞役來吧。」

謝沛和李彥錦聽見要兩千人，心中把這傢伙罵個半死。

李彥錦也不裝友善了，冷笑一聲，準備氣死人了。

「我看戴知府怕是剛來湖白府，有些水土不服，昏了頭。不然，怎麼做事如此主次不分，輕重無度？」

「放肆！」戴如斌大怒。「我如何主次不分、輕重無度了？」

李彥錦鄙夷地看著他。「知府大人來此多日，武陽城裡竟還是一片蕭條，路上多有無家可歸之人。眼見天氣一日冷過一日，大人能在屋裡燒著銀霜炭，可大街上不知會有多少凍死骨！」

「你——」戴如斌氣惱，隨即眼珠一轉，道：「我這不正準備徵勞役修繕嗎？」

「修繕？大人剛才說了，要修城牆、修官衙、修路，沒說要修民宅！莫非大人年邁，記性太差了嗎？」

戴如斌冷哼一聲。「你這小小縣令如何明白我的籌謀。若不修城牆，萬一山匪再次攻打，這些百姓不用等凍死，可以直接歸西了！」

「什麼?!」李彥錦忽地跳起來，大喊一聲。

戴如斌道：「現在知道驚怕了？愚蠢！」

李彥錦「嘖嘖嘖」地直搖頭。「不得了呀，我定要把戴知府參魏將軍假報軍功之事上稟朝堂！」

「胡說！我什麼時候參魏將軍假報軍功了?!」戴如斌氣得尖叫。

「看來知府大人果然年邁不堪，剛剛不是才說那些山匪會再次攻城嗎？可魏將軍明明帶著禁軍在湖白府剿匪，殺的殺、抓的抓，已然收拾完那些山賊呢。因剿匪成功，連聖上都讚他智勇勤勉。

「可知府大人一來，就急著修城牆，又說出山匪不日再來的話，恐怕對聖上的褒獎，並不贊同啊……」

李彥錦陰險地把戴如斌一腳踢進了深坑。

戴知府傻了，過了片刻，才哆嗦著說：「胡說八道！胡說八道！我徵勞役，不是來修城牆的！」

李彥錦看看謝沛，忍著笑意繼續道：「不修牆，那就是急著修官衙和道路了？戴知府這做派，怎麼瞧著像是貪圖享受和急於跑路呀？」

此時，戴如斌才從驚嚇中回過神來，蒼白臉色轉瞬脹得通紅，一拍桌子。「我不過是隨意說說，你休要胡言亂語！」

李彥錦冷哼。「還望戴知府今後多謹慎些。若真把事情鬧大，將你棄至此地之人，可會費心費力地撈你、保你？大人，還是識時務些吧……」

說罷，李彥錦站起身，拍拍下襬，帶著謝沛慢條斯理地出了府衙。

而戴如斌則臉色陰沈地在偏堂中獨坐，直到散衙，才滿臉煩躁地回了戴府。

因心裡不痛快，戴如斌對上正妻那張冷臉時，越發沒了耐性。

兩人爭執幾句後，戴如斌摔了杯子，直奔剛收的解語花尹梅房中去了。

尹梅見戴如斌沈著臉過來，趕緊迎上去。

如何伺候男人，她經驗豐富，不消片刻工夫，戴如斌就緩了神色，但仍眉頭緊鎖，依舊有些煩悶。

「老爺，可是那衛川縣令……」尹梅眼珠微轉，猜到給戴如斌帶來煩惱的是誰。

戴知府放下茶杯，重拍茶几。「那廝實在可恨！竟然藉著大皇子和魏將軍的名頭來壓我……」

尹梅耐心地聽戴如斌把下午的事情說了一遍，半晌後，緩緩道：「老爺，依妾身看，二皇子對您也沒什麼恩惠。說句不識大體的話，在妾身心中，什麼皇子都不如老爺重要。所以，妾身想來，不管跟隨哪個皇子，老爺還是要以自身為重，切不可被人白白利用，回頭還要被丟出來頂缸背鍋。」

戴如斌聽得心裡一暖，長出了一口悶氣。「妳的心，我知道。只是現在想改換門庭，也是難事。搞不好到頭來，兩邊都要對付我，那才真是死到臨頭。」

尹梅湊過去，給戴如斌揉捏著肩膀，小聲道：「那咱們就悄悄地做。您看，衛川縣令既然是大皇子的人，咱們先放下過往恩怨，別把人得罪死了……」

下午戴如斌被李彥錦懟得肝疼，想到要給那個混蛋賠笑臉，就受不了地直擺手。「那縣令不是個玩意兒，與他說不通！」

尹梅聞言，在戴如斌身後翻個大大的白眼，吸了口氣，才繼續放柔嗓音說道：「我聽老爺說，他還帶著縣尉同來，說話間也沒有迴避那個縣尉，可見，縣尉也是大皇子之人，說不定還是大皇子親自安插的……」

戴如斌皺眉琢磨，道：「還真有可能，那縣尉儀表堂堂，且沈穩多了。衛川縣令說話間，有時還會看他眼色……哎呀，莫非真如梅兒所說?!」

尹梅得意地微微一笑。「大皇子手下，必然更加可靠。老爺，咱們就從這縣尉身上下手，即便不好直接投靠過去，只要想法子鬧得他們不合，對您來說，就是好事呀！」

「沒錯！他們還在武陽城，明日我單請那縣尉過來可好？」戴如斌眉頭終於鬆開，語氣也輕鬆不少。

尹梅在他身後嫌棄地撇撇嘴，勸道：「老爺，咱們與那縣尉還沒有交情，此時單請他，他自是還要和那縣令通氣，容易打草驚蛇。不如將兩人一起請來，回頭招待他們時，藉機把縣令引開，您也就好說話了不是？」

戴如斌聽了，深覺有理，連連點頭。

與解語花商議後，第二天，戴如斌就給李彥錦和謝沛下帖子，約他們晚上來戴府做客。

送走戴家的下人後，謝沛拿著帖子對李彥錦道：「這戴如斌又想做什麼？」

李彥錦搖搖頭。「莫非是覺得昨日表現不好，練習一晚後，打算今天再和我鬥一遍？」

謝沛笑著搧了搧帖子。「我看是你昨日把他罵醒了，今日想來拉攏咱們了。」

「這也有可能。」李彥錦坐在桌邊，手指輕輕敲著桌面。「不過，咱們得防著點，有時候蠢人做起惡來，一百個聰明人都料不到。」

謝沛被他說得直笑。「既然如此，咱們也做點準備好了。」

小倆口嘀咕半天後，出門採買，再回房來搗鼓一番……

晚上，謝沛和李彥錦如約來到戴府。

今日再見，戴如斌好似完全不記得昨日的齟齬，笑咪咪地把謝沛和李彥錦引到西廳坐。

「李縣令、謝縣尉，昨日咱們為縣務有些爭執，今日不談縣務，便能好好與兩位結交一番。來來來，這是京中流行的湯鍋子，一人一桌，吃喝隨意。且安坐，咱們邊吃邊聊。」

這幾套湯鍋器具，是他特意從京中帶來的，今年京中突然流行起這玩意兒，正好讓兩個土包子開開眼！

西廳裡相對擺著三張矮几，每張几上擺著一口小巧玲瓏的湯鍋，湯鍋下是銅造小爐子，裡面正燃著無煙無味的銀霜炭；湯鍋左右放了幾排小瓷盤，盛裝切好的葷素食材。

戴如斌眼巴巴地想看土包子出洋相，不想，兩人竟是相視一笑，並未露出一絲驚詫。

戴如斌心中馬上閃過念頭，這兩人是大皇子的手下，恐怕真見識過京中物事。尤其是那個縣尉，搞不好就是從京城過來的……

想到這裡，戴如斌的醜臉上，笑容誠懇了幾分。

接著，三人吃吃喝喝，真沒談一點縣務。

正當謝沛和李彥錦抱著不吃白不吃的念頭，大快朵頤時，忽聽隔壁有人竊竊私語。

謝沛耳朵微動，聽見熟悉的女聲。

「妳也見到了，謝縣尉年輕俊美，一表人才。妳若能得他的青眼，再加上我們撐腰，當個官夫人也是尋常。這等好事，是看妳服侍我多年，才給了妳，不然外面那些大丫鬟怕是要搶破了頭！」

「小姐，我知道了。」一道陌生女聲含糊答道。

謝沛無言，剛抬頭，就見到對面的李彥錦投射過來的鄙視目光。

「咳！」謝沛忍不住在心裡翻白眼，正想著該如何應對時，幾個丫鬟端著碗盤走進來。

謝沛一眼掃去，就見一個打扮得格外出眾的丫鬟，粉面含春地看向他。

李彥錦不滿地咳兩聲，卻招來另一個丫鬟的盈盈眼波，嚇得他趕緊端起杯子飲了口酒。

謝沛總算明白，戴如斌為什麼請他們來。想使美人計？腦子都沒用在正路上啊……

此時，兩頰緋紅的丫鬟已經走到謝沛跟前，吸了口氣，右手一歪，就準備把端著的菜盤摔到謝沛身上。

不想，謝沛竟是猛地跳起來，口裡大喊一聲：「抓刺客！」

乒乒乓乓一通亂響後，那倒楣丫鬟糊裡糊塗地被謝沛踹到了大廳中央。
戴如斌被這一連串變動驚得呆住，半天說不出一個字。
李彥錦也愣住，緊接著差點笑出聲來。
娘子這反應，也太絕了！

第四十七章

李彥錦忍著笑，不好開口，謝沛只得瞪他一眼，然後一本正經地向戴如斌解釋。

「戴知府，快叫人來綁了這女子。我從她進門時就覺得不對，剛才她靠近時，還故意用瓷盤襲擊下官……這分明是想挑撥我們之間的關係，用心險惡呀！」

戴如斌聞言，眨眨眼，艱難地擠出笑容。「謝縣尉多慮了……呵，這只是我府中一個手腳笨拙的丫鬟罷了……」說到這裡，靈光一閃，道：「這樣吧，這笨拙丫鬟既然犯了錯，我自不能饒她。乾脆送給謝縣尉，讓你帶回去發落好了，啊哈哈哈……」

謝沛嘴角微微抽搐，還沒來得及開口，就聽見李彥錦大聲說道：「不妥！」

戴如斌和謝沛，包括地上趴著的倒楣丫鬟聽見，都齊齊扭頭朝李彥錦看去。

李彥錦清清嗓子，義正詞嚴地說：「如果這丫鬟心存歹念，自然應該交給知府大人審訊。若大人懶得審，就該交給下官，萬萬沒有直接把人放到謝縣尉身邊的道理。而且，就算這丫鬟真是無意失手，便說明其蠢笨，拿此等蠢人相贈，很容易讓旁人誤會知府對我們有什麼不滿吶。」

這下，戴如斌張口結舌，被堵得說不出話來。

地上趴著的倒楣丫鬟見狀，忽然哭道：「奴婢不是想害縣尉，也不是手腳笨拙……奴婢是欽慕縣尉，一時愣神，嚶嚶嚶……」

李彥錦聽了，心裡暗罵：這貨竟然還會嚶嚶嚶，越聽越火啊！

戴如斌見事有轉機，開口勸道：「謝沛，這只是小女子的一片思慕之心，我看不如成全了她吧。說不定，還能成就一段佳話……」

「成不了！」謝沛冷酷無情地說。

「為、為何？」丫鬟不死心地問。

謝沛用眼角斜她一下，飛快地轉開頭，說了三個字——

「妳、太、醜！」

「噗！哈哈哈……」李彥錦再忍不住，大笑出聲。

丫鬟羞憤欲死，一骨碌爬起來，摀著臉衝出了西廳。

戴如斌表情扭曲，心裡把謝沛也恨上了。

那一句「妳太醜」，不但擊碎了一個思春丫鬟的夢，也徹底刺痛戴如斌脆弱的心。

這根本是衝著他說的，真是……太過分了！

李彥錦笑著、笑著，發現戴如斌的臉徹底冷了下來。

既然如此，他和謝沛也懶得再待了，兩人起身告辭。

「今日吃得盡興，多謝大人款待，我等該回去了。」

戴如斌連客氣話都不想說了，只擺擺手，喊了聲：「送客！」

謝沛和李彥錦出了戴家門後，走遠幾步，對視一眼，再忍不住，又哈哈大笑起來。

回了客棧，李彥錦把身上的東西掏出來，擺在桌上。

「這蠢貨真是笑死我了，還以為他要搞鴻門宴，誰知竟是使了蠢人計！」

謝沛也低聲笑著。「高估他了。不過這些東西遲早也能派上用場，不算虧。」

李彥錦嘟囔一句「妳太醜」，沒忍住，又抖著肩膀笑起來。

謝沛吸了口氣，道：「這番，戴如斌怕是恨我更多了些。你沒見他聽到醜字之後，表情猙獰得彷彿要撲上來咬我般。」

李彥錦擦擦眼角，點頭道：「他醜成那樣，多半疑心妳罵他了。哈哈哈！」

謝沛擺弄桌上的幾個小暗器。「咱們得給他點厲害瞧瞧才行。這種小人，不讓他怕了你，以後說不定什麼時候就出手害人。」

李彥錦嗯了聲，琢磨起要怎麼整治戴如斌了。

此時，戴府中，戴如斌正對寵妾尹梅大發脾氣。

「都是妳說什麼拉攏，結果今兒反倒害得老爺我被謝沛當眾羞辱！」戴如斌怒氣沖沖地吼道。

晚間尹梅就在西廳的偏室待著，自然清楚裡面發生了什麼事，此時聽他吼叫，心裡也生出一股不耐。

但想著主子常先生的交代，到底忍住了，柔下嗓音，帶著哭腔說：「老爺息怒，都是妾身愚笨，連累老爺了……嗚嗚，妾身沒想到，這世上的男子並不都如老爺這般知情識趣，那謝沛自己生得略體面點，竟是開口、閉口便嫌棄旁人樣貌，實在不為君子！」

「沒錯！真乃小人也！」戴如斌氣哼哼。

尹梅眼珠微轉，耐心勸道：「這謝沛眼高於頂，恐怕還真是大皇子的親信。跟在皇子身邊，什麼美人沒見過？我身邊的蠢笨丫頭，自然沒法入他的眼……」

戴如斌皺緊眉頭，臉上的怒色漸漸被憂慮取代。「咱們惹不起，又無法交好，這可怎麼辦？」

尹梅跪到戴如斌腿邊，輕輕捶著他的小腿。「想來，還是咱們心急了，沒弄清楚這兩人的喜好。老爺莫急，反正他們在湖白府內，又跑不了，多打聽些時日，總能找到法子。」

戴如斌嘆氣。「我這知府當得實在窩囊，竟要對兩個末流小官察言觀色……」

「老爺休要妄自菲薄，您是家裡的頂梁柱，妾身與姊姊都靠著您呢！而且，老爺低頭也是衝著大皇子低頭，要不是他們背後有這靠山，想整治兩個小兒，還不是您一句話的事？」

戴如斌被哄得眉頭舒展，火氣全消，當夜自然又留宿在尹梅房中了。

次日，謝沛和李彥錦來向戴如斌告辭，說是出來日久，要趕回衛川去。

雖然戴如斌心內不爽，但到底沒敢胡言亂語，勉強撐著笑臉，與兩人說了幾句，便讓下人代他送客。

下人去了半個時辰，回來稟報，親眼看著謝沛和李彥錦雇車，出城去了。

戴如斌聽完，只覺得送走兩個瘟神，心頭一鬆，早就忘了，當初還是他把人家叫來府城的呢！

然而，他這份好心情卻在當天夜裡蕩然無存。

深夜，戴府偏院中，戴如斌剛從尹梅身上翻下來，就聽見窗外有人陰陽怪氣地說道：「戴大人，咱家失禮了！」

說完，一陣冷風吹過，戴如斌抬頭就見床頭多出了一道黑影。

「啊——唔！」床上的兩人連驚呼都沒出口，就被人戳了幾下，變成啞巴。

戴如斌瞪大雙眼，渾身抖個不停，若非穴道被人封住，此刻怕是已經拚命磕頭求饒。

「戴大人真是快活啊～～」黑影嗓音陰柔，聽著格外彆扭。「自離了京城，大人也算是脫了樊籠，如今到湖白府，頭一件事竟是來對付咱家主子的人，真真是好一條忠狗！」

「唔……」戴如斌拚盡全力，想替自己辯解兩句，卻連半個字都說不出來。

「行了，犯不著對咱家解釋，今兒，只是讓你知道厲害。以前湖白府是誰罩著，今後也變不了，要不是看你還有點用處，咱家也不用和你廢話半天。這是主子給你的唯一機會，如果做不好，下次咱家來，怕是要帶著你的腦袋回去覆命！」

黑影說完，翹起蘭花指，輕輕戳戴如斌和尹梅兩下，然後唰一聲翻出窗戶，消失得無影無蹤。

好半晌，戴如斌才回過神來，顫巍巍地嘟囔：「這怕是大皇子身邊的高手啊……」

黑暗中，尹梅兩眼放著精光，嘴裡卻哆哆嗦嗦地附和：「那公公好可怕……老爺，咱們還是不要再和大皇子作對了吧……」

是夜，嚇唬完戴如斌後，「李公公」就與謝沛一同打道回府了。

兩人回衛川後，轉眼到了十二月初，因衙門休沐，便一起回謝家看謝棟。

因左鄰右舍沒人見過縣令、縣尉的模樣，都以為是謝家來客罷了。

前陣子，謝棟負責管白玉樓的大食堂，一個人負責炒菜，險些累個半死。後來聽了女兒、女婿的話，尋了幾個幫手，每人負責一至兩道菜，這才喘了口氣。

如今，他只需要在煮飯時過去，看看有沒有人手腳不乾淨，或者糊弄了事，就可以了。

看寶貝女兒和女婿回來了，謝棟心情大好，趕緊拉著兩人進屋。

「天氣冷，你們那宅子可還能住？」謝棟見過官宅，知道裡面其實很破爛。

謝沛笑道：「已經尋人仔細修了，爹要不要也搬過去住？」

謝棟一聽，使勁搖頭。「不不不，我住慣了這裡。年紀大，不睡自己家，總覺得不踏實，去蜀中那一年半，好些時都睡不著。」

謝沛點頭，也不勉強他，畢竟這老宅裡留著太多回憶。

略說了些閒話後，謝棟有些擔心地問：「你倆這身分還要裝多久？我不是急著叫你們回來，畢竟阿錦當縣令，我是真放心，再不用怕那些當官的鬧些鬼事。只是，我這心裡老發虛，要是真有一天被發現了，你倆千萬別傻等著，趕緊跑呀……」

李彥錦知道自家岳父是老實人，讓他騙騙人，一句兩句、一時半刻可能還成，讓他天天頂著假身分晃蕩，恐怕這胖老爹很快就能減肥成功……

謝沛拍了拍謝棟的手背，安撫道：「爹不用擔心，就我和阿錦的身手，只要不派幾千精兵來圍剿，想脫身還是很輕鬆的。而且吏部那邊的官員檔籍已經改好，如今我和阿錦可是名正言順的官吏。」

李彥錦也笑著說：「幸虧還有蟹黃和謝小白陪您，我倆天天在外，實在有些不孝。」

「沒事，每日我還能藉著送飯的工夫，來見見你們呢，看你倆好好的，我便心滿意足了。回家陪我是小事，你們好好當官，給尋常百姓多做些好事，爹比什麼都高興！」

謝棟被女兒、女婿說得心中輕鬆不少，笑得更歡實了。

晚上，眾人一起吃飯時，智通咬著排骨，忽然問道：「今年，咱們縣裡辦燈會嗎？」

李彥錦和謝沛一愣，想起在蜀中見過的熱鬧場景。

李彥錦眼珠一轉，道：「辦，而且要大辦特辦！」

「嗯？為何要大辦特辦啊？」李長奎不解地問：「如今城裡好不容易才安定下來，回頭辦燈會，恐怕又要亂上幾天。」

謝沛倒是能明白李彥錦的想法，開口道：「老百姓畢竟不是軍人，之前山匪作亂，他們嚇著了，咱們管得嚴些，一時半刻，這些百姓還能接受；可天長日久地壓著，城裡越來越悶，反倒容易滋事。倒不如藉著燈會，讓大夥鬆快、鬆快。」

李長奎點點頭，明白過來。辦燈會，是為了安人心。

李彥錦嘿嘿一笑。「這只是其一，我還有另外一個目的。這幾個月，縣裡的集市冷清許多，雖然大半閒人都被安排了差事，可有些人還沒有著落。

「若是以前，他們去鄉下買點東西，到城裡來擺攤，也能賺幾個錢過活。可現在大家嚇破了膽，他們不敢出城，其他村子裡的人也不敢進來，好多零碎活計就做不成了。時日長了，咱們不方便，他們沒進項，都不是什麼好事……」

「嗯，所以你就想著，在辦燈會之前，先把消息放出去，引來熱鬧，再開集市。這樣城裡做小生意的一多，日子就活泛起來了。」

謝沛幫李彥錦把話說完，大家聽了，臉上都露出笑意，想到他們在蜀中府城裡見到的場景……

人群熙攘間，賣各種玩意兒的小販沿街叫賣，大嫂子、小娘子歡聲笑語，彼此打著招呼，人人臉上都帶著活潑又愉快的神情……若衛川也能變成那樣，該多好呀！

「來來來，你們都出出主意，這燈會該怎麼鬧，集市要怎麼開才好……」

吃飽喝足後，李彥錦把桌子清空，眾人便七嘴八舌地充起狗頭軍師，商議起來。

三日後，衛川縣城裡出了告示，說是新縣令宣佈，要在正月十五這天辦燈會。屆時，白天會在縣裡的四條主道上開大集，晚上則在縣衙前的大街上辦燈會。

另外，燈會當天，還會安排五百鄉勇在城裡維持秩序，且當日進城者，不收商貨稅。

在大集上擺攤，除了衙門劃分出的大攤位要交點銀錢外，其他小攤位都按先後順序分配。當然了，若惡意占位、但又沒東西可賣的，就會收到縣令大人的邀請，來個縣衙大牢一日遊。

消息一出，原本氣氛有些沈悶的縣城頓時熱鬧起來。

這幾年，又是旱災、又是洪災，天災過後還有匪兵，別說正月十五，連年都沒好好過。如今不同，匪亂平定，天災也過去了。新縣令看著還挺可靠，且有官府出面，又有幾百鄉勇震懾，好好熱鬧一下，真是再好不過！

於是，已經關門許久的商鋪重開起來，不少商戶更是來縣衙打聽，燈節那天的攤位是怎麼個劃分法，準備來做生意了。

次日，縣城裡的百姓就看了個稀奇。

衙役們帶著鄉勇，在城裡的四條主道上，用石灰粉畫起格子。

「誒，官爺辛苦了。敢問你們這是在做什麼呀？」一早點鋪的夥計端著熱茶湊過來。

衙役見了，嘿嘿笑道：「十五那天不是要開大集嗎？縣令大人怕大家爭搶攤位，所以讓我等提前畫好地盤。想要占個好位置的，就去縣衙裡找稅房書吏交攤位錢，咱們會把位置提前留好。凡是交了攤位錢的，每攤都有一個鄉勇守著，看誰敢來生事……」

「哎喲，這可真好，我得趕緊告訴東家去！您忙、您忙～～」小夥計聽了，咧嘴笑笑，一溜煙跑了回去。

這些衙役用石灰粉畫好地盤後，還在每個格子裡按順序標上記號，忙了三天，才把四條主道都畫完。

這些畫在主道兩側的石灰格子，自畫好後，就沒人敢去踩踏。
大家都盼著十五那天能好好熱鬧一番，誰會在這之前胡鬧惹事吶……

轉眼，到了臘月二十。
晚間，李彥錦和謝沛擠在被窩裡，商量起衙門的事情來。
「今年不能把人都放回去，咱倆恐怕也只能休息兩、三日啊……」李彥錦有些心累。
謝沛找了個舒服的姿勢，把腿搭在李彥錦腿上，道：「那讓他們輪流休息好了，多發點俸祿，再弄點年貨，大家就高興了。」
「年貨？」李彥錦伸手摸著娘子緊實滑嫩的大腿，嘟囔道：「如今咱們手裡只有糧食，難道發糧給他們嗎？感覺好像也沒多鼓舞人心……」
「你真是沒餓過，不知道糧食貴。」謝沛戳戳李彥錦的胸口，眼珠轉了轉，道：「得了，這幾天，我帶著鄉勇出城練武好了。」
「嗯？出城做什麼？」李彥錦低頭在她腦門上親了一口。
「古德寺那邊有些荒山，上面的林子還挺茂密的，裡面應該有不少野物。我想帶鄉勇去打獵，一是讓他們在實戰中長點經驗，見點血；二嘛，是想多弄些肉回來，給爹送去，再發給大家，權當是年貨了。」
謝沛說著話，手指掐著李彥錦的寶貝某處，搓來撚去。
「嘶……娘子輕點！」李彥錦摟住她，小聲叫道。

謝沛一愣，噗哧笑了起來，微紅著臉，好奇地問：「我這樣弄，你舒服嗎？」

李彥錦猶豫一會兒，說了實話：「不知為啥，妳弄得我有點心慌想吐……」

「想吐?!」謝沛不解地睜大眼，小聲道：「為什麼你這麼弄時，我就挺舒服，麻酥酥的。換了你，竟然想吐？難道這樣能讓你懷孕不成？」

「咳咳咳，瞎琢磨啥吶！」李彥錦咬了謝沛的鼻尖一口。「我覺得呢，大概是因為刺激太大了……唔！別舔！更、更想吐了！」

謝沛再忍不住，笑出聲來，夫妻倆一夜情濃，才相擁睡去。

第四十八章

次日一早，鄉勇們得知，威猛無敵的縣尉大人要帶大家上山訓練了。

早就蠢蠢欲動的漢子們興奮極了，百姓們路過，聽了一言半語，心裡不禁納悶道，縣尉大人好像要帶人去當山大王啊……

於是，衛川縣的五百鄉勇分成兩批，輪流跟著謝沛在荒山密林中連奔帶竄了五天。

臘月二十六，縣衙門前熱鬧得賽過了逛大集。

好奇的百姓湊過去一問，才知道，衙門要給公人發年貨了。

再問發些什麼年貨，卻見這些黑壯漢子個個憋著笑，就是不說。有年輕沈不住氣的，便嚷道：「別聒噪了，小心吵著裡面分年貨的！」

好打聽的閒人抽抽嘴角，還嫌他們聒噪，你們自己吵吵嚷嚷得都快賽過殺豬了！

其實，鄉勇們吵嚷，並不是為了誰多、誰少，這夥在密林中見了血的漢子，竟是湊在一起吹起了牛。

「嘿，我們那隊上山頭一天，就遇到大塊頭。那野豬大得都快賽過馬了！」

「哈哈哈！你吹吧！野豬算什麼，我們還遇到蟒蛇精。那傢伙，至少有兩、三丈長！」

「我跟著縣尉，看著他一拳就把那野豬揍懵了……」

「我們遇到的狼群才夠狠，竟是拚得一隻都沒剩下……」

路過的百姓聽得目瞪口呆。這、這是真的嗎？縣尉這麼威武，感覺能上天和太陽並肩了！

因收穫豐足，謝沛還給古德寺送了幾十張狼皮過去。

慧安大師原本不肯收，謝沛勸道，寺裡年紀大的僧人，因長期打坐，都有些關節毛病，連慧安大師也不例外。用這些狼皮做成褥子，晚上睡覺時墊在身下，最是保暖，對有風濕毛病的人更好。

慧安聽了，這才勉強收下，還幫這些狼皮做了超渡法事。

後來，李彥錦從覺明口中得知此事，笑著說，那些狼皮褥子經過高僧開光，身價更是非同凡響！

分完年貨、領了紅包後，衙門中的公人得知過年要輪流值班時，就沒什麼意見了。

老實說，值班時，白玉樓都會送飯來，比在自己家吃得更痛快些。那些不用出去巡邏的文書，還能在公房中燒炭盆取暖，換成在自己家，哪捨得大白天就燒這麼些炭！

安排好衙門的值班後，除夕到初三，謝沛和李彥錦在謝家好好歇了四天。

因不想招來鄰居懷疑，所以謝沛和李彥錦待在後院裡，除了練練功，也沒什麼正事可幹。

於是，在吃喝之餘，李彥錦做出紙牌來，帶著全家人一起玩，又不斷插科打諢，玩起來，簡直逗得謝棟的腮幫子都笑酸了。

到了初四，李彥錦和謝沛回了官宅，白日在衙門裡轉轉，沒什麼大事，倒也還算清閒。

初十，所有的公人和鄉勇都回來當差，縣衙上下為十五那天的大集和燈會忙了起來。

為了不讓大集和燈會上出亂子，又要讓來玩的百姓對衛川縣城放心，李彥錦和謝沛制定了一套「寬進、嚴控、詳查」的對策。

在城裡的主道上，每個路口都有鄉勇守著。逛大集和燈會，沒人多管，但若想從這些地方轉進城裡其他巷道，就必須出示門禁牌；若是沒有，鄉勇們絕不會放行的。

除此之外，大集和燈會所在的街道上，不但派人駐守大攤位，而且每隔幾十步，就有鄉勇來回巡視。

而城門、碼頭還有縣衙這些地方，更有謝沛、智通、李彥錦、李長奎四位高手坐鎮。但凡哪裡有點風吹草動，任何一個人都能阻攔一陣，支撐到其他人來援，不成問題。

城裡佈置好後，韓勇被調去支援信號樹，要在元宵節前後幾日看好這一塊，以防有賊人趁著城門大開之際，來個偷襲或攻擊。

轉眼到了正月十四，縣城裡已經陸陸續續來了些人。除了城中有親戚做擔保的，其他人都被安排住在衙門指定的兩家客棧。

這兩家客棧已經被縣衙書吏接管，每個入住者，都會仔細查驗戶籍，並登記年甲、貫址、形貌等等。

十四日下午，冷清許久的小碼頭上，忽然來了艘船。

這船看著就是有錢人家用的，船身光滑，船艙的窗葉雕刻精緻，甲板上還站了幾個孔武有力的家丁。

待船靠岸，駐守碼頭的兵士就上前詢問，得知對方是府城人，在衛川縣城裡買了宅子，是以前一個富戶留下的宅院。

查驗過房契、路引後，兵士才讓船上的人登岸。

這船吃水不深，從船艙中出來的是幾個丫鬟並一個小姐模樣的女子，一看也不像是要打家劫舍的歹人。

不過，駐守碼頭的兵士還是把這戶人家的詳細情況稟報給李彥錦和謝沛。

晚上，那家富戶的宅院附近，就多了一隊巡邏的兵丁。

院子中，小姐模樣的女子正在查看她帶來的首飾盒。

旁邊的丫鬟低聲說道：「小姐，咱們府外多了些巡邏的人……」

墨菊淡淡一笑，撫摸著金燦燦的寶簪，道：「咱們是來逛燈會的，怕什麼？有人巡邏，對我們來說，反而更安全些，不要大驚小怪。」

丫鬟抿唇，應了聲是。

墨菊輕哼。「別當我不知道妳心裡那點謀算。往日在常先生手下，咱們還是姊妹相稱，這次出門，妳卻只能當個丫鬟，心裡憋屈吧？」

丫鬟剛想開口，墨菊卻搶先道：「憋屈也得忍著。誰讓妳就是這麼蠢呢？」
丫鬟聞言，低下的眼中閃過一股怒氣，僵硬著脖頸，半天沒抬頭。
墨菊哼笑。「下去吧，別在這兒礙眼。明日妳留下看家好了，呵呵……」

次日一早，縣城城門剛打開，便湧入無數百姓。他們大多是附近的鄉民，聽說城裡辦了大集，還要鬧花燈，且白逛不收錢，心癢之下，到底沒忍住看熱鬧的心，就趕來了。

他們進城後，發現城裡佈置得井井有條，一路上都有官兵引導，人群也沒有亂七八糟地散開，被直接引到舉辦大集的四條主道上。

此時，集市中，之前租好攤位的商家早把自家攤子擺出來；而沒租攤位的小販，也趕緊找好空位，準備做生意。

整個湖白府裡，今年就衛川縣辦大集和燈會，所以十五這天，來縣城的人絡繹不絕，直到晚飯時辰，還有特地來看花燈的人家趕著進城。

白日的大集裡，沒出太大的亂子，有幾個高手坐鎮，除了逮住十幾個小毛賊外，再無人來胡鬧生事。

晚間，因為燈會就在縣衙門前這條大街上，謝沛能調些人手回來，略微休息、休息。

而白日李彥錦坐在縣衙裡守著，晚上就準備和謝沛去燈會走走。雖然也是辦差，但到底能藉機說說私房話，忙中偷閒。

兩人吃過謝棟送來的晚餐後，一起出了縣衙，開始溜達。

燈會與集市不同，集市不用官府出面，各家鋪子、小販會把貨物擺好，招攬生意。燈會則需官府主持，除了幾個賣燈籠的攤子外，兩邊的各色燈籠都是縣衙出錢，提前做好，掛出來供人欣賞。

為了省錢，李彥錦原本還想弄點冰燈，奈何這裡不是北方，雪存不了幾天。像冰燈這種玩意兒，早上勉強做出來，到中午就化成水了……

好在，沒有冰燈也不妨礙悶了幾年的百姓取樂，花燈剛點亮，大街上就充滿歡聲笑語。

李彥錦與謝沛在人群中走著，面上帶著笑意，心裡並未完全放鬆下來，依然戒備著。

此時，街邊某個暗處，墨菊有些煩惱地小聲嘟囔：「怎麼就這麼點人啊……本來想弄個人多擠散的藉口，這下沒希望了……」

她身邊換了個丫鬟，一言不發地守在一旁。

墨菊看了一會兒，問道：「謝縣尉就是縣令旁邊那個略矮一點的男子嗎？」

丫鬟點頭。

墨菊伸手扶了扶頭上的金簪。「行了，等下跟著我。我直接暈倒在他身上，後面的事，就由不得他了！」

丫鬟依舊沈默不語。

墨菊見狀，翻個白眼，輕輕嘖了一聲。

看。

謝沛和李彥錦正逛著，見前面不遠處，有兩個小娘子走到一串玉蘭燈下，似乎正在賞

片刻後，謝沛突然輕輕咳了一聲，原本還有些散漫的李彥錦頓時提起精神，不動聲色地四下打量，將目光集中在即將走到他們近前的兩個小娘子身上。

這兩人似是一主一僕，看上去沒什麼問題。只是，謝沛打了暗號，便說明這兩人肯定有哪兒不對……

李彥錦腦子飛快轉著，突然眼睛一亮，明白過來。

只看那丫鬟，倒也尋常，可那個小姐卻頗不對勁。

各色燈火輝映下，這位小姐纖腰款擺、步態婀娜，再加上衣衫精美、妝容不俗，使得她剛走到亮處，就引來了其他人的注目。

像這種打扮的小姐，絕不會是普通小娘子。但此時，這小姐身邊卻只有一個丫鬟跟著，且兩人臉上不見焦急神色，如此安然淡定地逛著燈會，太詭異了！

李彥錦想完這些，對面兩人也走到近前。

謝沛和李彥錦表情平靜，卻格外留心她們的舉動。

果然，就在雙方即將擦肩而過時，忽聽丫鬟打扮的女子低呼一聲，緊接著那小姐便蛾眉緊蹙地扶額，輕輕噯了聲，雙眼一閉，往謝沛身上軟軟地倒下……

謝沛見古怪小姐朝自己歪倒，左手在腰間一劃，然後閃電般地用刀鞘橫拍過去——

這一拍，原本朝謝沛撲來的墨菊被直挺挺地推得仰倒，向後栽進丫鬟懷裡。

丫鬟伸手抱住墨菊，兩人齊齊一呆，心中驚呼。

怎麼會有這種心狠手辣的男人?!

糟！墨菊這毒娘丟了大臉，回頭會不會殺我滅口呀？

李彥錦卻大樂，謝沛這招簡直帥爆，啊哈哈哈哈～～

「小……小姐，您怎麼了？」丫鬟為了保命，只好勉強把戲接下去。

謝沛見那古怪小姐真有暈厥之勢，念頭還沒轉完，就看身邊的李彥錦微微抬了下手——

一個細小黑影無聲無息撞在墨菊的麻筋上，強烈的痠麻之意襲來，讓她忍不住想發抖。不過，墨菊是常先生手下的得意之人，竟生生忍住了這股痠意，硬是把戲演得逼真。

哼哼，想看我是不是裝暈？沒那麼簡單！我忍！

李彥錦見狀，險些沒笑出聲來。

他那一下，還真不是衝著證明真暈、假暈做的，主要是為了整人。因為，只要不是真屍體，不管暈不暈，被撞到麻筋以後，身子都會自然抖動。

可眼前這位女子硬是挺著不動，反而說明其中藏著貓膩。

丫鬟抱著墨菊，還想再說幾句，卻見對面的俊美縣尉忽然抬起手一揮，對巡視的鄉勇喊了聲：「孟六過來！」

「欸？謝老大！咳，李大人也在！」孟六是新提拔起來的什長，剛見到謝沛還滿臉歡喜，再看到一旁的李彥錦，便縮了縮肩膀，老實起來。

「孟六，這裡有個小娘子突然發病了，你把人送到大夫那裡，看看要不要緊。」

為避免這兩個女子在大街上鬧事，謝沛乾脆裝作沒看破這把戲，先把人挪出燈會再說。

孟六低頭一看。欸，這裡怎麼倒了個美人兒？搓了搓手，道：「謝老大，那我先把人扛過去！」

謝沛還沒點頭，暈倒的墨菊卻緩緩睜開眼睛，茫然地看了看四周。「我這是怎麼了？」

丫鬟暗暗翻個白眼，面上卻焦急地說：「小姐，咱們趕緊回去吧，剛才您又暈倒了。」

墨菊抬頭看向謝沛，還想說話，卻聽對面另一個人沒好氣地道：「妳說說妳啊，明知有病的人不好隨便亂跑，而且今兒燈會上的人特別多，就算非要出門，怎麼不多帶幾個下人跟著？看妳不像沒錢人家的小姐，怎麼辦事如此糊塗？快回去吧！」

「孟六，你護送她回去，再對她家大人說說，閨女有毛病，千萬不能慣著，該治就治，該關就關，不能隨便放出來……」

墨菊越聽，臉色越難看，最後氣得話也不想多說，直接轉身走了。

孟六跟在後面，自以為小聲地對兄弟們嘆道：「看著怪好看的小娘子，怎麼是個腦子有毛病的？我娘不會同意她進門，還是算了吧……」

墨菊聽見，在心裡破口大罵：哼，進你祖宗個門！

孟六把墨菊主僕送回去後，去找謝沛覆命。

「老大，就是坐船來的那家。他們家挺古怪的，只有墨菊一個主子，其他都是下人。」

此刻，孟六臉上的憨笑全數退去，黝黑臉龐上露出原本的精明和冷靜。

「嗯，你安排好巡邏的人，盯著他們，也注意看看，這城裡有沒有人和他們接觸。他們要做什麼，你不要上去阻攔，跟好了，向我回報就行。」

謝沛仔細地吩咐完，便讓他去辦。

燈會熱熱鬧鬧地過去了，來衛川買東西、看熱鬧的百姓，走時還意猶未盡。更有不少人見識過衛川的安定後，決定到這裡來做些買賣試試。

次日，衛川縣衙正式開衙。

開衙前，李彥錦說了幾句鼓勵大家認真幹活的話後，大手一揮，竟然要發新年紅包！

這錢是哪兒來的？自然是燈會那天賺的銀子。

元宵節這天，縣衙眾人，包括五百鄉勇幾乎沒有休息，整整忙了一天一夜。且這次大集和燈會因為眾人的盡心盡力，辦得格外順利，沒出什麼亂子。

於是，李彥錦和謝沛商議後，決定把之前收的攤位錢全拿出來發給大家，做為獎賞，希望來年燈會，眾人能再接再厲！

這話啊，說得再好聽，大家高興一下也就過了。可錢就不一樣了，發到各人手裡，沈甸甸的，讓人心裡美滋滋、笑嘻嘻，再多的疲累也瞬間被撫平了。

於是，一開衙，縣城百姓就發現，這些勞累了一天的衙役和鄉勇們是不是打了雞血呀，怎麼走路都顛顛地，好像要抽筋似的？

第四十九章

開衙後，謝沛騰出手，把昨日抓的毛賊審了一遍。其中，有幾個是附近有名的地痞，謝沛也不客氣，直接把人送去公田隊。

這公田隊是李彥錦編出來的。與普通雇來種田的百姓不同，他們是幹活抵罪，沒有報酬，且行動都有人盯著，說話、做事毫無自由。

每日好好幹活的人，能有兩頓飽飯；如果表現不佳，則只有一頓稀粥。白天汗如雨下地種田，晚上還要回大牢裡蹲著，讓那些懶漢苦得吐血了。

不就是因為懶得出力，他們才走了歪門邪道嗎？早知最後還是要天天鋤地，他們還瞎整個啥啊……

這十幾個毛賊中，有兩個半大小子引起了謝沛的注意。

兩人都是約莫十二、三歲的模樣，一個油嘴滑舌，一個三棍子打不出一個屁。可不管怎麼問，兩人都沒把自己的真實來歷說出來。

這可比好些大人強多了，只稍微一嚇唬，那些地痞就把自己祖宗十八輩都交代清楚，可這兩個半大孩子竟是硬撐著，沒有說實話。

謝沛也不著急，讓兩個小子跟著其他大人，也去公田裡幹活，打算伺機再查。

如今，鄉勇每日操練前，都會先到城外公田附近跑上一個來回，再回來跟著謝沛習練刀法、拳法。

那些老犯人已經看慣了，倒沒什麼，可新來的這批人被嚇到了。

何曾見過如此慓悍的鄉勇？何曾見過如此威武不凡的縣尉呀！

再聽那些鄉勇休息時互相吹噓年前上山打獵的經歷，謝沛的威名就越發震人心魄了。

此時，兩個少年一邊拔著田裡的野草、一邊不時偷看正在打拳的鄉勇們。

雖然看不清被圍在中間的縣尉是什麼模樣，可光看一群精壯漢子能鴉雀無聲、聚精會神地聽他講話，足以讓兩個小少年對他心生敬意。

在外種田到底比在牢裡自由一點，小少年藍十六趁無人注意，湊到同伴喬曜戈身邊小聲道：「么哥，我看這縣尉有真本事，咱們要不要求求他……」

喬曜戈眉頭緊皺，抬頭看看四周，嘴唇微動，道：「他信不信還難說，真信了，又憑什麼為咱們去冒險？咱們倆能給人家什麼好處？別傻了。」

藍十六嘆口氣。「我也知道，都說知人知面不知心嘛。可咱們好幾天沒回去了，小然被那老不死的抓在手裡，怕是要遭罪……」

他的話沒說完，就見喬曜戈垂下了頭。

藍十六知道自己說急了，論起來，喬瀟然還是喬曜戈的親妹妹。連他都著急，喬曜戈心裡恐怕已經急瘋了。

可如今，他倆始終找不到脫身的法子。且就算逃回去，難道今後一輩子就要被那幾個壞人困著，做盡偷雞摸狗之事嗎？

即便他和喬曜戈咬牙忍了，可喬瀟然再幾年就長大了，如果落在那些人手裡，結局讓人不堪設想……

兩個小少年在為自己與親人憂愁焦慮時，縣衙那頭有人來求見謝沛。

縣衙門前，一個白白淨淨的小丫鬟提著食盒，言笑晏晏地對門子說：「大哥，這是我家小姐命奴婢送來的。昨日燈會時，多虧謝縣尉相救，才讓我家小姐安然無恙。知道謝縣尉不收財禮，為表謝意，遂送些尋常吃食。還請這位大哥通融一二，讓我送進去。」

兩個門子眉頭微動，對視一眼後，說道：「這位小娘子，我們衙門不放閒人進去。這食盒交給我們，等縣尉回來，就幫妳送過去。」

丫鬟聽了，眼珠一轉。「謝縣尉不在衙門嗎？那他什麼時候回來？」

年輕的門子正想開口，年老那個就截了話頭。「小娘子把食盒留下就離開吧，這裡畢竟是縣衙，一個女娘待在這裡，怕遭人閒話。」

丫鬟聞言，磨磨牙，笑道：「那我回去問問小姐，下次再來麻煩兩位大哥。」說罷，轉身走了。

年輕門子見人走了，偷笑著說：「我就說，咱們縣令和縣尉都長得好看，又年輕能幹，肯定招小娘子注目。這不，燈會剛過，就有人找上門來，嘿嘿……」

年紀大的門子看他一眼，道：「不知瞎樂個什麼勁？這找男人能找到衙門來的，你當是什麼好的？嘴巴管嚴點，別回頭縣尉要揍你時，才後悔。」

「老哥，你是說這女的有問題？」年輕門子驚道。

老門子哼了聲。「我怎麼知道？我就知道，咱們不能隨便把大人們的行蹤告訴閒人，別管男的女的、醜的俊的。」

另一邊，街口的拐角處，丫鬟提著食盒不斷地偷窺縣衙的大門。

她這次的任務是，必須在謝沛面前幫墨菊說好話。之前想著，她若能進縣衙見謝沛，是最好的，不想一大早，謝沛就不在縣衙。

不過，這樣也好，她在這裡等著，待謝沛回來時，自然就能見到了。

丫鬟在拐角處守著，不久，一隊巡邏官兵從她身前走過。

隊伍中，有人看了那丫鬟的容貌幾眼，轉頭與隊長低語幾句後，離開了隊伍。

城郊，謝沛帶著鄉勇們正操練得起勁，遠處忽然跑來一個人，待跑到近前，略喘了幾口氣，就衝著謝沛喊道：「報——大人，有情況！」

謝沛看他一眼，交代正在練習的鄉勇們：「接下來，你們把三刀法練習一百次！」

鄉勇們立刻練起來，謝沛則走到一旁，側頭聽來人低語了幾句。

「行，我知道了。你回去告訴巡邏隊，不用刻意盯著。她不是在包子鋪那兒嗎？你們就裝作去買包子，到時候看著點。去吧。」

巡邏兵應是，跑回去辦了。

謝沛打發走來人，心裡琢磨，看來這次，這夥人的目標是她啊……可她身上有什麼東西值得他們謀劃？

待訓練完畢，謝沛讓鄉勇們排好隊，自行回城，自己則繞個彎，回了縣衙。

進了城，謝沛從縣衙後面的官宅翻進去。

李彥錦正在翻看下面幾個村鎮的農稅，見謝沛回來，就把桌上熱茶遞過去。

「累不累？」

謝沛搖搖頭，見李彥錦在忙，便沒把那丫鬟的事說出來，而是在一旁坐下，安靜地寫起東西來。

從上輩子起，她就有個習慣，會仔細觀察每一個下屬，如果有什麼發現，就會用紙筆記下，以防自己忘記。

這個習慣讓她後來能一步、一步在軍中站穩腳跟，跟隨她的，多是有實才的好兒郎。

夫妻倆安安靜靜地忙著手上的事，不知不覺就到了中午。

謝棟依然藉著送飯的機會來看看女兒、女婿，他的食盒裡並未裝著多麼奢侈金貴的菜餚，卻全是他親自做的。

「來來來，今兒有活蹦亂跳的小蝦，我多買了些，炸得酥脆，趁熱吃最好了。也有阿錦愛吃的香辣芋餅和醬排骨，趕緊吃。」

謝棟把菜擺好，笑呵呵地看著兩個小輩埋頭吃得痛快。

「爹，您也吃啊！」李彥錦看岳父舉著筷子，半天沒挾菜，就說了一句。

謝棟連忙挾了一筷子韭黃，邊吃邊有些疑惑地問：「二娘啊，剛才我進來時，怎麼看到有個小娘子拎著食盒要找妳？我進來以後，她還不滿地問守門的人，為什麼她不能進，而我就可以……」

「嗯?!」李彥錦一聽，瞬間瞪大了眼睛，轉頭看著謝沛。

謝沛微微皺眉。「居然還沒有走？這夥人還真是死纏爛打啊。」

「是燈會那晚的兩個姑娘？」李彥錦想了下，便猜到是何人。

謝沛點頭。「我想再吊吊她們，看看能不能逼出別的線索來。」

謝棟見女兒、女婿有商有量地說著話，就沒再操心了。

待謝棟走後，李彥錦坐到謝沛身邊，哀怨地把大腦袋擱在娘子的肩膀上。

「妳說說，他們使美人計，怎麼就不衝著我來？」

謝沛白他一眼。「羨慕？」

「哼，就她倆那樣，我得瞎成什麼德行才能看上？娘子放心，我絕不會辜負妳的一片真情！」

如今，李彥錦已能面不改色地說出各種肉麻之語了。

謝沛對此非常滿意，每天聽點甜言蜜語，有益身心健康。

「其實要我說，乾脆把她們全抓了，審上一審，就弄清楚了。」李彥錦歪頭蹭蹭謝沛的耳垂，漫不經心地說道。

謝沛搖頭。「沒搞清楚她們的來歷前，還是謹慎點好。我總覺得，平白無故盯上我，很是古怪。這樣吧，晚上咱們倆辛苦一趟，去他們的宅子探探。」

夫妻兩人商量好後，下午又開始忙了。

接下來幾天，謝沛兩口子每晚都去墨家宅院打探，卻一直沒聽到什麼重要的線索。他們沒有進展，可墨菊的丫鬟依然每日都到衙門來送點心。

三天之後，謝沛發現，眾人看她的眼光有點怪異了，還有沒眼色的，竟然蠢兮兮地恭喜她，好事將近……

結果，幾個沒眼色的蠢書吏，當天就被縣令派到村子裡去清查田畝了。

謝沛想，再這麼躲下去，也沒什麼進展，乾脆讓人進來，看看他們到底想做什麼！

於是，努力了四天後，丫鬟終於把食盒送到謝沛手中。

看著眼前俊美的男子，丫鬟嚥了下口水，道：「謝縣尉，這是我家小姐親自做的，多謝您之前的救命之恩……」

「救命談不上，不過舉手之勞罷了。多謝妳家小姐了。」謝沛忍著不耐，淡淡說道。

丫鬟見自己的任務算是完成，識相地告辭而去。

她回到宅子後，把今日的事情告訴墨菊。

「嗯，不錯。」墨菊含糊地誇她一句，心裡默默想著下一步的計劃……

這幾日，謝沛在注意墨菊的事，暫時擱下了公田隊裡的兩個小少年。

然而，讓她沒想到的是，次日清早，衙役慌忙跑來稟報，昨晚大牢中跑了兩個犯人……

謝沛一聽，不由立刻想到那兩個小賊，再一細問，跑的果然正是他們。

待謝沛去大牢裡親自查看一番後，竟是被氣樂了。

兩個小賊不知從哪兒學的本事，居然弄斷牢房上的木欄杆，掀開屋瓦，從上面跑掉了！

「這幾日他們不是應該在外面種地嗎？哪來的工夫弄這些？」謝沛問道。

一個年輕獄卒低著頭走過來，聲音發抖地答道：「稟大人，是小的糊塗，一時心軟，應了他們的請求，允他們在牢內做幾天清掃的活計……」

謝沛眯眼。「你倒是會做人情。這清掃活計，本該是你的事吧？」

年輕獄卒撲通跪下。「小的只是想偷懶，不敢放跑犯人吶！昨日我走時，牢房還好好的，後來換人值夜時，兩個小賊才跑掉的……」

謝沛看了他一會兒，道：「明日起，你不用來了。」

年輕獄卒一聽，立時哭嚎起來。「大人，我家裡還有老老小小，就靠這點俸祿過日子啊……我是因為夜裡伺候生病的老娘，白日太累，才動了歪念……求您饒了我吧！」

謝沛臉色越發冷了，開口道：「去歲，你收了三兩銀子，想幫一個犯人的評定從差改到良，被牢頭拒絕了，事情沒辦成，可銀子依舊歸你。燈會時，你原該在清早巡邏，卻藉口家中老母生病，偷懶沒來。後來分紅包時，還嫌自己拿得少了，又與人胡說，說大頭都被本官和縣令貪了……」

隨著謝沛清冷的嗓音響起，獄卒的哭嚎聲越來越低，到後面，竟連哭聲都沒了，只有發抖時磨擦衣服的窸窣聲。

「你家裡確實只有你一個勞力，這就是我沒立刻撤下你的原因。如今，事不過三，你還有何臉面再來哭求？」

謝沛聲音不大，語氣也不凶，可她淡淡的話音卻如重錘般，在牢房裡來回震盪，聽得人心頭直顫。

想不到啊，這些自以為隱秘的事，謝沛早看得清楚明白。以前偷占便宜的人，原本心裡還有些洋洋自得，此刻卻誠惶誠恐地拚命回想，自己到底做過些什麼，會不會下一次就輪到自己超過那個「事不過三」的限度……

獄卒狼狽地走了。

謝沛看看其他人，道：「你們的辛苦，我看在眼裡，該獎勵的，我和縣令大人從沒小器過。不過，你們不要以為，縣衙大堂上坐的是閉眼菩薩，真到了算帳那天，怕是後悔都來不及。」

一群人低下頭，不敢多話。

謝沛看敲打得差不多，就放過了他們。

「行了，等下牢頭去找人來，重新把大牢的門戶修好。其他人去做事吧。」

謝沛說完，輕輕一縱，跳上之前關兩個小賊的牢籠。看看木欄的斷口與留下的蹤跡後，她又如遊龍般，從屋頂的破口處鑽出去。

謝沛心想，她得處理墨菊的事，如今只能請李長奎出馬，去查查那兩個小子到底是什麼來路了。

謝沛趕到謝家，找了李長奎，說出兩個小賊的事。

「我看他們不像尋常人家的孩子，當日被抓時，兩人偷的也不是錢財，而是幾味藥材。只是我們怎麼問，他們都不鬆口。原本還想著，若有難處，說不定還能通融，不想，竟連施恩的機會都沒找到。」

謝沛說著，無奈地搖搖頭。「他們倆雖然跑了，但應該還沒出城，想請您去追。一來，看看他們的來歷，我們好安心；二來，您也可以瞧瞧這兩個小子，他們的身子骨都還不錯。若是真有苦衷，人品也沒問題，您高興，就拉一把好了。」

李長奎聽了，點頭答應。「行。只是我沒見過這兩個小子的模樣，恐怕有些麻煩。」

謝沛道：「這兩人長得還真有些特別，回頭我跟您細說。不過，他們身上都沾了阿錦弄的樟腦油，不用特殊的藥水，那味道是去不掉的。」

李長奎大笑。「阿錦這小子，真是一肚子餿主意。哈哈哈！這兩個倒楣孩子回去大概得把皮洗破了……」

說完，他就跟謝沛去縣衙瞧瞧，路上聽她描述兩個少年的長相。

「兩個小子都挺白淨的，卻故意在臉上蹭了不少黑灰，只是忘記把胳膊也抹黑了。」

謝沛說著說著，臉上帶出笑意。「其中一個生了張圓臉，身上卻沒丁點肉，盡長臉上，另一個則是小尖臉。圓臉那個，大眼睛又圓又亮，咕嚕嚕一轉，就感覺在冒壞水；尖臉那個有對丹鳳眼，平時總皺著眉，一副苦大仇深的模樣。兩人的身量，在少年裡算高的，就比我矮一點……」

謝沛說完，兩人到了大牢。李長奎看看破洞的房頂，對兩個小賊的興趣也大了幾分，遂直接去抓賊了。

第五十章

找人的事交給李長奎後，謝沛就專心對付起莫名其妙盯上來的墨家人。

果然，丫鬟接連幾次把食盒送到謝沛手上後，他們有了新的行動。

約莫是覺得這年輕縣尉沒有拒絕，多半也動了心思。於是，墨菊費了些功夫和銀錢，終於從孟六口中打聽到謝沛的事。

幾天後，謝沛訓練完鄉勇們，毫不意外地看到，不遠的田埂處，站著一位出來「踏青」的小姐。

她剛轉頭看去，就聽見那位小姐身邊的丫鬟驚呼一聲，然後湊到她家小姐身邊說了幾句。接著，那位古怪小姐就用蘭花指拈著手帕，半遮半掩地扭頭看過來。

謝沛眼角抽搐了幾下，但為了引蛇出洞，只得面色平淡地點點頭。

謝沛已經打發了鄉勇們，此刻獨自站在路邊，打算看看這古怪女子有什麼後招。心裡已經把暗器、毒藥、匕首、弩箭，甚至是苗蠱都想了一圈，體內的勁氣也附在幾處要害位置上，可以隨時攻擊。

孰料，墨菊走到近前，只是嬌滴滴地說了句：「恩公，小女子這廂有禮了～～」

謝沛沈默地防備一會兒，才發現對面的女子並沒有一靠近就來一通殺招，有些尷尬地輕咳一聲。

「不必多禮，些許小事而已。」

這句話，打開了墨菊的話匣子。她假作不滿地嘟了嘟嘴，道：「縣尉大人的一點小事，可是關係奴家性命的大事呢。知道你們這些郎君都灑脫得很，可奴家當初想要表示感謝之意，卻被擋在衙門口好些天，見不到人呢～～」

墨菊一邊說、一邊微微扭動身軀，扮出嬌憨少女的模樣。她本想著，這麼扭幾下，那愣頭青縣尉怕是受不住，立時就要答應，以後放她自由進出縣衙。

誰知，她說完後，只得了那傢伙的一串「呵呵」。

墨菊抿著紅唇，嗔道：「你傻笑個什麼勁兒？」心裡暗罵，這木頭疙瘩到底有沒有點眼色呀?!

謝沛呵呵完，想到自家相公說過關於「呵呵」的另類用法，臉上的笑意不禁深了幾分。

墨菊一見，這愣頭青真不是故意拿捏她。瞧他笑得連眼睛都瞇起來，看來單純是沒眼色，不會接話罷了。

謝沛也不是李彥錦那個戲精，為避免露出馬腳，乾脆就把沒開竅的木愣子演到底了。

兩人走了一段路後，墨菊眼見快到城門，為保住她嬌羞少女的形象，且要讓木頭開竅，必然不是一蹴而就，於是紅著臉，開口道：「謝大哥，你先走吧，我還有點事……」

謝沛心裡一動，以為對方要開始行動，遂道：「那好，墨小姐，告辭了。」說罷，大步流星地進了城門。

墨菊看著謝沛迅速消失的背影，氣得直撫心口。

「我呸！白長了個聰明體面相，就這種木頭疙瘩，以後誰嫁誰倒楣！哼！」她身邊的丫鬟卻在心裡暗道，還誰嫁誰倒楣呢，她們這樣的人，若真能找個縣尉這樣的夫君，那真是上輩子積德了！

謝沛一進城門，恰好見到韓勇從門樓上下來，便過去低聲吩咐了幾句。

不久，一個農夫打扮的老漢挽著竹籃出了城門。他走走停停，似乎有些體力不濟，但當他看到墨菊主僕時，眼中的精光一閃而逝。

謝沛也沒走遠，她替了韓勇的差，上了門樓，從牆垛之間看向城外大路邊那兩個嘀嘀咕咕的女子。

讓人沒想到的是，兩個女子說了幾句話後，竟朝城門走來。

進城後，兩人又逛了幾家店鋪，買了些胭脂水粉，就安生地回了宅子。

回到衙門後，謝沛百思不得其解，這夥人怎麼還沒有動靜？若不是那夜李彥錦用暗器試出墨菊練過功夫，她都險些以為，這位小姐是真看上她了……

謝沛這邊好幾天都沒個頭緒，李長奎那邊，卻在當日就有了收穫。

那天，他順著兩個小賊的蹤跡和氣味，一路尋到城西的染坊巷。這條巷子裡因有一家老字號染坊，從而得名。

但也因為這家染坊的存在，使得巷子裡長年充滿潮濕和刺鼻的氣味，連那原本還挺濃重的樟腦油味都被染料的味道掩蓋，變得模糊起來。

好在，李長奎除了鼻子，還有眼睛、耳朵可以依靠。

他在巷子裡漫不經心地走了一圈，走到染坊側門口，耳朵微微動了一下，隱藏在各種嘈雜聲中的少女哭泣聲傳入他的耳朵。

「么哥、十六哥，你倆疼不疼……嗚嗚嗚，你們怎麼還傻乎乎地回來了？楊老大不會真弄死我的……」

少女還未說完，一個陰陽怪氣的男人就搶過話頭：「哼哼，沒錯，我怎麼捨得弄死妳呢？我的然寶兒，如今妳可比這兩個蠢貨值錢多了，欸嘿嘿嘿……」

男人未盡的話語中，透出一股肆無忌憚的淫邪和陰森之意，他說完之後，原本還在哭泣的少女立刻閉緊了嘴巴。

李長奎眉頭一皺，抬頭瞧瞧這染坊，又看看外面陽光普照的天空，沒有立刻闖進去，打算先回縣衙找謝沛夫妻商議。

李長奎趕回縣衙後，謝沛和李彥錦恰好都在。

李長奎說出他查到的線索，李彥錦就找出城中戶籍簿，翻查起來。

「嗯……染坊巷……有了！」李彥錦修長的手指按住城西染坊巷一頁，唸了起來。

染坊現在的主人叫楊金守，有妻羅氏，兒女一雙，與他們同住的，還有楊家長子楊金博。

染坊是在楊金守的父親楊寶來那輩轉到楊家手裡的，之前的原主是馬家，子孫不孝，為了償還賭債，才把染坊賣給楊寶來。

光看戶籍細目，沒什麼特別之處。非要說的話，這染坊按例應由楊家大兒子楊金博繼承，不知為何最後落到二兒子楊金守手裡。

可兄弟倆並未因此反目成仇，家業似乎也沒有徹底分開，而是兩兄弟在一起共同生活了幾十年。

謝沛看了一會兒，歪頭道：「楊金守的兩個孩子已經十幾歲，楊金博名下怎麼卻無妻無子？」

「欸？是嗎?!」李彥錦和李長奎都是一愣。

「楊老大……大概就是這位無妻無子的楊金博吧！」謝沛瞇眼。「今晚看來又要出門夜遊了啊～～」

李彥錦和李長奎聽了，不禁一樂。李彥錦更是搖頭晃腦，來了句古人的詩：「晝短苦夜長，何不秉燭遊？」

是夜，三條黑影齊至染坊巷。

謝沛和李彥錦剛要翻牆，卻被李長奎攔下來。

兩人疑惑地望去，就見李長奎從路邊折了根柳枝，隨後輕輕躍起，用柳枝在牆頭上一拂。

待他落地後，李彥錦和謝沛就見柳枝沾上了不知名的粉末，而且，這些粉末居然不太容易甩掉。

李長奎拉著兩人走遠幾步，壓低聲音說道：「白日來時，我還沒注意。剛才月光明亮，照在牆頭上，我才發現，這裡竟然有人在牆頭上灑了留蹤粉。這是平三門的手段，萬一有人摸進家宅，也能順著這留蹤粉，找到罪魁禍首。」

上輩子，李彥錦和謝沛都沒有太深的江湖經驗，此刻聽了李長奎的囑咐，對楊家染坊興起了十二分的警戒。

既然發現了留蹤粉，便不能再趴牆頭。不過，為了謹慎，李長奎沒直接躍牆而過，沿著楊家院牆轉了一圈，眉頭卻是越發皺緊。

原本，按李長奎的打算，他是想找棵高一點的樹，爬上去後，看看院牆後面的情形。孰料，他這一轉才發現，楊家外面的樹，竟沒有一棵高過院牆的！

看著這幾棵不過才長了兩、三年的新柳，李長奎明白，這肯定不是巧合。

謝沛和李彥錦看到李長奎這番舉動，也明白過來。

謝沛輕拍李彥錦，做了個直上直下的動作，李彥錦立刻心領神會。

李長奎轉過來，也看到謝沛的手勢，不禁想拍自己的腦袋。

旁人沒有樹，看不到牆內，可他們根本不需要啊！以三人的功力，跳起來看就是了！

片刻後，楊家牆外出現了詭異的一幕。

三條黑影恍如三具殭屍般，在暗夜中上竄下跳、此起彼伏……

三隻殭屍蹦跳幾下後，湊到一起，交換各自看見的。

謝沛跳得極高，於是，她看到了楊家在牆根種了一排很眼熟的植物。

那是在北方才有的刺灌木，約半人高，灌木的枝條上還密布著鈎形尖刺，人從旁邊經過時，極容易被勾破衣衫。

楊家不知用了什麼法子，竟然在江南把這種刺灌木養活。而且，謝沛剛才還隱約看見，這些灌木內竟然還有小小的金光，看那輪廓，應該是一些細小的鈴鐺。

「貼著牆種……」李長奎低語。「這要是貿貿然翻進去，還真容易勾到衣物，並且觸動鈴鐺。果然是平三門的調調！表面上看著尋常，內裡卻暗藏乾坤……」

李彥錦皺眉，小聲道：「我不是很有把握，但我發現楊家的房子有點特別。屋瓦看著比普通人家要薄了三分之二，且最容易藏身的屋簷，似乎也做得有些古怪。」

李長奎點頭。「你應該沒看錯……」話未說完，忽聽側前方有些聲響。

三人猛地抬頭，不禁一愣。

夜色中，一對泛著金紅色光芒的大圓眼突然出現在他們身旁的柳樹上。

謝沛和李彥錦還有些懵，李長奎卻突然爆起，直衝那對金紅色大眼抓去。

幾乎是眨眼之間，李長奎逮住了一隻黑乎乎的大鳥。

「好險，差點忘記了，平三門還有養犬梟的習慣。」李長奎不知掐住什麼位置，竟讓犬梟絲毫動彈不得。

「弄根繩子來，先把這傢伙的嘴和翅膀捆上。」李長奎對李彥錦說道。

李彥錦聞言，立刻摸出一根細繩，一截兩段後，湊上去，把大梟的尖勾嘴捆了個嚴嚴實實。

捆完鳥嘴後，李長奎騰出手，接過繩子，也把犬梟的翅膀和雙腳捆起來。

李長奎一邊捆，一邊道：「平三門的人不養狗，那不方便他們做事，也容易暴露行蹤。但據說，有些平三門的高手，會把夜梟訓練成看家護院的犬梟。犬梟一旦馴成，行跡比狗更隱秘，容易讓人忽視；而且牠們的生命也長，活個三十來年很尋常，幾乎能當人用了。」

「哎喲，說得我都動心了，難怪叔公沒下死手呢！」李彥錦好笑道。

李長奎沈默，低語道：「這傢伙留著還有用，先藏這裡。」說罷，就把大鳥掛在樹枝上。

謝沛和李彥錦看著英武不凡的大鳥，此刻被捆得如同即將下鍋的老母雞般，都有些忍俊不禁。

三人避開牆角的刺灌木，也沒去踩薄瓦和房簷，悄無聲息地在楊家院子裡搜尋起來。

這一找，李彥錦立刻發現，楊家用的門鎖都很特別。以他現在的開鎖功夫，一時之間，竟然有點摸不著頭緒，開不了。

謝沛在一旁看了，打手勢問兩句，明白了李彥錦的為難。

於是，她輕拍李彥錦的肩膀，然後伸手握住那把青銅掛鎖，手指略收緊，那把掛鎖被直接捏斷，拿了下來。

李彥錦憋著笑，對謝沛抱拳，做了個「佩服」的口型。

謝沛揮揮手，收下這狗腿狀的讚美。

三人在院子裡轉了一會兒，找到楊金守一家，不過這四人睡得實，提供不了線索。

李長奎低頭回想，帶著夫妻倆，朝白天聽到動靜的方位摸去。

結果，他們找到了兩間空屋子。

這屋裡應該還住著人，床榻上的被子是剛被掀開的模樣。

三人遲疑片刻，朝最後一處沒搜過的地方找去。

院子的西南角落有兩間木屋，彷彿是放雜物用的。

三人剛走近，就聽到其中一間木屋中，有人正在說話。

男子語調陰森地說：「怎麼，心疼了？也是啊……這兩個哥哥對妳真是不錯吶，明明自己都跑掉了，竟為了妳又乖乖回來，哈哈哈……」

男子笑得難聽又奸詐，笑過後，沈默一會兒，才道：「其實，我也是為了他們好啊。練功哪能不苦呢？以前他們太懶了，才會偷點東西都被逮著，這要是讓道上的人知道了，我楊大的臉還要不要了?!」

隨著他厲聲說出最後一句，少女帶著哭音說道：「楊老大，您別生氣，以後哥哥他們會好好練的。今晚練了這麼久，您、您也累了……不如、不如讓他們明兒再練吧……」

「呵呵，小丫頭，還挺會說的。不錯，跟著大爺，也算是有點長進。小然寶啊，既然妳開這個口了，乾爹就賣妳個面子。不過，乾爹心情不好，妳要是能把乾爹伺候舒服了，乾爹立刻放了下面那兩個小子，呵呵呵……」

少女聽了，心裡大驚，強忍著恐懼，哆嗦著道：「楊、楊老大，你不是說，我年紀還小，不能、不能用嗎？」

「十歲啊……是早了點。再過三年，乾爹就教妳正經的媚功，待妳十五歲時，就能給乾爹做事了……」男子越說，語氣越是淫邪。

少女聽著，似乎鬆了口氣。「還、還有三年，到時候，小然一定好好跟您學！今晚，您早點休息，讓哥哥他們……」

「欸，急什麼？我費這麼大勁，可不光是為了那兩個小子。小然啊，今兒乾爹也要教教妳，這女人吶，妙處多得很！想讓男人快活，法子可不少。妳看，妳這白嫩小手、櫻桃小口，都是很有用的。若練得好，連小腳丫也是……欸嘿嘿嘿！來來來，把乾爹伺候好，就放妳的兩個哥哥出來！」

男子說得不堪至極，似乎還動手去拉扯少女。

「不要！楊老大，我還小！你、你別急！嗚嗚嗚……」少女再堅強，此時也慌了神，一邊拚命掙扎、一邊嗚嗚哭泣。

李彥錦聽得冒火，一不留神就磨了下牙齒。

這磨牙聲極其輕微，但屋內正在拉扯少女的男人卻頓了一下。

幾乎就在同時間，謝沛和李長奎毫不猶豫地破門而入。

既然驚動敵人，就不能再等了！

第五十一章

然而，兩人還是遲了一步。

他們衝進去後，只剩下一個衣衫微亂的少女，愣怔地看著突然闖進來的陌生人。

「人呢？」謝沛看屋裡再無別人，就問了一句。

少女的眼神朝角落看去。

李長奎和謝沛立刻衝上前，李彥錦也趕緊跟上。

謝沛先環顧四周，並未發現異樣。

李長奎輕踏地板，很快就找到了一處透著空響的木板。

李彥錦俯身摸索幾下，把嚴絲合縫的木板挑出來，露出幾階臺階。

結果，木板剛掀開，下面的慘叫聲就傳了出來。

李彥錦被這叫聲驚住，剛抬起頭，想對謝沛說話，卻見自家娘子滿眼殺意地衝他猛拍了一掌！

電光石火間，李彥錦只覺脖子後面似乎有冷風拂過，瞬間做出判斷——直接貓腰蹲下。

就在他蹲下去那一剎那，頭頂上，謝沛已凝聚全力，與人對了一掌！

李彥錦回頭，這才發現，他身後看似尋常的牆壁不知何時竟滑開了一塊，一個中年男子正口角流血地縮回胳膊。

李長奎看得瞪大眼睛，脫口道：「碎心掌！」

楊金博看了他一眼，忽然斜竄出去，一把抓住房中的少女。

謝沛三人當即圍上去，準備救人。誰知楊金博嘴角逸出一絲獰笑，竟是猛地將少女舉起，朝三人砸過來。

伴隨少女一同被砸過來的，還有幾枚古怪的物件。

李彥錦瞧見，連忙示警：「別接！是暗器！」

謝沛避開暗器，接住少女，但楊金博卻藉機竄逃了。

李長奎緊隨其後，也追了出去。

謝沛和李彥錦沒有離開，因為這密室下，顯然還有人要救。

少女剛被謝沛放到地上，就急著朝密室奔去。

李彥錦和謝沛跟在她身後，準備救人。

三人走了十幾步，這才下到了底。

謝沛抬眼一看，心裡忍不住罵了句髒話。

密室中，兩個半大少年渾身血跡、手腳相連，以反弓姿勢被倒吊在半空中。

因為吊的時刻太久，兩個少年的手指已經出現了扭曲和脫節……

「哥哥！哥哥！」少女手忙腳亂地撲過去，連牙齒都用上，想趕緊把兩個少年放下來。

謝沛和李彥錦上前幫忙，一手把人托住、一手弄斷吊繩，然後迅速解開捆住少年手腳的牛筋繩。

藍十六和喬曜戈被放下後，半天說不出話來。

謝沛把兩人的關節摸了一遍，把脫節的地方一一歸位，但手指傷勢太重，短時間內是無法恢復正常了。

謝沛和李彥錦把人弄出密室後，低聲商議了幾句，便分頭行事。

李彥錦起身出了木屋，先用繩索把還在睡夢中的楊金守一家捆起來，然後趕回縣衙，調動了當天值夜的兩隊鄉勇，搜捕逃掉的楊金博。

另一邊，楊家木屋中，謝沛給三個半大孩子尋了些水來，讓他們喝。

待他們喝完，她才低聲道：「我是奉縣令大人的命令，前來抓捕楊大，你們三人可願與我合作？」

「哥哥，剛才就是這位恩公一掌打跑了楊老大！」喬瀟然臉上還掛著淚痕，卻滿眼放光地看著謝沛。

喬曜戈聞言，扭頭看藍十六，強忍著疼痛，冷冷問道：「若是合作，大人可能保住我等不被楊老大報復仇殺？」

謝沛伸手撓了撓耳朵。「若想不被人報復，最好的法子就是把敵人解決乾淨。所以，與我們合作，也是你們自保的方式。」

說罷，她取出之前弄下來的青銅掛鎖，遞給他們看。

藍十六和喬曜戈莫名其妙地看看銅鎖，正想發問，卻見謝沛將掛鎖握進掌中，輕輕鬆鬆揉了兩下，待她再張開手時，青銅掛鎖已經被揉成了一顆銅球！

謝沛把銅球送進喬瀟然手裡，摸了摸她的亂髮。「最好的自保，就是讓自己變強。你們想不想學呀？」

喬曜戈與藍十六眼中都透出強烈的期盼，異口同聲地說道：「想！」

在縣衙交代完後，李彥錦讓兩隊鄉勇搜捕楊金博，想了想，又去謝家拿了些師門製的常用傷藥，趕回楊家染坊。

路過楊家院牆邊的柳樹時，他看到那隻犬梟正可憐巴巴地睜大眼睛看著他。

「呀，把你給忘了。既然叔公說你有用，那先跟著我吧。」李彥錦伸手一提，把老母雞……不，犬梟給拎起來，然後跳進了楊家院子。

他先去看楊金守一家，見他們被捆得挺好，嘴也依然堵著，就放心去找謝沛了。

他一進木屋，喬瀟然見到那犬梟，就輕呼了一聲：「二餅！」

「噗～～咳咳咳！」李彥錦強忍笑意，一邊把犬梟放下來、一邊掏出兩個瓷瓶遞過去。

謝沛接過瓷瓶，打開聞了聞。「是治外傷的，先搽著吧。回頭看看叔公和師父那裡有沒有養關節的藥。」

喬瀟然一聽這話，趕緊說道：「謝謝恩公、謝謝恩公，我來給哥哥他們搽藥！」

剛才，謝沛已經問了這三個半大孩子的來歷，據她觀察，應該都說了真話，所以內心裡不再像之前那樣提防他們了。

「別忙，小然先去燒點熱水，把他倆傷口洗乾淨，才好上藥。」

謝沛說著，和李彥錦一人一個，把藍十六和喬曜戈搬到他們休息的房間。

這裡雖然簡陋，但被三個孩子收拾得挺乾淨。

儘管喬瀟然才十歲，可幹起活來，手腳麻利、條理清楚，顯見是做慣了的。

她燒水的同時，還不忘大著膽子給眾人下碗雞蛋麵條，只是兩個哥哥的碗裡要比別人多一顆雞蛋。

平日裡，三個孩子沒什麼機會吃點好的，如今捧著雞蛋麵，稀哩呼嚕吃得噴香。

就連那隻犬梟，在得了喬瀟然的求情後，也被鬆開嘴巴，小聲吧嗒著喝了不少清水。

他們吃著，謝沛就低聲把三人的來歷對李彥錦說了一遍。

三個孩子都是在六年前被楊金博弄到手裡的，喬家兄妹原是京城官家的孩子，後因他家叔叔犯事，被牽連得抄家；因兩人當年不滿七歲，所以被官府當作罪奴發賣。

那陣子楊金博正在挑選手下，見兩人資質不錯，就找了公門中的熟人，提前買下他們。

而藍十六則是楊金博在回湖白府的路上，從一個拐子手裡弄來的。

三個孩子跟著楊金博之前，年紀最大的是喬曜戈，不過六歲；最小的是喬瀟然，只有四歲。起初三人還以為遇到好心人，藍十六更是天真地想，這位楊大叔會帶著自己找到爹娘。

不承想，到了衛川縣後，楊金博才露出真面目，逼著藍十六和喬家兄妹學起平三門的賊道與詐術。

只是，這三個孩子比楊金博預料中的還要聰明。簡單粗暴地反抗幾次沒成功後，他們很快地摸索出一套陽奉陰違、暗中團結的相處方式。

而楊金博因為幾年前同夥折損大半，不敢在衛川縣折騰得太過，所以他把喬瀟然和兩個少年分開，然後用對方做人質、互相威脅，脅迫三個孩子聽他的指揮。

為了震懾喬家兄妹，楊金博更強迫三個孩子去見識一些齷齪之事，才使得藍十六和喬曜戈被抓後，想盡辦法都要回楊家，只因他們對楊金博的人品實在太過了解。

至於楊金博，三個孩子雖然跟著他六年，卻只隱約知曉，這個名義上是他們「乾爹」的傢伙，實際上是一群惡人的老大。

逢年過節，他們家總能收到一些奇怪的年貨，其中有不少玩意兒太過貴重，一看就不是尋常百姓能有的東西。

平時，楊金博也經常以出門採購染料為藉口，出去忙上一段時間。

可成天在家幹活的喬瀟然知道，染坊裡的染料根本不缺。

有一次，楊金守和楊金博喝醉了，楊金守還抱怨大哥，賺大錢時，都不記得帶上親弟弟……

由此想來，大概楊金博還信不過三個孩子，所以一直沒讓他們去和其他同夥見過面。

大致了解完情況後，三個餓壞的孩子也吃完了雞蛋麵。

於是，謝沛起身再次在楊家查看一番，確認再無旁人後，囑咐三個孩子不要亂跑，先在房間裡把傷口清洗乾淨。

因兩個少年的手指都受了傷，最後幫他倆擦洗的差事，就落到了李彥錦頭上。

藍十六和喬曜戈還有些彆扭害羞，李彥錦便用帕子抽了他們腦袋一下。

「知足吧！要知道，給你們洗澡的，可是縣令大人吶！」

兩個少年一愣，幾乎不敢相信。直到天亮時，衙役前來稟報搜捕結果，他們才意識到，今夜搭救他們的，竟是縣令和縣尉大人……

處理完楊家的事，謝沛夫妻便帶著三個孩子回了縣衙。

鄉勇們搜了一晚上，沒有找到楊金博的下落，但追蹤而去的李長奎卻遲遲沒有回來。

李彥錦有些擔憂地問謝沛：「叔公不會出事吧？」

謝沛鎮定地搖搖頭。「放心，那人之前被我廢了一條胳膊，功力已去了大半。叔公追他，恐怕是想挖出其他同夥，所以才一直沒下手。而且我看叔公那樣子，似乎還知道楊金博的一些隱情，剛剛他不就叫了聲碎心掌嗎？可見是有些牽扯的。」

李長奎沒回來，卻不妨礙李彥錦審問楊金守一家人。

雖然楊金守本人拒不吐實，奈何他的妻子羅氏和兩個孩子都抗不住嚇唬，他略用了些手段，就讓楊家人把知道的事情都說出來。

羅氏進門第二年，楊金守的父親楊寶來便過世了。

雖然羅氏不清楚楊寶來的事情，但當年辦喪事時，有些不合常理的地方，給她留下了深刻的印象。

按說，楊寶來只是一個偏僻小縣城的染坊老闆，可他去世時，來祭拜的人卻非常多。有些人還特地挑半夜三更時來，那時候，楊金守就讓羅氏不要出房門，之後更是乾脆把她反鎖在房間裡，把羅氏氣個半死。

起初，羅氏還以為，這是她男人不信任自己，想獨貪喪事的奠儀，才不讓她出來見人。可後來，羅氏覺得不對勁了。最離譜的是，有一次，楊家兩兄弟深夜見過來客後，竟丟下沒辦完的喪事，直接出門去了。

到了次日晚上，楊金守一個人回來時，身上還帶著隱隱的血腥味。

羅氏嚇到了，又不敢多問。直到一個月後，看到大伯楊金博活著回來，才把心放回肚子裡去。她差點就以為，自家男人藉機把親哥給殺了呢！

後來，在幫楊金博收拾房間時，羅氏才發現，楊金博身上帶了傷，只是看著似乎快要好了。

羅氏嘰哩咕嚕地，把自己知道的點點滴滴都說了一遍。

因她平日就有些害怕看起來陰森森的楊金博，所以對他的交際來往不甚清楚。只是有一次無意中發現，楊金博從一家當鋪中出來時，滿臉都是笑意。

因為他平時很少笑得這麼開心，羅氏還特意回去對自家男人說起，結果被楊金守大罵一頓，然後叮囑她，千萬不要在大哥面前提起此事。

有了這個線索後，李彥錦立刻帶人，去城裡把這家當鋪封起來。

只是，不知何時走漏了風聲，他們到時，當鋪裡只剩幾個夥計，東家卻已跑得不見蹤影。

就在楊家的案子暫時沒有別的進展時，一直纏著謝沛的墨菊突然有了新的舉動！

這日散衙時，墨菊的丫鬟跑來給謝沛傳話。

「謝大人，我們小姐不日就要離開衛川了，臨走前，想請大人去家中吃頓飯，算是感謝大人這些時日的照顧。」

謝沛心中暗道，這是纏得不耐煩，終於要下殺手了嗎？

「小姐太客氣了，不知是哪日相請？」謝沛面上帶笑地問道。

丫鬟默默嘆了口氣。「如果大人明日有空，下衙後，我來請您過去。」

謝沛點點頭，似無意地追問一句：「就請我一個嗎？」

丫鬟點點頭，不敢去看謝沛的眼睛。

「那行，明日晚上再麻煩妳跑一趟了。」謝沛彷彿沒注意到丫鬟的神情，笑著說道。

晚間，夫妻倆躺在床上，李彥錦不放心地說：「他們光請妳一個，實在有些不對勁。要不，我跟妳一起去吧，多個人，多雙眼睛，總是好的。」

謝沛搖頭。「等了這麼久，他們才出大招，可見背後之人非常謹慎。如果見到你突然跟來，說不定又縮回去了。」

李彥錦不滿地握住她的手，用手指摩挲掌面上的幾處薄繭，心裡卻暗自下了決定。

謝沛摸摸李彥錦胳膊上硬實的肌肉，道：「明日裝幾個你剛弄出來的小玩意兒給我，這樣總放心了吧？他們想殺我，可不是件容易的事。」

「殺妳是不太容易啦……」李彥錦把大頭湊過來，在謝沛肩窩處胡亂拱了拱。「我是怕他們給妳下迷藥、春藥、忘情藥什麼的，然後想來個霸王硬上弓……」

謝沛渾身一僵，半晌才用力擰了下李彥錦的臉皮。「你以為他們是不顧廉恥的女採花賊嗎？欸？你莫不是因此才吵著要跟我一起去吧……」

「冤枉啊！我是擔心他們發現妳是女子，所以才故意設計妳吶！」李彥錦抱著謝沛，連親了兩口，氣呼呼地說。

謝沛一愣，喃喃道：「若真看破我的身分，那他們為何還要裝出癡纏的樣子？」

李彥錦轉了轉眼珠。「恐怕之前並不清楚，後來才起了試探之心……」

謝沛琢磨一會兒，道：「無事，這些不過是我們的猜測。不管看不看破，明日晚上都要赴約，至於你，就暗中跟隨吧。」

李彥錦見謝沛同意，高興地誒了聲，轉而把自己的魔爪伸向早就覬覦多時的兩團雪丘……

歡愉一番後，夫妻倆很快就陷入了睡夢中。

第五十二章

次日白天，李彥錦又趕出一批新的防身暗器，打算在謝沛赴宴前，硬塞進她的袖中。

散衙時，墨菊的丫鬟果然在衙門口等著，謝沛則去後面的官宅換便服，一併把暗器帶上。

丫鬟帶著她走了一刻鐘，就到了墨菊所居的宅院。

與謝沛想的有些不同，這宅子裡似乎沒有太多宴客的熱鬧氣息，院子裡，靜悄悄一片。

丫鬟咳了一聲，道：「縣尉大人請進，我家小姐不好出門相迎，莫要見怪。」

謝沛點點頭，跟著她去了主院。

丫鬟把人帶進主院，卻沒去中間的堂屋，而是把謝沛引到後面的小花園。

花園裡有座小池塘，池塘邊立著四角石亭。

此刻，亭子的四個角上各掛著一長串燈籠，連亭子裡，也懸著一盞大燈。

謝沛走過去，瞧著空蕩蕩的石桌，有些莫名其妙地看向丫鬟。

「您稍坐，小姐馬上就來。」

丫鬟說完，不等謝沛開口，飛快轉身離開了。

謝沛站在亭中，掃視周圍一圈，暗道，這夥人還真有點古怪啊……

昏暗的花園中，唯有這座石亭燈火輝煌。尋常人站在亭子裡，會因眼前太過明亮，而看不清花園中其他的地方。

同樣地，因這明亮燈光，亭中人的一舉一動，也會被外面的人看得一清二楚。

果然是宴無好宴……

謝沛正看著，就聽見不遠處的大樹上，傳來了一聲老鴉叫。

嗯哼……自家夫君這品味，真是一言難盡啊。

又等了片刻，花園另一頭忽然傳來了若有若無的歌聲。

隨著歌聲越飄越近，原本昏暗的花園中，竟是亮起一點星光。

星光漸亮，映出了旁邊的婀娜身姿。

灰濛濛一片中，似有白衣仙女托著星子，徐徐而來。

仙子越走越近，對著石亭中俊美的青年微微一笑。

歌聲停了，兩人默默相視。

大樹上，李彥錦瞇著一對死魚眼，心中瘋狂大罵——

心機婊呀！小三設局，勾引已婚人士！為什麼娘子還沒說話？為什麼空氣中隱隱有青草的味道……

石亭中，謝沛望著墨菊，心中的提防並沒減少半分。

墨菊低頭一笑，緩步走進石亭，放下手中的琉璃玉屏燈，這才開口說道：「今夜星月甚美，小女子斗膽邀謝大哥來園中，一邊賞景、一邊小酌幾杯。」

謝沛看著燈下的女子，一時有些語塞。

剛才墨菊未走近時，謝沛還沒注意到她的裝扮有何特別之處。可是當兩人都身處石亭中，被十盞燈照著時，謝沛真有些無語了，看樣子某人是真的豁出去了。

原來，此時墨菊身上穿的，竟是數層欲透不透的潔白紗衣！

冬末初春的夜晚，天氣還冷颼颼的，穿這種紗衣，非常凍人啊……

而且，就這幾層紗衣，竟然還做出了鏤空的花紋！

方才，謝沛因為好奇，眸光一掃，居然看到墨菊前胸大片的菊花繡紋中，似乎有幾片花瓣的顏色有些不對，那花蕊似乎還……還凸了起來！

墨菊也察覺到她的目光，不禁有些自得。男人嘛，別看面上多正經，內裡都是些色胚！

然而，讓墨菊沒想到的是，這色胚掃完她的胸部後，竟然一本正經地問道：「既要小酌，怎麼不上菜呀？」

樹上的李彥錦聽見，險些笑出聲來，正想著自家娘子果然厲害時，就聽見墨菊帶著一絲氣急敗壞的語氣，撒嬌道──

「這最開胃的菜，不是已經上來了嗎？」

「噗！」謝沛把嘴裡的嗤笑強忍下去，覺得自己實在把這夥人想得太高明了，還什麼刺殺、暗殺、下毒之類的……

本以為是危機四伏的鴻門宴，結果對方整來整去，竟然全是些不入流的勾引手段……

想到這裡，謝沛覺得有些無聊了，嘆口氣，道：「墨小姐，天氣寒冷，這花園我來瞧了，星月也看了，今夜的興致已盡，我也該走了。聽妳的丫鬟說，妳快要離開衛川，那我趁今天一併替妳送行。今後……還是少作點怪吧……」
說罷，謝沛邁步出了亭子，就要轉身離去。
墨菊又氣又凍，渾身微微抖動，見這傢伙果然要走，最後一絲希望滅了，乾脆破口大喝：「謝沛，我知道你的秘密！」
她這句話，不但讓謝沛停住腳步，也讓樹上的某人吃了一驚。
見謝沛轉頭看過來，墨菊吸了口氣，刻薄地說：「謝大人，原本我還不信，想著其中可是有誤會。不想，今夜我親自試過之後，才發現，沒有誤會。我家下人看到的是真的，你和那李彥錦，果然有一腿！」
謝沛瞪大眼睛，被這突如其來的指責驚到了。
大樹上，李彥錦渾身顫抖，笑得不可自抑。
「被我說破秘密，心虛無語了吧！」墨菊一臉鄙夷地看著謝沛。「兩個好好的男子，又是官身，竟不珍惜大好的前途！你倆家中定也指望你們傳宗接代，延續血脈，可如今呢？你們對得起朝廷、對得起家族嗎?!」
謝沛不耐地皺眉。「少說這些廢話。妳想怎麼樣？」
墨菊一臉恨鐵不成鋼的表情，道：「原本我還想扶持你一把，讓你有個大好前途。如今嘛，我也懶得費這個心了。實話告訴你，我並不是普通人家的女子，乃戴知府的小姨子。
「怎樣？後悔也晚了！如今我看不上你，聯姻沒戲了。不過若你倆識趣，今後老實聽話，那你們的秘密仍是秘密。否則的話……想必你們也不願城裡的百姓知道，他們的父母官竟是一對貼燒餅的兔兒爺！」

墨菊說罷，見對面男子神情似哭似笑，十分痛苦，心情愉悅起來。

謝沛努力壓下笑意，嘆口氣。「妳想要我們怎麼聽話？」

墨菊眼中精光閃爍，心中轉了數個念頭，最後瞇眼，道：「我要留兩個丫頭放在你們身邊，你和那姓李的，一人娶一個。以後有什麼吩咐，我會讓她們交代下去。這幾天，你們先弄兩份聘禮來，不能少於三千兩，直接給銀票。還有，縣衙裡的都頭要換成我的人……」

她越說越美，突然有人尖聲冷笑道：「想不到啊，戴如斌自己都老實了，他的小姨子竟膽色過人！」

「誰？」墨菊聽聲音不對，連忙扭頭看去。陰影中似乎立了個人，再細看，那人影竟然是虛虛飄著的！

「你、你、你是人、是鬼?!」墨菊強作鎮定地急道。

人影聲音尖細，又冷笑幾聲。「妳既是戴如斌的人，那他沒告訴妳，衛川縣是誰的地盤?竟敢跑來插手，是活膩了嗎?咱家頭一次見到如此貪財無恥的小姨子啊，哦呵呵呵~~」

此刻，墨菊頭上的冷汗都冒了出來，她怎麼就把這件事給忘了?!

當初正是因為想著衛川這對年輕官員背後站著大皇子，常先生才讓尹梅想法子接近兩人。因為尹梅已經跟了戴如斌，不好親自下場，所以才企圖安插丫鬟到兩人身邊。

當她安插失敗後，就向常先生請求派姊妹過來相幫，墨菊才被派到衛川來。

明面上，墨菊是尹梅的表妹，雖然尹梅不是戴如斌的正室，但墨菊在外面倒也能借個知府小姨子的名頭，便宜行事。

起初，墨菊想得很美好，憑她的美貌和手段，拿下一個毛頭小子，還不是手到擒來？她甚至已經計劃好，要來一齣連環計，離間李彥錦和謝沛。

然而，誰能料到，來了衛川之後才發現——她想多了。

僅僅是與目標搭上關係的第一步，她就花了十來天，後面想盡辦法，才終於得到謝沛的幾個正眼。

可這遠遠不夠，墨菊努力多時都沒什麼進展後，開始對自己的美貌和氣質生出了懷疑。就在她幾乎要抓狂時，一個護衛竟然扭扭捏捏地對她說了件驚人的事。

這位粗壯的漢子，抿著嘴，笑得非常猥瑣，賊兮兮地對墨菊道：「小姐，我看您就別費心了。那縣尉啊，沒戲！」

墨菊一愣，臉色冷了下來。「有話就說，有屁就放，少給老娘賣關子！任務做不好，你也跑不掉！」

漢子揚了揚眉頭，道：「不瞞小姐，我呢，有個小小的癖好，就是愛去逛逛南風館。」

「誰要聽你的什麼鬼愛好。」墨菊嫌棄地說。

「嘖，別急。南風館逛得多了，我就特別了解那些愛走旱道的爺們。嘿嘿嘿，不是我吹牛，只要讓我多看幾眼，我就能知道眼前人是走水路還是走旱路。

「妳盯著的那個縣尉，平時還沒什麼毛病。可昨兒我在茶館裡，恰好看見他與縣令一路走來，哎喲喂，兩人那眼神啊……嘖嘖嘖！

「所以，這些日子啊，小姐都是白費勁。那兩位根本不好妳這一口，啊哈哈哈……」

前日，墨菊聽到這些話時，起初根本就不信。但當她開始反思起自己這段時日的諸多不順時，猥瑣下屬的話，彷彿長了腳般，一個勁地朝她耳朵裡跑……

今晚這個花園小酌，墨菊原本準備來個仙氣飄渺的出場，再來個血脈僨張的貼身獨處。連她身上的紗衣也是精心準備好的，據說是京城最有名的青樓嬤嬤的幾大法寶之一。

這紗衣的妙處就在於，若穿者舒展舞動，就會輕盈飄起，如霧如幔。最勾人的是，這些紗衣鏤空的地方錯落有致，在明亮燈光下一照，曼妙的女體就會若隱若現、半遮半掩。

這紗衣曾為京中最大的青樓拉住靠山，也為幾位佳人覓得了歸宿。

如此無往不利的法寶，墨菊拿出來時，有種割肉的心痛感。因為紗衣衣料特殊，每套紗衣只有頭一次穿著時，才有那種仙氣縹緲的感覺；上過身後，那種輕盈飄逸就會迅速減少。

下了血本的墨菊覺得今晚這事是三根指頭捏田螺，十拿九穩了。

不想，謝沛看也看了，瞄也瞄了，最後卻來一句——該上菜了?!

眼見此番心血又餵了狗，惱羞成怒的墨菊腦中瞬間響起猥瑣屬下的話，於是，張嘴就把話噴了出去……

然而，踩住謝沛痛腳的爽快感還沒消散，陰影中，那個飄在半空的公公就一盆冷水把墨菊潑醒了！

「老天啊，我都做了什麼?!」墨菊忍不住在心中尖叫起來。

原本是想通過謝沛和李彥錦與大皇子搭上關係，為今後行事做好準備。

可如今呢？她不但沒能如常先生最期待的那樣，成為縣尉娘子，從而逐漸把此人控制在手裡，還因為一時忘形，竟然驚動這位神出鬼沒的「公公」！

這位公公，她是聽說過的。先前尹梅給常先生的信中，提過戴如斌遭遇大皇子一系高手的深夜警告之事。

所以，常先生也提醒墨菊，若在衛川見到疑似之人，定要謹慎對待；即便無法交好，也絕不可與之交惡。

墨菊想完這些，此刻只想翻個白眼暈過去。

她可憐巴巴地轉過頭，看著謝沛，哀求之意溢於言表。

不想，謝沛忽然揚起一側眉毛，嘴角一歪，戲謔地說：「墨小姐快省省吧，妳這模樣，沒法打動我啊，畢竟我是好龍陽之人吶……」

謝沛說著，還朝那位公公看了一眼，道：「比起來的話，還是這位公公更加誘人些，嘖嘖……」

墨菊目瞪口呆，從鼻子裡冒出了個怪音，便如同爛泥般，委頓了下來……

謝沛回到府裡，又等了片刻，才見到「李公公」歸來。

「怎麼這麼久？」謝沛開口問道。

李彥錦賊兮兮地笑了聲。「之前還想看看他們的來歷和後招，如今不用看了，自然是要收點辛苦錢了，嘿嘿。」

謝沛聽說他把墨菊那夥人的銀錢都弄走了，忍不住搖頭。「你都快養成賊不走空的習慣了……」

「哼，就許他們算計咱們，還不興咱們坑坑他們嗎？再說，我沒打人就不錯了，那點銀子，是咱們和下面的人這些天的辛苦錢。明兒就給大家發紅包去。」李彥錦在心裡默默幫戴如斌記了帳，以後有機會，自然要那老小子好看！

最後，被弄得血本無歸的墨菊一行人，只得匆忙賣了房子換路費，才離開衛川縣。

第五十三章

墨家人走後第三日，李長奎終於回來了。

他連灌兩大壺茶水後，喘了口氣。「全抓到了。二娘派些人，再弄幾輛車，把那些傢伙搬回來吧，我一個人不方便。」

下午，謝沛帶著三十個手下，和兩輛騾子拉的大板車，跟著李長奎出了城。

次日上午，一行人才回來，兩輛板車上堆了十幾個捆成死豬的嫌犯。

當天晚上，李長奎才說了自己這些天的經歷。

夫妻倆聽完，怒不可遏，當夜便把這些死豬好好審了一遍。

這些人吃過李長奎的苦頭後，有的還嘴硬不說，有些則問啥說啥，只求能給個痛快。

原來楊家早在幾代人之前，就已經是江湖勢力之首。

起初這個名為「三樁幫」的勢力，除了楊幫主有套家傳掌法能撐場面外，其他人只是尋常閒漢。所做之事，也不過是走個鏢，做點小生意之類的。

不想，到了楊家兄弟的父親楊寶來繼承幫主之位後，竟是漸漸與賊盜雲集的平三門拉上了關係。

此後，三樁幫漸漸興盛起來，但所做之事卻越來越讓人不齒。

後來，因為不小心惹到了不該惹的人，三樁幫險些全軍覆沒。

自那之後，楊寶來遠離京城，甚至連府城都不敢待，尋到衛川這個小地方藏身。

雖然躲了起來，但跟著他的人還要吃飯穿衣，於是，三椿幫從明轉暗，漸漸變成了藏頭遮尾的賊盜本營。

暗地裡，他們用些齷齪手段，做局設套，矇騙銀錢，搶奪財物，甚至拐賣人口；就連楊家的染坊，也是設了套，從別人手裡弄來的。

三椿幫做的惡事中，有椿八年前的大案最為出名，而楊金博也因此被人追殺，險些去了半條性命。

八年前，北地鬧蝗災，蠻族趁亂加緊攻勢，但北地守軍的軍餉卻被某些人剋扣，半年未發，軍心因此不穩。

在蠻族殺退北地守軍，攻下一處邊城後，高堂上安坐的那些人才慌了神。

當時還在位的戶部尚書，費盡心力，終於說服升和帝，加派援軍，並把軍餉統統補齊。

為了鼓舞士氣，老尚書去找當時最大的錢莊——鴻泰錢莊，請他們調動北地存銀，先把軍餉墊付給守軍，而戶部這邊則把朝廷的銀錢存進鴻泰在京城的本號。

這件事，對鴻泰錢莊沒什麼好處不說，還須擔著巨大的風險。

然而，錢莊主人拗不過老尚書，又存了家國之念，還是應承下來。

孰料，本來好好的一件事，卻因為某些小人的貪慾，而釀成了一場大禍。

鴻泰錢莊在北地設有不少分號，自接了軍餉的任務後，就開始馬不停蹄地朝距離北地守軍最近的分號運送銀子、銅錢。

當初，鴻泰錢莊跟老尚書說好了，他們不負責發軍餉，只負責湊錢，送到朝廷指定的官員手中。然而，眾人千算萬算都沒算到，問題就出在交接的環節上。

那筆軍餉到底有多少，旁人雖不知準數，但略估算就知道，積欠半年下來，至少近五十萬兩。

這巨大的財富，不但讓某些貪官蠢蠢欲動，更是引來三椿幫的注意。

一番籌謀下，三椿幫搭上一位交接軍餉的官員，從他口中套出雙方交接的日子和地點，然後使了平三門的伎倆，用一批假銀錠換了真錢。

假銀錠沒多久就露了餡，可楊金博等人已經帶著真錢逃離了北地。

接下來，這件事隨著官員推諉、北地局勢惡化，朝堂上爭吵數日後，居然把鴻泰錢莊推出來當替死鬼。

隨後，朝廷的軍餉從京城錢莊中強取出來，又費了些功夫，還是送到了北地，蠻族也被打了回去。朝堂損失不大，可鴻泰錢莊卻全族被判死刑，寧國最大的民間錢莊就此灰飛煙滅。

而老尚書早在升和帝下旨追責鴻泰錢莊時，就生生吐了血。待鴻泰錢莊被滅族時，他瞪大眼，死不瞑目地嚥下最後一口氣。

朝堂上的貪官與升和帝，以為此事就到此結束，但他們沒想到的是，鴻泰錢莊倒下，民間無數商戶、百姓也遭受巨大的打擊。

原本，若是多給鴻泰錢莊幾日，調動各地分號的銀錢，也不是扛不動那五十萬兩。

然而，這世上從來不缺落井下石的人。那些地方官員本就搜刮得凶，一聽說鴻泰錢莊犯了事，竟是個個搶著前來抓捕犯人。

抓捕犯人的同時，自然也要搜尋證據，而那些白花花、黃燦燦的證物，最後都進了他們的口袋。

貪官們發了橫財，可那些把錢存進鴻泰錢莊的人，卻倒了大楣。

許多商戶一時之間陷入銀錢不濟的尷尬境地，有不少處境艱難的，甚至被逼到家破人亡。

一處如此，處處皆然。

不到半年，因為鴻泰錢莊的慘劇，竟引發了數百起命案。

此時，三椿幫中有個傢伙喝醉酒，與人吹噓時，說漏了嘴。

那時，群情激憤，雖然官府要維持朝堂上的判決，堅決不承認銀錢是被賊盜弄走的，死死咬定是被鴻泰錢莊貪了去，可多數人心裡，卻是很快就明白了過來。

於是，八年前的寧國江湖上出了一道「清剿令」。向江湖人士懸賞三椿幫的人頭，普通幫眾十兩一個，楊金博等首腦，則上了千兩。

在這種舉目皆敵的情況下，三椿幫幾乎被殺了個乾淨。

楊金博命大，被捅了左胸，卻沒死掉。死裡逃生的楊金博灰溜溜地躲回衛川，連弄來的巨額銀錢也不敢拿出來花用享受，只窩在染坊中，養了許久的傷。

直到兩年後，風聲過去。他看著，手下除了些沒用的廢物，其他得用的人幾乎都死光了，就動了招攬人才的念頭。於是，才有了喬家兄妹和藍十六的一番遭遇。

李長奎之所以認出楊金博，正是因為當年他也曾追捕過三椿幫，還親自給與楊金博交過手的江湖友人療傷。

這位友人因為大意，中了楊金博的碎心掌，傷勢頗難治癒。兩人交談之時，多次反覆描述楊金博的碎心掌，李長奎才有了印象。

後來追捕了一陣子，三椿幫大多數賊人都已伏誅，「清剿令」上排在第一位的楊金博卻遲遲沒有消息。

隨著時間流逝，這事漸漸被人忘記了。

直到八年後，李長奎再次見到碎心掌時，才抓住這隻老狐狸。

李長奎秉著除惡務盡的態度，一路追蹤慌忙逃竄的楊金博，還因此順藤摸瓜地發現十幾個楊金博的親信手下。

花了半個月工夫，又尋了李家好手分頭追蹤後，終於抓住這十幾個人。

李家向來不張揚，大家商量了下，決定把收尾的事交給某個當上縣令的弟子來做，這才有了兩大車運回衛川縣衙的「死豬」。

李彥錦和謝沛審問楊金博時，他居然還想著拿錢來買命。

可惜，他遇到的假官員是真青天，以往的手段全然不管用。

整理好三椿幫歹人的口供後，李彥錦與謝沛商量起來。

「二娘，這案子是明著辦，還是暗著辦呀？」

謝沛也有些犯難。「若是明著辦，萬一這案卷被某些人看到，怕是要引出麻煩；若是暗著辦，鴻泰錢莊的冤屈，今後怕是再沒機會洗清了……」

李彥錦翻翻那疊供詞，道：「要不這樣，挑幾個關鍵的人留下來，反正大牢裡不缺他們一口飯吃，暫且養著。今後有機會，或把這些人證和口供公諸於世，或交給苦主處置。」

謝沛點頭。「若真有活著的苦主，那就好了。這世道，好人實在太難長命。」

雖然說要留下人證，但李彥錦和謝沛沒留下最大的禍頭楊金博。

這群歹人中，楊金博是他們的頭兒，還練有幾十年功力的碎心掌。把這麼危險的人留在縣城大牢裡，簡直是把火藥放在床底下。

除了楊金博之外，夫妻倆又從這些歹人中，選出四個壞得冒油、作孽太過的傢伙，讓他們直接在大牢裡嚥了氣。

剩下的，包括楊金守在內的六人，則屬於或知情，或參與部分行動，雖然有罪，但手上沒有沾染人命。他們膽子原就不如那四個人大，如今又看到楊金博等人的下場，個個變得極為老實。

於是，李彥錦替他們安上拐賣人口的罪名。按律，他們要服刑十年，若十年之內沒找到機會為鴻泰錢莊正名，小夫妻倆自會想辦法延長他們坐牢的日子。

除了這些傢伙外，還有三個人讓謝沛夫妻頭疼，就是楊金守的妻子羅氏和兩個孩子。

他們雖然知道自家大伯不是好人，但到底不曾參與過三椿幫的事務。而且，這三人也沒因三椿幫的緣故，過上奢侈的生活，每天都要在染坊中做事，用自己賺來的錢度日。

考慮到這一點，李彥錦最終還是沒有牽連羅氏母子。只是，在放他們出獄前，李彥錦和謝沛又去楊家染坊裡好好搜了一遍。

根據這夥人的口供，八年前，他們只偷換出五萬兩白銀，並不是那些官員口中的所有軍餉。中間差的四十多萬，自然是被某些人藉機弄到了手裡。

楊金博在得手之後，就把這重達三千多斤的白銀分出去了。

這麼做，明面上是兌現當初對兄弟們的諾言，實際上，是楊金博為了自保，把這些人撒出去，以便轉移旁人的注意。

分完之後，楊金博手上還有一千多斤白銀，他利用同夥被他人追殺的工夫，把這些錢尋了個妥善地方藏起來。

藏好之後，沒多久，楊金博被同夥供出來，不斷地遇到追殺。

但他命大，逃過死劫後，乾脆把自己扮成乞丐，一路乞討回了衛川。

據楊金守說，楊金博回來後，再沒把這些銀錢取出來。

事發六年後，他曾問過楊金博那些錢的下落。

結果，楊金博竟是冷笑著說：「那筆錢，你不用惦記了。若老子這輩子沒機會花用，就把它們全帶到地下陪葬好了！」

除了楊金博外，再無他人知道那筆銀子的下落，可李彥錦和謝沛看楊金博那副嘴臉就覺得可惡，實在不想為了一萬多兩銀子，與這人渣討價還價。

於是，楊金博死時的表情極為詫異，怎麼樣都沒料到，真有人在沒找到銀子之前，就捨得把他殺掉……

把人渣送去見閻王，確實挺痛快的。但痛快之後，夫妻倆還是去楊家染坊裡反覆搜了幾遍，破壞平三門的那些陰險機關後，兩手空空地離開了楊家。

接著，羅氏和她的兩個孩子被放回楊家，剩下的六個人就開始了蹲大牢的日子。

李彥錦判他們販賣人口，其實不是胡亂冤枉人的。這些年，三椿幫的餘孽不敢做大惡，但拐賣好人家的孩子這種事，還真沒少幹。

於是，李彥錦把這六個人的案卷寫好後，交到了戴如斌那邊。

不知是不是因為被恐嚇過，戴如斌對衛川的案卷都是大筆一揮，全部通過。

到了八月，湖白府的所有案卷都被送到京中大理寺，年底時，順利地審完了。

楊家染坊的案子結束後，謝沛和李彥錦多了三個小跟班。

傷好之後，喬家兄妹不用說，他們倆的親族都死絕了，自是無處可去。

而藍十六被拐時，已經五歲，還依稀記得一些家裡的事情。

據他回憶，他的父母都是京城人士，他跟著母親去老家拜壽時，因為貪玩，半路上被拐子捉了去。家裡的位置，他已經記不得了，幸好還記得父親名叫藍仲飛，是個官員，母親則姓韓。其他的，就想不起來了。

李彥錦和謝沛商量，拜託李長奎請京城的李家人幫忙打探藍十六的事。藍姓是很少見，其父又是官員，應當有跡可循。

暫時回不了家的藍十六，跟著喬曜戈和喬瀟然，每日在衙門裡做些力所能及的事。

在衙門吃飯時，經常見到來關心女兒、女婿的謝棟。一來二去，三個半大孩子被謝棟的手藝籠絡住，一口一個謝大叔，喊得特別甜。連小冰塊喬曜戈，見到謝棟時，身上的冷氣也少了許多。

謝棟看三個半大孩子身世可憐，平日裡也格外關照些。

觀察一段時日後，謝棟跟女兒、女婿說：「十六等著回家，也罷了。可么哥和小然這兩個孩子，難道就這麼在衙門裡瞎混著？」

李彥錦撓撓頭。「也不是……之前對他們不太熟悉，不敢隨便放到外面去，就拘在眼前，至少保險點。」

「我覺得啊，這三個都是好孩子。衙門畢竟不是住人的地方，那官宅他們去了也不方便。不如讓孩子們跟我回去，晚上住在謝家，白天嘛，看是來你們跟前繼續跑腿，或者學點別的本事也行。」

自從知道閨女和女婿可能子嗣艱難後，謝棟看著別人家的孩子，更是多了幾分溫柔。

謝沛夫妻琢磨一下，點頭同意，讓三個孩子跟著謝棟去了謝家。

離開衙門之前，謝沛和李彥錦又與三個孩子仔細聊了一會兒。

「小然、么哥、十六，你們可想過今後要做些什麼嗎？」謝沛問道。

藍十六兩眼冒光地看著她。「縣尉大人，我能拜你為師嗎？我想學成一身好武藝，今後懲惡揚善、威震江湖！」

「咳！」李彥錦噴出一口茶，點頭道：「小子，這目標很遠大呀！」

藍十六嘿嘿笑了兩聲，期盼地看著謝沛。

縣尉大人有些頭疼地掃了眼看熱鬧不嫌事大的縣令，嘆口氣道：「小十六啊，天下之大，能人輩出。老話說，一山還有一山高，就是這個理。如今在衛川，你瞧著我夠厲害了，可威震江湖……我自問是做不到吶。」

「那、那就懲惡揚善好了……」藍十六多少有些失望，但到底是經歷過磨難的孩子，完全沒有胡攪蠻纏的想法。

「學功夫這事，我也在考慮。除此之外，可還有別的想法？」謝沛問道。

藍十六搖搖頭，過了一會兒，小聲道：「想見爹娘……」

李彥錦伸手摸摸他的亂毛。「會找到的……」

喬瀟然黑葡萄一樣的眼珠左右轉轉，不想讓藍十六難過，笑著打岔道：「縣尉大人，您還沒問我呢？問我吧！」

謝沛嘴角一彎，笑道：「小然，以後妳想做什麼呀？」

「做女俠！」喬瀟然脆生生地回答。

看著大家滿臉震驚的模樣，喬瀟然搗嘴一笑。「那是不可能啦！嘻嘻～～么哥知道的，我怕疼又怕累。縣尉哥哥，我能不能跟著謝大叔學做飯呀？以後我想做個廚藝高超的女師傅，給大叔幫忙！」

喬瀟然說完，驕傲地挺起小胸脯，彷彿自己已經成了御膳房的女大廚般。

「行呀。不過，妳得自己去求大叔，他要是同意，誰攔著都沒用。」謝沛好笑地說。

喬瀟然聽了，用力點頭，直笑得露出兩顆小虎牙。

李彥錦看著一直沈默不語的喬曜戈，問道：「喬曜戈，你呢？」

喬曜戈原本低著頭，此刻抬臉，眼中的恨意一閃而逝，只說了兩個字：「學武。」

「哎呀，我還以為你想讀書吶！」李彥錦隨口說道。

喬曜戈聞言，僵硬了一瞬，低聲道：「我家三代以內，不許科舉做官的。」

李彥錦睜大眼，這才發現，自己說錯話了。

「那、那什麼……」他正不知該如何安慰喬曜戈，謝沛卻輕輕拍了拍兩個少年的頭。

「既然你們都想練武，今天我就先教你們一套健體拳。不要小看這健體拳，這是你們今後練武的基礎。唯有下過苦功的人，才能在武道上，走得更遠。」

喬瀟然一聽，皺起秀氣的小鼻子問：「我、我也要練嗎？」

謝沛忍住笑意，摸摸她的腦袋。「想當廚子，也得有個好體格啊。」

喬瀟然歪頭酌想了下。「嗯，難怪謝大叔長得那麼胖壯，原來都是練出來的啊……」

眾人啞然失笑。

第五十四章

三個孩子到了謝家後，很快就適應那裡的生活。

如今，藍十六和喬曜戈在謝家練過功、吃了早飯後，就到衙門去幫忙做事。

別看兩人才十一、二歲，有時候卻比好些衙役還頂用。

別的不說，他們寫不出詩詞文章，但大部分的字卻是會認的。

說起來，在楊金博手下苦熬六年，兩人並不是毫無收穫。雖然被迫學了開鎖、行竊、詐騙、摻假等事，但也學會認字和算帳。

不過，在謝沛和李彥錦看來，不管他們曾經學到什麼，都沒有一件事來得可貴——那就是，三個孩子互相鼓勵、互相提醒著，竟然都沒有被楊金博帶歪了心思。

後來，謝沛看藍十六和喬曜戈有時會無事可做，乾脆給兩人分派了固定活計。

如今城裡有五百多個鄉勇，除了輪流當值外，就是操練和休息。

謝沛看著一群壯漢白閒著怪浪費的，乾脆讓藍十六和喬曜戈來教鄉勇們認字。

起初，怕兩個小子鎮不住場，她親自守在一旁，聽了幾次。很快她就發現，原本以為口舌伶俐的藍十六更適合做這件事，孰料，鄉勇們倒是對喬曜戈要更敬重些。

私下一問才知道，在這群莽漢心中，讀書人就該是喬曜戈這種板著冷臉、不苟言笑的模樣。對於藍十六，他們更覺得，他像是自家會認字的弟弟，自然就談不上多敬重了。

晚間，謝沛無意中對李彥錦說起此事，縣令大人思索片刻後，恍然大悟。

「難怪這群人喊我縣令大人，叫妳就是謝老大……看來，做老大的，都得長一張黑臉啊……」

謝沛聞言，伸手揪住他的臉皮，往兩側一拉。「你自己沒事愛做怪相，竟然還說我臉黑？來來來，我且看看，你算不算個小白臉！」

小白臉含羞帶臊地比了個蘭花指，努力睜大被拉成一條線的眯縫眼，嬌嗔道：「官人不要啊～～夫人會生氣的～～」

他話音未落，就聽見院牆外突然冒出撲通一聲悶響。緊接著，寂靜的夜裡響起了一連串壓抑的咳嗽聲……

聽到院牆外的動靜，李彥錦和謝沛立刻抓起外衣，唰唰唰幫自己穿上。

「欸？不對，這聲音我怎麼聽著耳熟？」李彥錦繫著腰帶，忽然抬頭說道。

此時，外面的咳嗽聲停了下來，熟悉的聲音響起——

「廢話，我是你師父！」

屋裡的夫妻倆對視一眼，想到之前李彥錦說的玩笑話，不由有些臉紅。

「行了，別害臊了，快開門。」智通拍拍身上的塵土，完全不想回憶剛才聽到了些啥。

待師徒三人都在桌邊落坐後，氣氛有點尷尬。

李彥錦憑著自己的厚臉皮，輕咳一聲，率先開口問道：「師父此時過來，可是有什麼事情？」

智通撓了撓光頭。「也許是我多疑了，不過還是來和你們說一聲，有個準備比較好。今日上午，七叔接到布莊的傳信，也沒說什麼事，就匆匆出門去了。本來這也沒什麼，只是我下午去碼頭吃……咳，去碼頭閒逛時，發現有個陌生的乞丐，盯著我看了好幾眼。

「我原以為，他不過是少見多怪，對和尚有些好奇罷了。但後來，我朝回走時，發現那乞丐竟然跟蹤我。於是，我故意把人往巷子裡帶，結果，那人竟伸頭嘿嘿一笑，撒腿跑了。

「他這一跑，我就看出來了，至少這人的輕功比我好些，我沒追上他。後來，我沒回謝家，一直在城裡轉悠，但是再沒見到那個乞丐。

「剛才，我去家裡看看，沒出什麼亂子。想了想，還是來你們這兒瞧瞧，順便提醒。」

謝沛聽完，皺眉問：「師父看清那乞丐的模樣了嗎？」

智通頓了下，道：「那乞丐的面容多半是做過手腳的……滿臉都是疤痕，好多路過的人都被他嚇得不輕。」

「這就有點不對啊……」李彥錦插嘴。「若是他特意來盯梢，肯定是怎麼不起眼就怎麼打扮，弄成滿臉大疤，是怕沒人注意嗎？」

「師父看那乞丐的身形，有沒有眼熟的感覺？」謝沛忽然問道。

智通皺眉想了下。「並不眼熟。」

「那他的神色凶不凶？」謝沛又問。

「倒不覺得有多凶，只是他那眼神，有點冒賊光的感覺……」智通說道。
「冒賊光？」夫妻倆面面相覷，一時也沒想出個頭緒來。
李彥錦撓撓頭。「也就是說，那乞丐沒有帶著很強、至少是很明顯的敵意，是不是？」
智通微微點頭。
「會不會是相熟之人，故意遮了臉，來作弄人？」謝沛換了個思路，喃喃道。
「熟人？我的熟人都在李家。比我輕功好，我又熟悉的……除了幾個長輩以外，只有兩個同輩。如果是他們，至少體格上，還是很明顯的……」智通皺著濃黑粗眉，邊說邊搖頭。
謝沛想了下，道：「那，這樣吧，為了謹慎，這幾天晚上我和阿錦回家去睡，白天派人暗中找找那疤臉乞丐好了。」
智通心裡琢磨，這樣也好。如今李長奎外出未歸，家裡就他一個能打的，萬一疤臉乞丐闖進來，確實有些危險。
於是，三人不多說，關好門窗後，直接回了謝家。發現一切平安，就沒有喊醒其他人。輪流守了一夜後，天不亮，謝沛和李彥錦又回了官宅。
說來也怪，疤臉乞丐竟然再沒出現。找了幾天，連影子都沒見到。
三日後，李長奎神情躁鬱地回來了。
智通見他這樣，湊過來問道：「叔叔啊，這是怎麼了？」
李長奎神情複雜地看他一眼，嘆口氣，低罵：「讓我抓到那王八蛋，非撕了他不可！」

「欸？什麼人惹叔叔生氣了？」智通好奇道。

「那天有人給彩興布莊留話，說是知道……你爹的下落。」李長奎想想，還是說實話。

「我爹？不是早就過世了嗎？」智通瞪大眼，驚訝地問。

「誒……四哥當年留了遺書，但……但等我們找去時，那房子已經被一把大火燒成飛灰……」李長奎艱難地回答。

智通立刻明白過來。「也就是說，其實並沒找到我爹的屍體，是嗎？」

李長奎點頭。「正是因為沒有見到確實證據，所以在那之後，我們一直沒有放棄，派了許多人出去，到處找你爹。這麼多年過去了，沒想到前幾日，竟會有人提起這件事。」

「那給布莊送消息的人呢？」

智通倒不像李長奎那般低落，他從記事起，就一直以為父親已經過世了。如今乍聽這些，反倒覺得多出一絲絲僥倖。萬一……萬一還活著呢？

李長奎眉頭緊皺，道：「我也是想著，就算那人只是騙我，但他肯定對你爹當年的事情有所了解，無論如何，都應該找他問清楚。

「咳，說起來，就忍不住冒火。那人約我在城外見，也沒說時間，我怕誤事，當即趕去，結果一直等到晚上，才看到有人過來。誰知，那人還沒走近，就停下來，接著竟轉身逃掉！我自然不能讓他這麼跑了，硬是追了一天一夜！」

「結果……還是沒追上？」智通一點面子都沒給自家叔叔留，直接問出來。

李長奎憋住氣，半晌才哼了聲，非常不高興地點了點頭。

「居然能甩掉叔叔，看來那人的功力也很深嘛……」智通摸著下巴嘟囔，忽然想起那個疤臉乞丐，問道：「叔叔看清楚那人長什麼樣子了嗎？」

李長奎點頭。「看清了，不過不認識。怎麼了？」

智通說了被疤臉乞丐跟蹤的事。

「那乞丐的輕功比我如何？」李長奎聽了，也有些疑惑，趕緊問道。

「若他已經盡全力，應該是不如叔叔。不過嘛……我覺得那人就是在耍著我玩的……」智通無奈地聳了聳肩。

李長奎拍他一巴掌。「跟著阿錦學的什麼鬼動作，忒找揍。」

叔姪倆又嘀咕了一陣，都覺得那乞丐怕是跟約李長奎出城的人是一夥的。

兩人說得差不多，智通這才有些猶豫地問：「叔叔，當初我爹到底是為了什麼事犧牲呀？竟然連遺書都留下了……」

李長奎聞言，眼中閃過一絲痛意，好半晌才吸了口氣，道：「是為了查你大姑一家的事情……」

「大姑？」這下，智通真有些懵了，他長這麼大，從來沒見過大姑呢。

「嗯，她是我們的大姊，排行第一。」

因前幾日的事情，李長奎被勾起許多歡樂和痛苦的回憶，見姪子如今日漸沈穩，終於決定告訴他一些更為機密的事。

李長奎神色嚴肅地說：「今兒這事，既然和四哥有關係，說不定過幾天我就要回本宗稟報。你留在這裡守著，若是不讓你知道內情，怕是容易誤事……不過，你聽完這些話，再不許說給第二人聽。阿錦和二娘也不能說，明白嗎？」

智通見狀，坐直了身子，鄭重地點頭應了。

說起往事，李長奎腦海中浮現出一名英姿颯爽的女子，心跟著微微抽痛起來。

「你大姑原是我們這一輩最出色的人物，這代的掌門原是準備傳給她的……」

「後來呢？」智通等了好一會兒，見李長奎說了一句就停住，忍不住開口催促。

誰知這一催，竟引來李長奎一聲壓抑的咒罵。

「後來……她眼瞎，嫁給了一個王八蛋！」

李長奎喘了口氣，這才緩緩說下去。

他的語調沒多激憤，但隨著低沈的嗓音緩緩響起，一段埋藏於心底的隱秘，浸透了鮮血與憤怒，沈甸甸地壓到了智通的心頭上……

智通的大姑名叫李長參，是李家長字輩的老大，比老七李長奎足足大了一輪。

從幼時起，李長參就是他們這輩人的小首領。不論練武、讀書，甚至心性，都是長輩們最看好的。

待她成年後，就開始四處巡查李家的產業。

有一年，她竟帶了個男人回來。

李家對小輩的婚姻一向很寬容，只要兩人願意，人品上沒問題，就不會阻攔。

那個跟著李長參一起回來的男子是個清俊溫柔之人，雖然來歷有些可疑，但與李家人接觸了一段時日後，並沒有引起太強的反對。

唯一不同意這樁婚事的，就是她的四弟，也就是智通的親爹——李長昂。

說到這裡，李長奎不禁嘆了一聲。「我們這輩人，要說看人的眼光，四哥才是最準的。連長輩們都沒看出，那王八蛋狠起來，別說家人、親友，連自己的性命都不放在眼裡……」

後來，因為只有李長昂一個人反對，李長參的婚事還是辦成了。

婚後，李長參過得很不錯，夫君非常照顧她，而且有些事情上，還能提出很不錯的建議。

夫妻兩人同心協力，讓李家的情況越發好了起來。

變化，大概是發生在李長參的長子出生之後。

也不知怎麼開始的，李長參竟然逐漸與家族中的人爭執起來。

起初大家還以為，李長參要管理家族事務，又要養育嬰兒，太累了。所以，李家還在任的掌門減輕了李長參負擔的事務，讓她安心休養一段時間。

可休養的結果，不但沒讓李長參好轉，反倒連幾個弟弟來看她，都被轟出來。

李家男兒大部分是性格粗狂之人，琢磨不明白，就想著冷靜、冷靜，等大姊消氣再說。

但是，事情卻沒好轉，李長參鬧到後來，連掌門都開始考慮尋找新的接任者了。

人情就是這樣，誰也不是誰的爹娘，天生就要哄著誰。

在李長參如同瘋狗般的爭吵、驅趕下，李家其他人與她漸漸疏遠。

這其間，李長參的夫君高登雲，屢次調和勸解，才在這十幾年中，讓李長參與李家勉強維繫住關係。

後來，李長參的長子李宜朝成婚後，高登雲突然中風，整個人癱在床上，動彈不得。

這一年，沒了高登雲的勸解，李長參不顧長子反對，與李家斷絕了關係，全家搬到瀰漫瘴氣的南蠻之地。

李家人派人打探，得知李長參他們日子還算能過，就放下了。

孰料，三年後，智通的父親李長昴突然傳回李長參全家遇難的消息。

李家人驚怒之餘，派人前去查明死因。但等他們找去時，只在最近的分點裡，尋到了李長昴留下的書信。

這封信不但揭出李長參全家死因的部分真相，也變成一封令人心痛的遺書……

李長昴的信是在倉促中寫成的，又不能確定這封信會被誰看到，所以有些事，他沒辦法全寫出來。

但是，同樣地，他也知道自己面臨著極大的危險，甚至很可能栽在那些人手裡。所以有些事他必須說清楚，不能讓李長參死得如此憋屈……

李長奎至今記得，看到李長昴那封字跡潦草的信時，只覺之前那二十五年光陰……全白活了！

李長昴在信中寫道，大姊李長參這些年來變得暴躁癲狂，竟然是她刻意為之，而其中原因，牽扯諸多不為人知的秘密。

說起來，李長昴是去探望中風的高登雲時，才察覺到一些端倪。

李長昴負責宗門中的獎懲刑罰，接觸過大量的曲折手段和晦暗人心。所以，去探望中風的高登雲時，敏銳地察覺到，高登雲僵硬的神情中，藏著一股對妻子李長參的恨意。

李長昴起了疑心後，帶著最可信的三位手下，秘密探查起李長參家的事。

這一查，最先暴露的是高登雲中風的真相。他並不是因病癱瘓，而是被人逆灌勁氣，才形成與中風極為相似的症狀。有能力、有條件辦成這件事的，只有他的妻子李長參。

至於李長參為何要對枕邊人下此毒手，卻有些難查了……

第五十五章

正當李長昴冥思苦想時，李長參竟然在一個深夜裡找上門來。

姊弟倆長談一番，李長昴才知道，高登雲竟然已經暗中做下許多壞事。

李長參在成親後第二年懷上身孕，這時候，她對高登雲還是極為信任，當身子沈重，不便理事時，高登雲就暫時接手幫忙。

讓李長參高興的是，高登雲接手後，打理得很妥當，下面幾十處分點，幾乎比往年做得更好。只是，李長參絕非尋常的後宅女子，再信任高登雲，出了月子後，依然打著回本宗看看長輩們的名頭，出去暗訪了一遍。這一訪，就訪出了問題。

李長參發現，雖然各分點的管事都還是原來的人，可下面的夥計卻多多少少換了新的。

因為更換夥計是各分點主事自己能決定的，所以單看一家，沒人覺得有問題。

但李長參卻是看了全部，一家換幾個夥計很正常，可家家都換人，絕不正常！

李長參擔心打草驚蛇，暫時沒同其他人說起自己的懷疑，包括她的丈夫。

為了引出幕後之人，李長參設了局，故意對下面提了個很古怪的要求。

結果她發現，某個分點的新夥計把這個古怪要求傳了出去。

順著傳信管道摸下去，李長參發現，同時報信的，竟不只這一家。

最後，李長參赫然發現，這些新夥計背後的主子，居然就是她的枕邊人——高登雲。

高登雲到底是什麼來頭，李長參並沒有告訴弟弟李長昂。但可以肯定的是，這人與他背後的勢力，對李家懷有不可告人的目的。

那會給平靜了百年的李家帶來滅頂之災。所以，李長參只能用曲折的方式，隔開自己與家族，連帶著，隔斷了高登雲伸向家族的黑手。李長參雖沒說明高登雲的身分，卻明白地告訴李長昂，她不能讓家族公然對上高登雲，

底翻臉的模樣，帶著兒子、兒媳，還有高登雲，遠離中原，遠離家族。待高登雲中風後，李長參深夜來尋李長昂，是想請他幫忙轉移家人。她要裝成與李家徹

李宜朝懂事後，一直跟高登雲更親。李長參又要練武、又要照看家族，還要防著高登雲，沒有太多時間帶孩子。李長參說，據她觀察，之前由高登雲指揮的古怪勢力，如今已經轉到兒子李宜朝手上。

後來，高登雲中風那天，李宜朝竟滿臉猙獰地對她咒罵，李長參才發現，兒子已經被高登雲徹底帶偏了。

看到李宜朝充滿野心和憤怒的目光，李長參自責又疲憊，同時察覺到那股勢力到了李宜朝手裡後，開始變得瘋狂和肆無忌憚。

一把刀握在理智的壞人手中，還能預測出刀的時機和方向；可若握在一個衝動的蠢人手裡，誰都猜不到，他會做出什麼事來。於是，李長參當機立斷，決定徹底隔開兒子與那些人的聯繫。所以她去找最可靠的四弟李長昂，請他幫忙擋下可能會來的追兵。

李長昂同意了，與李長參聯手解決追兵中最厲害的三個高手，打散其餘追兵。然後押著

被下藥的李宜朝和癱瘓無法行動的高登雲，直奔南疆的深山老林而去。
安頓好李長參一家後，李長昴才把消息傳回本家。
得知李長參在南疆日子還過得去，李家其他人就在誤解中，放下了大姊一家人。
旁人都能放下，知情的李長昴卻仍舊關注著。他養出五對信鴿，與大姊李長參保持每個月一封密信的聯絡。
看著她困住被野心沖昏頭的兒子，看著她迎來第一個孫兒，看著她安葬了高登雲……
李長昴以為，再過幾年，也許大姊就能回來了。
可誰想到，三年後，每月往返的信鴿腿上竟然空空如也。
後面的信鴿不但沒帶回信，更是狼狽不堪，奄奄一息，彷彿根本不曾在李長參那裡等到補給和休養。
意識到事情不妙後，李長昴再顧不上隱藏行蹤，直接奔赴南疆。
當他趕到李長參隱居的小山谷時，倒塌的大樹、坑坑窪窪的山體、還沒被洗淨的血痕、寂靜無聲的山谷都在在告訴著他，這裡曾經發生過一場惡戰。
看到失去頭顱的三具屍體時，李長昴再忍不住，嘶聲痛嚎！
不知過了多久，李長昴才逐漸冷靜下來，仔細收殮了李長參一家。見到李長參屍首上各種各樣利器留下的上百道傷口，以及後背處一對烏黑的手印時，李長昴便知，殺害大姊一家的，絕非幾個人所為，看傷口，至少有十幾位高手同時出手！

再看李宜朝和他娘子姚氏，兩人身上也有不少小傷，但最後致命的卻是當胸一掌。

李長昴安葬完李家三人，準備返回最近的李家分點，給掌門傳信，電光石火間，突然想起，大姊的小孫子，竟是活不見人、死不見屍，就這麼不見了！

李長昴又痛又急，隱隱生出一絲期盼，暗暗祈禱大姊最後的血脈能夠逃出生天，好好活著。哪怕一時找不回來，只要活著，就足夠了！

回程，李長昴遭遇了三次暗殺，在第三次時，終於對下手的人有了推測。可這個推測，讓李長昴更加不敢把宗族拖下水來。

他知道，自己已經暴露了。既然如此，乾脆一個人擔起這件事好了。

李長昴趕回李家分點，匆忙留下一封信，把大姊多年來的不得已和慘死之事說了，卻又故意模糊孫子的事情以及他對仇敵的推測。另外，他還在信中留下聯絡用的暗標，讓李家追來的人能順著標記與自己會合。

只是，當李長奎等人真順著標記趕去時，見到的，卻是還在冒著黑煙的一片餘燼……

聽完了如此曲折的家族舊事，智通皺眉思索許久。

「叔叔，我爹說，當年大姑是為了保護家族，才故意扮成瘋癲暴躁模樣，疏遠李家人的，是吧？」

李長奎嘆氣。「是呀。當時我年輕氣盛，受不得這些，心裡對大姊還多有埋怨。哪裡想到，竟是……」

智通搖搖頭。「若是連叔叔都看穿了，那大姑能騙得過其他人嗎？」

李長奎語塞，覺得姪兒實在不是個會安慰人的傢伙。

智通迎視李長奎哀怨的眼光，道：「那這麼說好了，大姑面對的敵人肯定很強，至少比咱們李家要強。所以她沒法正面對戰，只能拐著彎來。」

「是呀……」李長奎蔫了。「別看咱們宗門好像挺厲害的，但說實話，裡面大部分都是武癡，做事的也就比尋常人強一點罷了。別的不提，咱們家就沒一個當官的，逼著小輩讀書，也沒讀出一個願意走仕途……」

智通側頭看他。「這您可說錯了，我的兩個徒弟如今都當著官呢！再說您好意思埋怨別人？我聽五叔說過，當初您那一輩定的是讓您讀書走官路，結果您居然離家逃跑……」

李長奎氣呼呼地說：「你當他們為啥定我呀，還不是欺負我最小，誰都打不過！」

智通被李長奎打岔，心情略輕鬆了些，抬頭朝窗外看了一會兒，突然開口道：「叔叔，我覺得我爹真的沒死吶！」

「啊?!你發現什麼了？」李長奎瞪大眼，急忙問道。

智通緩緩搖了搖頭。「我就是覺得……大姑是為了宗門才裝瘋，我爹會不會也是為了不把宗門拖下水，故意假死，讓那些人不再對咱們動手？」

李長奎一愣，過了片刻，忽然開口：「你知道，當初我為啥決定送你出家嗎？」

智通愣了下，道：「不是因為我修理的那個傢伙，家裡有三品高官的親戚，怕他們報復我嗎？」

李長奎搖頭。「那傢伙是有當官的親戚，但那親戚與他家交惡，不會為他找你的麻煩。其實，是老掌門看你成年後，與四哥的長相日漸相似，才讓我帶你去古德寺的……」

「竟是這樣？」智通喃喃道。

「唉，憋屈呀！我李家大好兒郎，竟只能躲進佛門，以求自保……」李長奎愧疚地搓了搓臉。

智通伸手，拍拍李長奎的胳膊。「我倒覺得快活呢，聽說其他宜字輩的小子，有不少都被逼著相親，倒是我這裡清靜又痛快，哈哈哈！」

李長奎白了他一眼。「說得好像你不出家，就有一堆姑娘搶著要嫁一樣，哼！」

「老光棍有什麼資格說這話？您可沒出家呢，嘖嘖嘖！」

「本大爺拍死你個小禿驢！」

「來啊！我正手癢得很！」

「我踹——」

叔姪倆都有點一條筋，辛酸往事才說完，竟跳將起來，在院子裡噼哩啪啦過招。

兩人打得興起，沒注意到，遠處有個苗條的身影一閃而過……

謝沛皺著眉頭回到屋內後，心中又添疑惑。

上輩子，她並未從智通那裡聽說過李家的秘密。後來兩人北上投軍，直至戰死犧牲，也沒見過李家人來找智通。到底是為什麼呢？

謝沛一時想不出頭緒，只能把這疑惑暫時藏在心裡，待將來再尋答案。

二月中旬，李長奎見那疤臉乞丐始終沒有再露面，就啟程回本宗報信去了。

與此同時，李彥錦和謝沛為了衛川縣的春耕，也忙碌起來。如今這年月，有金、有銀，都不如手裡有糧來得踏實。

今年，縣城附近的公田裡，種田種出了新花樣。堂堂縣令大人竟然挽起褲腿，跟著一幫農夫下田！

中午吃飯時，李彥錦洗淨手腿，放下褲腳，跟送食盒過來的謝沛一起吃飯。

雇農們不敢騷擾縣令和縣尉大人，就把一直跟著李彥錦種田的老漢圍起來。

「老大爺，您跟著縣令在那幾塊田裡忙啥呢？」一個厚嘴唇漢子嘿嘿笑著，開口問道。

老漢微微一笑，露出高深莫測的表情。「縣令大人可不是一般的讀書人，他尋到一種增產的秘法，要試著種一季看看。」

「哎喲，哈哈，縣令大人竟然比幾十年的老莊戶還厲害！」有老農半開玩笑地說道。

老漢瞥他一眼。「若縣令大人與咱們一樣，那他也當不上官老爺了！放心，又不是把所有田都拿來試。再說，這是公田，咱們種地都是有工錢拿的。就算這季沒種好，也不會少你們一個錢。」

「誒，咱們不是這個意思。」厚嘴唇漢子連連擺手。「這不是怕縣令老爺沒種過地，回頭好心辦了壞事嗎？」

老漢也不急著說話，就著菜湯把最後一點粗糧饅頭吃乾淨，又把衣襟上沾著的零星麵渣拈到嘴裡，嚥了下去，這才抬起頭來。

「我覺得呢，能把這麼多流民安置下來，每天有活幹、有飯吃，還能安然度過匪亂和天災，縣令大人肯定比咱們都擔心種糧的事。一家出問題，還能跟別家借了應急；可要是這麼多公田出了事，李大人卻是連個借糧的地方都沒有……」

他的話未說完，剛才老農就嘆道：「可不是？所以我怕大人弄些不中用的花樣啊！」

老漢笑道：「咱們都能想到的後果，縣令大人難道想不到嗎？既然想到了，還要這麼做，必然是心裡有數的。這樣，咱們還瞎擔心什麼？」

眾人聽了，一時也說不出別的話來，只好各自散去。

不遠處，謝沛和李彥錦坐在樹下，邊吃邊聊著。

「阿錦，聽見了吧，那些農戶可擔心著呢。你這田裡養魚的法子真的行嗎？」謝沛給李彥錦夾了一筷子韭菜炒雞蛋。

李彥錦握著筷子，在衛川城郊邊畫個圈。

「放心吧，我做事絕對可靠！這法子是真沒問題，如今最多就是欠點經驗。等這一季弄好之後，再種晚稻時，咱們就讓縣民都這麼做！」

第五十六章

六天後，老漢等人負責的四十畝公田平好了土。

與其他稻田不同的是，這些田比普通水田多出了許多縱橫水溝，且挖得很深。田埂也修得更高更厚，每一塊大田的入水口和出水口還裝上網眼很小的鐵網和木柵欄……

就在眾人圍在這四十畝水田周圍嘀咕稀奇時，李彥錦大手一揮，喊道：「放水！」

高處的水渠口，有鄉勇「喝」了一聲，抽開擋水的石板，蓄了幾日的河水汩汩而來，順著溝渠，從高到低，流進了每一塊水田。

此時，雇農們還覺得縣令大人親自照看的那四十畝水田頗為新奇，可直到插秧結束，卻沒再見到別的動靜。正當有人耐不住性子，反覆向老漢打聽時，多日不見的縣令大人又來了。與他一同到來的，還有十幾輛大板車，每輛板車上，載著兩只水桶。

隨著李彥錦的一聲吆喝，鄉勇們把這些水桶抬到那四十畝特殊的水田邊上。

這時，幾個離得近些的雇農看清了水桶裡的東西，不由驚呼起來：「哎喲喂！是小魚苗啊！」

「弄這些小魚苗來做什麼呀？」

「哎呀呀，全倒了！全倒進水田裡了！」

「欸?!還朝水裡灑麥麩呢！」

「縣令大人莫不是想把稻田改成魚塘呀？」

「那可太浪費了！這些地都是種稻米的肥田吶！」

眾人議論不絕，李彥錦卻對老漢交代起後續的事情。

「每天要灑一次麥麩，不要省著，回頭我會每五天送一次來。這裡我會派人經常巡邏，你們也要輪流守著，別讓人禍害魚苗和秧苗。每天有什麼變化，都記下來告訴我。還要經常檢查出水口和入水口的鐵網，如果堵住了，要及時清理……」

交代完，李彥錦又巡了一次田，這才離開。

忙忙碌碌，轉眼到了四月。

此時，四十畝公田中的魚苗漸漸長大，看著已經有手指長的小魚在稻田的魚溝中穿梭時，梁老漢就忍不住露出傻傻的笑容。其實他內心裡，也對李彥錦的新方法有些猶豫和擔心。但不管怎樣，面子上，他是堅決不露半點心虛的。

撐了一個多月，他負責的這四十畝水田，秧苗與其他田裡相比，並無任何不同，甚至補苗的數還略低於普通水田。這說明，至少這些田裡的稻苗並未受到影響。

老漢原本打算著，只要能保住收成，他就滿足了，至少沒有糟蹋田地！想到六月時，稻田金黃、魚鱗閃閃的美景，他就樂得合不攏嘴。

四月底，李長奎回來了。

這次他回本宗，不但找老掌門說了疤臉乞丐的事，還給衛川的三個小輩弄了些好東西。

李彥錦看著八本新書和三件保存完好的犀利暗器時，差點想辭官不幹，回家專心研究老本行了。

謝沛收到的是兩瓷瓶的藥，據說是宗門裡的黃婆婆，針對謝沛的身子，特地研製出的調理藥丸。

謝沛按照黃婆婆的方子，服用三次之後，身體就有了變化。

原本因為功法太過陽剛，到底對謝沛的身子產生損害，最明顯的，就是月事很短，只有一到兩天，量也很少。

雖然這對女子來說，其實更方便，但同樣的，謝沛也比一般女子更難懷上身孕。

當初，在謝沛和李彥錦回本宗時，黃婆婆幫兩人仔細診過身體，花了好些時候，終於做出能調理謝沛身體的藥丸。恰巧李長奎回本宗，就託他一併帶過來。

兩個瓷瓶共裝了一百枚藥丸，夠謝沛服用十個月。

頭一個月過後，謝沛就被來勢凶猛的月事驚住。她還記得，上輩子，隨著功力漸深，月事也越來越少，二十歲以後，竟是完全斷絕。

那時候，因要長期待在軍營中，謝沛還為這事慶幸不已。但如今她知道，月事斷絕的同時，也意味著她失去了為人母的能力。

這輩子，她保住了謝棟，又尋到滿意的伴侶，偶爾也會生出一絲若有個長得像李彥錦和她的孩子，可能也挺有意思的想法。

只是，之前宗門長輩跟她說過子嗣難育的事，她也就不再執著。

如今，因為宗門的關心和黃婆婆的幫助，謝沛心中那一點點火星又冒了出來。

五月的天，夜風溫熱。

謝沛的大姨媽已經走了九天，夫妻倆興致勃勃地歡愛一場後，相擁著，有一句、沒一句地閒聊起來。

李彥錦右手從謝沛頸下穿過，手指在她手臂上輕輕畫著圈。左手則從她月白褻衣下伸進去，不太安分地停在一處柔軟上。

「娘子，以後咱們回本宗時，一定要好好謝謝黃婆婆啊……」

「嗯，不管怎樣，婆婆這份心意，咱們都要好好感謝呢。」

「是呀，我真是特別感謝她呢！嘿嘿～～」

李彥錦說著，左手微微用力，揉了那團雪丘一把。「娘子，妳發現沒啊，這兩個寶貝又胖了一圈吶！照這個速度，我看縣尉大人以後怕是越發虎背熊腰啦！啊哈哈哈……」

衛川縣裡，縣尉大人日益強健的胸膛並未引來旁人關注，可千里之外的京城中，卻有人為了他們夫妻而搖頭輕笑。

「好男風？呵呵呵呵……這個常玉達啊，果然還是自視太高、手段老套……」

密室中，一名三十多歲的男子飛快地在一小塊絹帛上寫了幾個字，待墨跡乾透後，將其封入一丸蠟球，才悠然地走出了密室。

他把信交給在門外守著的黑衣人。

「夜殤，咱們都看走眼了啊。你把這消息送給常玉達，我也想瞧瞧，當初咱們是不是幹了件買櫝還珠的蠢事……」

數日後，湖白府武陽城一處幽靜的小院裡，常玉達面色難看地盯著手中絹帛，上面只寫著寥寥幾個字——勿拘於後宅。

常玉達咬牙，彷彿又看到了那讓人憤怒又畏懼的冰冷面容……

轉眼到了六月。

經過四個月的忙碌，城郊的稻田已是金黃一片。不知是有微風吹過，還是水田中有魚兒遊戲，一串串金燦燦的稻穀，時不時會搖擺兩下，彷彿農家土狗微微晃動的大尾巴。

普通稻田收割時，直接放水、平地，就可以動手了。但縣令大人那四十畝水田，在放水時，卻引來了眾人圍觀。

李彥錦見狀，乾脆把大家叫上，先收割這四十畝。

人多好做事，兩百人只用一天工夫，就把地上的稻穀和魚溝裡的草魚全收了。

因為養的時日短，稻田裡的草魚，最大的不過半斤、男子巴掌大小而已。

李彥錦看著這些魚，心裡還有些不滿意。他記得，以前看爺爺種田時，田溝裡的那些草魚都有兩、三斤重，肥嘟嘟的感覺。再看自家的魚，就覺得有些不夠看了。

其實李彥錦不知道，以前稻田裡放的草魚，都是長了一年的魚苗，並非他用的初生魚苗，再用好飼料餵著，養個半年，自然能達到三斤左右。

與李彥錦不同，其他人看著這些鱗片閃亮的草魚，已經笑得嘴都合不攏了。

更讓人興奮的是，收割完養了草魚的水田，秤了稻穀，嘿！竟然比往年收成最好時還要多個半成！

積年老農看著這些黃燦燦的稻穀，眼淚都忍不住了。若是……若是早些知道這法子，家裡的日子能好過很多，娃兒們也不會夭折了……

有了普通稻田的對比，公田的成功很快就傳遍整個縣城。

於是，已經收割完的四十畝稻田，瞬間成了衛川的一大風景。

不管家裡有沒有田，百姓們都滿臉喜悅和急切地湧出縣城，想一睹縣令大人那神奇的稻魚田。

六天後，所有公田收割完畢，原本還有些懶散的雇農們，都像打了雞血般，跟著開始按照新方法平整土地，深挖溝，高築田埂，插鐵網和柵欄……

雇農們幹得熱火朝天，李彥錦卻有些犯難了。

之前四十畝田地，他還能從附近漁民那裡東拼西湊弄來十車魚苗。可如今千畝水田，他去哪兒弄二百五十車魚苗呀?!

這難題也不是他一個人能解決的，於是縣衙發動鄉勇、雇農，大家一起想辦法，盡可能多弄些魚苗回來。

好在，就算有魚苗也要等新的秧苗插進田中，長個十天左右，才能投放。於是，眾人一邊插秧、一邊四處搜集魚苗。

投放時日到了，千畝公田中，也只有四百畝左右弄到魚苗。

看著其他已經修好魚溝的稻田，李彥錦一拍大腿，道：「既然弄不到魚，咱們就各種花樣都試試吧！」

於是，雇農們目瞪口呆地看著李彥錦又劃出了十畝田，田裡竟然什麼玩意兒都養，有河蝦、有鴨子，還弄來螃蟹放進去……

幸虧田地不大，且之前的稻魚田幫李彥錦博了名聲，才讓眾人沒太議論這些新的試作。

之前水田裡養出來的草魚，但凡活著的，又被放回水田。反正魚苗不夠，乾脆繼續再養半年。

不過放回去之前，眾人還是略微計算了下，每畝水田裡，三個月工夫，大概養出了二十斤草魚。

乍聽這數字，感覺實在有點少。不過，在眾人心中，這些魚不過是稻穀增產的附加物，有點就成了，沒有也不強求。

捕撈過程中，自然也死了些魚。這些魚大部分被送到白玉樓去，讓謝棟做成紅燒魚，犒賞大家一頓。

衙門裡的幾個小頭頭，也分了幾條帶回家。

李彥錦把自己和謝沛的草魚拿回謝家，正好喬瀟然在學燒魚，就讓她練手。

雖然是個新手，但有謝棟在一旁指點，竟也做得頗為像樣。

然而，讓謝沛驚訝的是，在處理生魚時，喬瀟然竟微微動了動鼻子，就能聞出哪條新鮮，哪條放久了點。這可是一種罕見的天賦！

「好苗子！好苗子呀！」謝棟哈哈大笑起來，拍著胖肚皮道：「小然啊，都說廚師得有個好舌頭，可他們不知道，有個好鼻子的廚師更了不得！火候的調控，可來不及等人慢慢品嚐，若能用鼻子聞出老、嫩、生、脆來，那真是……御廚也當得了！」

喬瀟然咧著嘴，笑得小虎牙閃閃發亮。

謝沛也笑了，眼珠一轉，彷彿想到了什麼。

鼻子很靈嗎？不只可以當大廚，還可以用在別的地方吶……

吃過美味燒魚後，沒幾天，有兩個陌生人進了縣衙。

兩人一個姓藍，一個姓韓，持著工部郎中的帖子來見李彥錦。

三人在後堂落坐，藍叔川快人快語道：「我乃京城藍家人，兄長出任工部郎中，二哥為江西守御所千戶。」說著又抬手介紹身邊的男子：「韓兄乃我二哥的內兄，升和十五年的舉人，身分皆是一查即明。」

韓衛鵬擔心藍叔川這番話，讓人誤會他們要以勢壓人，接話道：「四月初，有商戶給藍家傳消息，說是貴縣在查一起案子時，救出了幾個孩子，其中有一位名為藍十六。六年前，我妹妹的長子在京中走失，時年五歲，乳名正是藍十六。」

李彥錦看過藍叔川送來的帖子，心裡已經信了大半。但讓他放下戒心的，還是因為韓衛鵬的長相。

也許是應了那句「外甥像舅」的俗語，藍十六的眉眼與他叔叔沒有太多相似，倒與他的舅舅有個五、六分神似。

李彥錦和氣地問：「二位一路趕來，辛苦了。十六這孩子自被救後，就被我安置在親戚家居住。你們是在此稍等，我讓人把他喊來，還是乾脆與我同去看看他？」

藍叔川與韓衛鵬對視一眼，韓衛鵬道：「不如我們去看看吧。」

李彥錦聽了，面上多了一絲笑意，心中對藍、韓兩人也添了些好感。

若是直接把藍十六叫來，雖然他們三人省事，可對藍十六來說，卻免不了會有些擔憂和不安。萬一認錯人，那對孩子的打擊是非常大的。

如果換成他們自己去看，既免除了藍十六的不安，還可先不提認親的事，待雙方確認了再說，這樣也避免了認錯人之後的失落與尷尬。

去謝家的路上，三人商量好了，只說藍、韓兩人是李彥錦剛結識的朋友，此番，是來謝家嚐嚐某位大廚的拿手菜。這樣不管最後能不能認親成功，都不會讓藍十六太傷心。

藍叔川與韓衛鵬心中有事，步履間帶出幾分急促。他們不知流落在外六年之久的孩子，如今會長成什麼模樣？萬一那孩子不是藍十六，回去時，又該如何安撫自家女眷？

片刻工夫的路程，對藍、韓兩人來說，彷彿走了許久。

當他們跟在李彥錦身後，推開謝家的木門時，就瞧見院子中有兩個少年正在練拳。聽到動靜，喬曜戈和藍十六收了拳，扭頭看來。

陽光下，一笑一靜的兩個少年，如兩株新長成的青松般，挺拔明朗。

「十六！」韓衛鵬看到那張與自己非常相似的圓臉，心中一熱，竟是脫口喊了一聲。

藍十六原本笑嘻嘻地看著李彥錦，正想說話，聽了這一聲呼喊，遂探頭朝後面的韓衛鵬看去。

一看之下，藍十六頓時僵立在原地。

早在數月前，他就知道，李彥錦請人去京中幫他尋找家人了。起初他也輾轉反側，焦慮難安。然而，隨著時間慢慢過去，最初的急切漸漸被溫暖又充實的日子沖淡，只有夜深人靜時，偶爾會想一想，家人們會是什麼樣子……

但是，當藍十六看到那張與自己神似的圓臉後，好不容易壓下來的那股焦躁急切忽然變成翻滾的熱湯，衝得他鼻子直酸，眼中發澀。

「小十六……」韓衛鵬本來還能撐住，但看到外甥眼睛、鼻子都紅了，一副要哭不哭的模樣，自己拚命眨眼都壓不住那股淚意，竟是喉中哽咽，搶先一步落下淚來。

一旁的藍叔川性子硬些，心中雖也酸楚，到底還能開口。他正想說話，卻見藍十六猛地跑上前幾步，對著韓衛鵬大喊一聲——

「爹！」

這一聲，聽得韓衛鵬臉上直抽，藍叔川目瞪口呆，唯有李彥錦抖著肩膀，忍住笑意，對藍十六道：「錯了、錯了，認錯爹了！」

藍十六看韓衛鵬的表情，立刻明白自己弄錯了，歪頭看看李彥錦，猶豫了下，轉頭看向了藍叔川……

藍叔川一看這小子又要張嘴，連忙吸了口氣，搶道：「我是你三叔！」

「噗……哈哈哈！」回過神來的韓衛鵬和李彥錦一起笑了起來。

血脈親緣，如此神奇。弄清了關係後，大家便在院中坐下來說話。

藍十六高興地圍著叔叔和舅舅，轉個不停。待他接過喬曜戈送上的茶水，給藍叔川倒茶時，就聽見他這位三叔忽然大笑起來。

「哈哈！我就說嘛，怎麼可能一點都不像我！你們瞧，小十六的手，是不是和我一樣？」

說著，藍叔川拉住藍十六的右手，和自己的擺在一起。

大家一看，嘿，這兩人的手，確與旁人有些不同。他們的無名指都格外長，竟是幾乎與中指齊平。

之前相認時，藍叔川見藍十六認錯了爹，心裡有些吃味。此時見到姪子的手，立刻就得意了起來。

「看吧，果然是我藍家的人，哈哈哈！」

親人重逢，謝家上下都為藍十六高興。於是，中午就由大、小兩個廚子一起做了一大桌菜餚，大家一起吃。

雖比不上京中那些名菜的精緻，但藍叔川和韓衛鵬卻吃得格外美味、舒暢。吃過飯，藍十六跟兩個長輩說了自己這六年的遭遇，也打聽了家裡的事情。原來，自他被拐之後，父母傷心欲絕，藍家和韓家發動親友，找了許久。藍十六的母親韓氏更是自責痛苦，因而大病一場，險些就此去了。隨著時間的流逝，痛苦漸漸被埋進心底。四年後，韓氏又生了一個兒子，就是藍家的小十七，如今剛剛兩歲。

一年前，藍十六的父親接到了江西守御所千戶的任命，因孩子太小，就把妻兒留在京中，獨自上任去了。

因此，這次藍家接到藍十六的消息，就派了沒有官職、行動自由的老三藍叔川去瞧瞧。韓氏知道自家三叔是個急性子，擔心他一個人出門不穩妥，就讓娘家大哥韓衛鵬一同前往，路上也好有個照應。

從京城到衛川，路途遙遠，能多個穩妥之人相陪，藍家人自然非常樂意。再說，韓家是藍十六的外家，出點力氣，也是應當的。

第五十七章

藍叔川和韓衛鵬雖然都是二十來歲的成年男子，可卻是頭一次出遠門。兩人在路上遇過險，得了教訓。待進了衛川縣，發現此地竟是格外安定，那些皮包骨頭、衣衫襤褸的流民，似乎也不見了蹤影。

待靠近縣城時，就見到大片良田中，農戶們忙忙碌碌；田邊大路上，還有巡邏隊，來往巡查。

「這衛川縣令是個高人呀！」藍叔川和韓衛鵬心中都生出這個念頭，覺得此人能把藍十六救出虎口，倒是真有幾分可信。

見到親人，藍十六三人卻不急著回京了。

之前，藍十六思念家人，盼著重逢，此刻卻因要與六年來朝夕相處的好友分離而難過。

對藍十六來說，喬家兄妹已經成了自己的兄妹，遂期期艾艾地偷偷問藍叔川：「三叔，我們能不能把么哥和小然也帶回去呀？」

藍叔川性子粗闊，大巴掌一揮。「有什麼不能的？只管帶，咱們家養兩個孩子，還不成問題！」

旁邊的韓衛鵬卻笑著壓下叔姪倆，道：「小十六，我知道你是難捨好友，可這事你沒有問過他們自己的意思吧？」

藍十六點頭。「我怕問了，結果咱們家不同意……所以……」

韓衛鵬點頭。「嗯，那現在你可以去問問他們了。你自己心裡也要有點準備，好好說。畢竟再親的兄弟，也不能不顧個人心意，太過勉強，對嗎？」

藍十六聽了韓衛鵬的話，臉上的笑意慢慢落了下去。心裡猜到，喬曜戈恐怕不會答應跟他走。

其實，藍十六很早就看出來了，喬曜戈雖然從沒提起過，可他心裡藏著很多事，也藏著很深的仇恨。

在楊金博手下時，藍十六非常討厭學那些歪門邪道，但他發現，喬曜戈不一樣，他會認真去學。

為此，藍十六還擔心地與喬瀟然說過幾次，兩個半大孩子生怕喬曜戈就此上了楊金博的當，也走上邪路，就對喬曜戈旁敲側擊起來。

後來，喬曜戈才跟他們解釋原因。那是藍十六第一次意識到，喬曜戈的心裡有一股執念，他想為家人報仇！

藍十六不知喬家到底發生了什麼事，喬瀟然是不記得，喬曜戈則是絕口不提。但藍十六知道，雖然三人都被弄到楊金博手裡，但心態卻不相同。他自己是被拐的，他的家人還在，還盼著他回去。可喬家兄妹卻是真正孤苦無依、親緣斷絕……

所以，當謝沛說要教授兩人武功時，藍十六自然非常高興，可他知道，有一個人比他更歡喜，歡喜得幾乎要瘋了。

那天夜裡，他看到喬曜戈在窗前站了許久。月光下，能隱約看見他握緊的雙拳，微微顫抖著……

此時，回想起這些片段，藍十六心裡明白，喬曜戈應該不會為了跟他在一起生活，而放棄學習武功這件大事。

果然，待藍十六跟喬曜戈提出一起去京中藍家時，喬曜戈微笑著搖頭拒絕了。

「十六，咱們是一輩子的好兄弟，我盼著你好，你也盼著我好。男子漢，別這麼婆婆媽媽，只要咱們都過得好，何必非要天天聚在一起。待我學成後，就去京中看你，到時候，你可別被我給比成渣了啊！」

喬曜戈一番話，激得藍十六熱血上頭。

「放心！我一定好好練！對了……」藍十六扭頭看著一旁的喬瀟然。「小然，妳也要好好練啊！要是待我來看你們時，妳還沒學到謝大叔的看家本領，那可也被比成渣了啊！哈哈哈……」

喬瀟然撝嘴一笑。「得了吧，我看十六哥回家以後，沒有哥哥天天督促，怕是很快就要忘了練武呢。也許下次再來時，就變成個圓滾滾的小胖子了！嘻嘻嘻～～」

幾分喜悅、幾分難捨，三個孩子就在衛川的夏季裡，道了別離。

送走了藍十六，謝家又恢復平靜。

七月中旬，衛川縣衙突然收到一份文書，說是升和帝要廣選民間佳麗，充盈他那一點都不空虛的後宮！

「那皇帝老頭不是聽說都五十多歲了嗎？還要廣選佳麗？是想早點變牌位嗎?!」

李彥錦看到這文書，忍不住冒火。

謝沛看文書上寫著十二歲至十六歲的未婚女子都必須參選，忍不住連連冷笑。

李彥錦看謝沛的小臉掛了層霜，趕緊上前撫背摸手，連連勸慰。

「娘子別生氣、別生氣，那老東西不是再兩年就掛了嗎？咱們先把眼前這破事糊弄過去。聽說負責采選的太監還沒到府城，咱們還有時間準備。」

「幸好小然只有十歲，咱們家倒是不用擔憂。只是，這昏君色心一動，寧國多少人家要遭難……真該早點收拾他才好！」

謝沛想到的法子是潛入皇城，送某個色老頭歸西。

李彥錦聽了，皺眉思索一陣。「遠水不解近渴，妳這法子雖然能讓采選失了根基，可有些問題卻沒法解決。妳看，妳去京城一趟，就算全程輕功趕路，為了避人耳目，滿打滿算，也得一個多月甚至兩個月。然後還要踩點、謀劃、動手、脫身，就算一切順利，也要再一個月。雖然皇帝一死，采選的事會立刻停下，但之前三個月裡，衛川必然要被折騰一番。

「而且，更麻煩的是，按妳印象中，繼位的那位還是個徹頭徹尾的王八蛋。我覺得，當初他能做出那等無恥賣國之事，登基後下令繼續采選，也是很有可能的。難道妳要再跑一趟，也把他殺掉？這王八蛋死了，後面若再來個王九蛋、王十蛋，該怎麼辦？」

謝沛吸了口氣，京中皇族糜爛如斯，除非她把那些繼位人全殺了，否則哪個上位，寧國都只會更亂、更糟……

「那你說，咱們該如何？」謝沛冷靜下來，開始與狗頭軍師商量。

李彥錦摸著下巴，搖搖手邊的蒲扇，半晌後，忽然雙眼一瞇，道：「既然要選美，那咱們就給他好好地選一選！」

次日，衛川縣衙裡傳出小道消息——皇宮裡伺候人的丫鬟不夠用了，要在民間采選一批宮女。聽說十二至十六歲的未婚女子，都在采選之列！

消息一出，半日工夫，就被某些有心人傳得滿城皆知。

一般小戶人家，但凡日子過得下去的，都捨不得把自家閨女送走。養到成年，許個踏實人家，生些小胖孩子，才是平民之家的樂事。

若送去千里之外的京城皇宮，此生再難相見不說，聽人講，進去後，多半要當一輩子的老姑婆。實在幹不動活了，運氣好的能放出宮門，尋家人收留養老；運氣不好的，恐怕早用一張草席裹了，一丟了事……

於是，家中但凡有適齡女兒的，霎時急紅了眼。

因著不少人家都有男子在鄉勇隊和縣衙內當差，很快便有人來託了情，詢問此事。

都頭韓勇的孫女阿意，今年恰是十五歲，上午一聽到傳聞，他就急得火燒眉毛，直奔縣衙而去。

韓勇剛進門，便見到吃過午飯，回來辦差的李彥錦。

「李大人！」韓勇張嘴喊了聲，連忙跑到跟前。

李彥錦扭頭一看，笑道：「韓都頭，中午不休息、休息嗎？」

韓勇連連擺手，他是個直性子，也不拐彎抹角，張嘴就問：「大人，我聽說，咱們城裡要給京城選宮女？」

韓勇問話時，兩人就站在縣衙大門稍靠裡面的地方。有些人正想就此事打聽，一聽韓勇開口，遂假裝在附近忙忙碌碌，實際上卻豎著耳朵，想乘機聽個準話。

李彥錦略掃了下裡裡外外的「忙人們」，心中暗暗點頭，面上卻做出為難表情，湊近韓勇，大聲道：「唉……此事也是麻煩。昨日收到的文書，說是十二歲至十六歲的未婚女子都必須參選，選不上的才准返家。」

「什麼?!」韓勇一聽，頭都大了。在他眼裡，自家阿意那是千好萬好，若真去參選，定然會被選上。這可是要了他的老命，一輩子孤苦，就養下這麼一個乖孫女，如何能眼睜睜看她去跳火坑？

「大人！大人！這可如何是好？我家阿意……」韓勇額頭冒汗，伸手拽著李彥錦的袖子，彷彿拽住了一根救命稻草。

李彥錦嘆口氣，拍拍韓勇的手。「我知、我知……如今能想出的法子也有限。我雖接到了文書，但還要準備幾日，所以，我打算五日後再宣佈此事。都頭若有看入眼的人選，就趁這五日趕緊給阿意訂親吧，這樣就不用參選了。「不過，五日後，即便要開始選，我也會嚴格把關，必然要挑出樣樣出色的女子，才會送往京中。」

李彥錦意味深長地說了幾句話，轉頭進了縣衙。

周圍偷聽的一干「忙人們」，也立刻四散而去，報信的報信，找人的找人。

韓勇在縣衙門口愣了片刻，看看還沒到下午開衙的時辰，轉頭就往家裡奔了。

韓勇跑回家，堵在孫女阿意的房門前，死活都要她開口，說個人名出來。

「阿意，妳倒是說話呀？如今時間緊急，咱們爺孫倆也別搞什麼羞羞答答了。妳說，妳看中哪個小子了？爺爺下午就給妳訂親！」

阿意氣得臉色脹紅，拍著桌子道：「爺爺！您昏頭了嗎？往日不是您天天生怕我多看哪個小子一眼，防賊似的盯梢。怎麼如今一出事，就非逼著我說出人來？您……蠻不講理！哼！」

韓勇搓著粗手，點頭哈腰地賠笑。「乖阿意，不要羞惱。平日都是爺爺不好，如今為了避禍，咱們爺孫要……要那個什麼來的？對，要齊心協力，趕緊選個好小子出來，把親事訂了！」

阿意也聽到了采選宮女的傳聞，自是不願意去，此時雖是有些羞臊，腦子裡也開始把平日見過的兒郎拎出來挨個選一遍。

「爺爺，您先去做事。李大人不是說還有五日嗎？您這突然一說，我心裡也亂糟糟的，待我下午好好想想，晚上咱們再說，好嗎？」

阿意壓下心中煩亂，把韓勇安撫走了，才坐在床邊，發了半晌呆。

阿意在屋中發呆時，衛川城中卻是起了變化。

全城的媒婆，生意突然火爆了起來。

家裡有閨女，又不想送去皇宮的，都跑來尋媒婆打聽。

條件不錯的未婚男子家更是門庭若市，人來人往，說媒之人，絡繹不絕。

有些看中同一家的女方和媒婆，為了搶得先手，竟在大門口爭吵打鬧起來。

一時間，城裡雞飛狗跳，熱鬧得好似過年。

謝沛這邊，情況又是不同。原本五百鄉勇中，大部分都是窮苦人家出身，因此，幾乎九成九都是清一色的光棍。

後來，他們當了鄉勇，有了月錢、米糧後，漸漸才有幾個說上了親事。

不過，當初說親時，幾乎都是他們求著媒婆或是求著女方。因為民間總說「好鐵不打釘，好男不當兵」，鄉勇們在大家看來，實在算不得多好的成家人選。

可今兒這態勢卻有些不正常，光一個下午，就有十幾個大漢嘿嘿笑著，說是中午家裡給訂下了親事。

第二天，訂了親的，則猛地增至八十多人……

謝沛看著這些嘴都笑歪了的青壯漢子，心中暗自琢磨，升和帝幹出這混蛋事，沒想到竟是歪打正著啊……

李彥錦和謝沛看城裡多出許多喜事，也挺樂的，可下午時，這熱鬧就轉到了他倆頭上。開衙後，幾個穿紅著綠的媒婆，妳推我擠地堵在縣衙門口，死活要見縣令和縣尉大人。

李彥錦還以為城中發生了什麼事，把人傳進來。

他和謝沛坐在後堂等著，還沒見到人，就聽見幾個婦人喳喳呼呼地直奔過來。

「李大人！謝大人！給您二位道喜了！」一個靈活的水桶腰婦人，一屁股擠開其他媒婆，竄到最前面，笑得極為諂媚。

謝沛心裡一緊，怎麼，她和李彥錦的關係被人發現了？可他倆這喜事早就辦了幾年，要道喜，也太晚了吧……

謝沛還沒想完，水桶腰婦人就迫不及待地嚷開了：「于員外家的三小姐年方十四，生得貌美如花，嬌柔可愛。本是想養到十五再說人家，如今，您二位可撈著了！只要說一聲，誰想要，立刻給您辦妥。不要六禮，八字也是百無禁忌，今兒您倆有誰願意，點個頭，晚上就成親！」

「滾妳娘的婆子，就一個娘子，還想霸占兩個官人？回頭出門，別被人家的大耳刮子抽死……」

「大人，您莫被這婆子騙了。那于家三娘子是妾生的，雖有幾分姿色，但絕當不起官家正頭娘子！哪像我這袁財主家的閨女，別的不說，單一樣，他家沒有兒子！袁財主說了，回頭就把八成身家給閨女陪嫁，幾百畝良田，小山般的金銀啊！袁財主家的閨女是大房娘子生的，圓潤乖巧，配您哪位都合適……」

「還有我！本婆子做事也講究，絕不會隨便拿一個來糊弄您二位，我這裡還有許地主家的二閨女，雖然他家陪嫁可能不像袁大娘子那般多，可這二閨女是個出了名的俏娘子，方圓幾十里，都沒有配得上她的……」

「不不不，大人，我這兒的更好！」

「胡說！妳們那些，如何能比得過我的！」

「我這貌美如花！」

「我這賢良淑德！」

「陪嫁無數！」

「父有功名！」

一群媒婆在衙門後堂戰得天昏地暗，李彥錦和謝沛對視一眼，又是尷尬、又是好笑。

「都閉嘴！」李彥錦大聲喝道，總算震住了這幾隻鴨子。

「各位的好意，我們心領了。但不瞞各位，我與謝大人早在數年前就已經成婚，諸位不要再浪費工夫，趕緊去別處忙吧！送客！」

李彥錦一揮手，幾個憋笑憋得滿臉通紅的衙役立時上前趕人。

一群媒婆愣了半天，才懵頭懵腦地被送出縣衙。

忽然，有個媒婆扭頭大喊了聲：「大人，大人，您倆成親了也無妨，要不要再添幾個二房呀？」

後堂裡，耳聰目明的謝沛聽見，衝著李彥錦笑道：「大人，機會難得，您要不要添個二房呀？」

李彥錦上下打量謝沛，道：「縣尉大人莫非是想自薦枕席？這偷情的滋味雖好，可我倆定要避著夫人，不然醋罈子倒了，怕是要淹死人吶……」

待一幫聒噪的媒婆走遠後，謝沛夫妻倆又笑鬧幾句，才各自忙去。

第五十八章

下午散衙時，巡邏隊的孟六忽然湊上前來。

「謝老大，咳，欸嘿嘿嘿……」黑塔般的壯漢笑得傻氣四溢。

「有事說事，別笑得跟頭熊似的。」謝沛沒好氣地拍他一巴掌。

「嘿嘿，老大，我有娘子了！哈哈哈哈～～」孟六撓頭大笑，路過的衙役和官吏都被他逗得忍俊不禁。

「喲，孟六好不容易有了娘子，結果歡喜傻了，可惜了、可惜了！」

「誰傻?!你才傻！」孟六一瞪牛眼，不再傻笑了。

「行了，回頭成親時，一定給你送份大禮！」謝沛失笑，對手下這員大將說道。

「誒！對了，我不是來說這個的……」孟六忽然想起未來娘子的交代，湊到謝沛跟前，小聲問道：「老大，么哥那小子今兒怎麼沒來呀？」

謝沛看他一眼。「怎麼？你惦記他了？」

「我惦記個毛頭小子做什麼……咳，不是、不是。老大，我娘子有個妹子，今年恰好十二歲，家裡也想給她訂個人家，避開宮女采選。因著一時沒什麼好人選，就拜託我找找。我一琢磨，喬曜戈不也十二歲嗎？那小子我看還挺不錯的，就想問問……」

「么哥他們的婚事，我不能做主，你再找找別人吧。」謝沛沒想到，連喬曜戈那小子都被人盯上了，心裡有些好笑。

不過轉頭一想，喬曜戈長得斯文清俊，性子又沈穩老練，被人看上也屬正常。

晚上，謝沛夫妻把今天的事當成笑談，笑了好一會兒才歇息。

在謝沛和李彥錦說笑的同時，老都頭韓勇卻在家裡發起了愁。

「乖阿意，莫非妳是想去當宮女不成？那爺爺就真要變成孤魂野鬼了……」韓勇一臉愁苦地說道。

「呸呸呸！爺爺，您胡說什麼？快說壞的不靈好的靈，快說啊！」阿意急道。

「哦……壞的不靈，好的靈，好的靈！」韓勇看孫女發急，也不敢再胡說八道了。

「爺爺，您別急。我琢磨了一下午，已經明白縣令大人的意思了。」

阿意走到韓勇身後，一邊給他按揉肩頸、一邊說道。

韓勇舒服地轉轉脖子，嘟囔著：「還要琢磨一下午？爺爺當時就明白了，大人是讓咱們趕緊訂親，就能避開……」

阿意抿了抿嘴。「什麼啊！李大人前面幾句是說，若您有合適的人選，就早點訂親。後面那幾句卻是說，若沒訂上，也不打緊，他會藉著選拔的機會，把咱們刷下去。」

「刷下去？」韓勇一愣，抬頭想了下，才明白過來。不過，他轉念一想，又有些不滿。

「那不是指咱們阿意不如別人了？多沒面子啊……」

阿意在韓勇身後翻了兩個大大的白眼，用力掐了兩下，道：「那爺爺覺得，咱們先胡亂訂個親，待事情過去了，再因為不適合退親，就很有面子嗎？」

「呃……」韓勇眨眨眼，無奈地撓撓胸口。「可我總覺得，不太保險吶？」

「那阿爺明兒就去問問縣令大人，看他要怎麼選。若是可以的話，您儘量多摻和摻和。這樣，到時候咱們還怕不知道該怎麼做嗎？」阿意不急不緩地說著。

韓勇聽了，表情也漸漸緩和下來，決定依阿意的方法行事。

次日上午，因五日工夫過了大半，城中做媒訂親的人越發多了起來。

韓勇也找到機會，與李彥錦嘀咕了好一陣子。

待兩人說完，大家發現，之前火急火燎的韓都頭，轉眼便氣定神閒地做事去了。

時間來到最後一天，李彥錦和謝沛看城裡還有好些人家在做最後的努力，於是特地開了宵禁，方便這些人家抓緊工夫。

第二天上午，開衙後，忐忑不安的百姓就聽見巡邏隊敲著銅鑼，沿街宣讀朝廷文書。

「什麼？不是選宮女嗎？」

「哎呀，差不多嘛，反正都是送進宮裡去的。」

「你糊塗啊！那能一樣嗎？這是給皇帝選小老婆的，是去做主子享富貴的！宮女是什麼？是伺候人的！」

「你知道什麼呀？宮女不也是皇帝的女人，他老人家想搞哪個就搞哪個！對他來說，不都是一樣的嗎？」

「搞你個頭啊！對皇帝來說是一樣，對咱們來說，那是天差地別！哎喲，不知是誰亂說，這哪裡是選宮女嘛！若是給皇帝選女人，我家閨女可說不得！」

文書一出，有人歡喜有人憂。

歡喜的人裡，有因為自家閨女不用再參選而高興的，也有幻想自家能一飛沖天、憑藉女兒攀龍附鳳的。

憂愁的人裡也是如此，有為女兒參選而擔心的，也有為女兒錯失良機而懊惱的。

於是，這日裡，竟是好些人家毀了親事，城裡又是一片喧鬧吵嚷之聲。

李彥錦和謝沛不管這些雞零狗碎，自去忙采選的事。

謝沛帶著人在衙門前的空地上搭建彩棚，李彥錦則分派書吏和衙役去錄參選名冊。

準備工作又花了三日，李彥錦便在縣城和轄下村鎮中出了告示。

文中說，為給升和帝選出真正的佳麗，所有參選女子都必須經過四個關卡：第一關是選出外貌、體態正常的女娘；第二關則是保證選出的女娘在說話、聽聲、視物等方面沒有問題；第三關則要進一步挑選出才藝較為出色者；至於壓軸的第四關，暫時不公布。

告示一出，衛川縣內原本有些惶恐的氣氛突然為之一變。

大家發現，之前似乎都想錯了。按照大人說的這些，真想被選中，還挺難的；要想落選，還挺容易……

再看縣衙前長長的彩棚，更是明白過來。哎喲，這真是要把各家的嬌娘們弄過來比一比、選一選了！

這事馬上引起了城裡諸多人的興趣，說句不好聽的，往年只聽人說過京城選花魁時如何熱鬧有趣，今年衛川竟也有這等趣事了。到時候，能留到最後的幾位小娘子，除去送給皇帝老兒的，其他的絕對是搶手貨啊！

衛川地處偏僻，又剛經過天災、匪亂，民間風氣並不如京城那般講究婦德、婦言。再加上，此番選拔是為讓升和帝充盈後宮，因此，就連最迂腐的書呆子也不好多說什麼。

唯一讓大家有些遺憾的是，此種盛事，縣令大人竟只許參選女子家的女眷旁觀，其餘閒雜人等，尤其是閒漢、地痞們，一概不得親見。

不過，就算這樣，大家還是挺興奮的。既然是要給皇帝選女人，那中選了，起碼比去當宮女要強得多；若是沒中選，就當看個熱鬧好了。

於是，縣裡的婦人們，都有些迫不及待了。

八月初一，大清早，城裡就熱鬧開來，除了本城的小娘子要參選外，附近村鎮裡的適齡女子，也陸續被送到城中。

城門口和大街上，衙役、書吏分成若干組，按照各個來處，把小娘子們領進相應的彩棚中等待。

彩棚中，各家的小娘子在嫂子、阿娘、舅媽等各色女眷陪同下，按著衙役的指揮，開始分邊站好。

彩棚四面掛上竹簾，外面的人能聽到裡面的動靜，也能隱約看到人影晃動。

雖瞧不清女娘們的一舉一動，但模模糊糊的光影，倒讓一干閒漢越發心癢難耐，你推我擠地，都想再靠近一點。

只可惜，壯碩的鄉勇和衙役持著短棍、長刀，把守彩棚四周，色心再大的傢伙，也不敢湊前一步。

阿意穿著乾淨整齊的衣裙，獨自站在人群中。她家裡沒有女眷，附近幾戶關係稍好的人家，又沒有小娘子要參選，只好自己去。

韓勇有些擔憂，阿意倒是鎮定，衝著韓勇點點頭，就站到隊伍中去。

不久，分管此處的書吏，照著之前記下的名單開始點名。

出人意料的是，不但沒有少人，竟然還多出兩個小娘子。

書吏看著多出來的于家三娘和許家二娘，不由有些頭疼。

這兩位都有些來頭。許家田產豐厚，是衛川有名的地主；而于家，更是與「官」字沾了點邊。于三娘的父親人稱于員外，曾在劉洪文任衛川縣令時，花千兩銀錢走門道，捐了個從九品的芝麻官。

書吏自然知情，斟酌著，對于家人問道：「之前不是已在衙門注明訂親，取消了參選資格嗎？怎麼今日又來了？」

于三娘聽見，微微抿唇，用手帕半掩面頰，朝姨娘使個眼色。

花姨娘瞥了閨女一眼，上前一步，柔聲道：「此事也是無奈，我家三娘本是剛訂了親事，奈何男方家中有些不妥，雙方好說好散，親事就此作罷。我等不敢欺瞞官爺，如今既無親事在身，只好把三小姐送來參選。」

書吏猶豫了下，看向後面的許家二娘。「妳家又是為何來參選？」

許二娘沒等旁人開口，自己脆生生地答道：「我與于家姊姊情形相同，親事未成，自是要來參選吶。」

書吏見狀，若通融此事，後面怕是要出麻煩，遂起身道：「兩位在此稍等片刻，我去稟明大人，回來再做安排。」

堂裡，李彥錦和謝沛聽說了此事，李彥錦眼珠一轉，道：「此事倒也不算違規，只是官府辦事，不可由人反反覆覆。凡這種退了又來的，都需繳納二十兩，充入公帳，也算是給大家添一筆辛苦錢了。」

書吏面露笑容，點頭應下後，轉身去了。

謝沛在一旁看著，不禁笑道：「大人果然有才。」

「有才、有才！」李彥錦搖頭晃腦，大言不慚地說：「大人有才，方能生財有道哇～～」

果然，上午點過名後，收了二百多兩銀子。縣令大人說了，這些錢最後都會分到縣衙公人的頭上，於是今日衙門裡從上到下都振作精神，辦事時，更加用心盡力。

待巳初一過，銅鑼響了七聲後，衛川的選秀正式開始！

李彥錦神情肅穆地掃視幾個彩棚中的女娘，心中升起疑惑，這真的是在選秀嗎？怎麼感覺好像奇葩大會啊！

說起來，衛川縣並不是富庶之地，也沒什麼特別養人的水米，因此尋常百姓家的小娘子，略微齊頭正臉的，就不擔心嫁不出去。

因此，經過前幾天的訂親風潮後，剩下的女娘是個什麼水平，就可想而知了。

當然了，裡面也有少數例外。比如心智堅定如阿意這樣的，又或者存有攀龍附鳳念頭的于三娘、許二娘之流。

這樣一來，彩棚中的女娘們就分成古怪的兩批。

一批其貌不揚、與美字完全不沾邊的女娘中，幾個清麗嬌美的小娘子，就顯得格外引人注目。

跟在縣令身邊的韓勇，看著自家孫女秀美脫俗地立於人群中，又是驕傲、又是擔憂。阿意果然出眾，可太出眾了，怕是真要被選了去！

韓勇頓時覺得自己心裡揣了二十五隻兔子，真是——百爪撓心啊！

第一關是最簡單的，李彥錦把一百一十多位女娘粗略過了一遍，將其中太過怪異的十幾位，從帷幔遮擋的出口送走。畢竟，升和帝的品味再駁雜，應該也不會接受腦門長瘤子、齙牙鬥雞眼、雞胸粗脖子這樣的奇葩愛妃……

半個時辰後，還留在彩棚中的女娘們得知，自己已經通過了第一關！

這下子，倒是讓許多長相粗陋的小娘子喜出望外，沒想到這樣連說親都不太好說的相貌，竟沒有被縣令大人淘汰！

當然了，如于三娘、許二娘之流的女娘，卻在心裡暗暗腹誹。她們覺得，這年輕縣令怕是個瞎子，美醜如此分明，不趕緊公布最後結果也就算了，竟還讓她們與那麼多醜八怪一起繼續參加後面的選拔，真真是……有眼無珠！

女娘們不好意思直白道出自己的想法，可陪她們前來的婦人們，卻完全沒有顧慮。尤其是後來交了二十兩銀子的那十幾家人，更是議論紛紛。

「這也太胡鬧了吧？美醜如此分明，怎麼還要選呀?!」于三娘的丫鬟不滿地嘟囔。

許二娘的嫂子也氣惱地說：「就是，這些爛泥般的醜八怪憑什麼和我家二娘一起通過？莫非她們都給縣令塞了好處不成？」

旁邊有個頭髮微黃的老婆子，斜她們一眼，道：「李大人的告示上早就說了，第一關是要把太過怪異的淘汰。是怪異，不是美醜。什麼都沒搞清楚就胡言亂語，真是惹人恥笑！」

「喂！妳這老太婆休要聒噪！妳家娘子定是生得太醜，嫉妒我家小姐貌美，才酸言惡語。哼！」

于三娘的丫鬟得了花姨娘暗示，扠著腰，立時噴了回去。

「光美貌有個鳥用！要是個瘋子、傻子、壞心眼，妳看有沒有人要！」

旁邊著粗服的大嬸因自家閨女黑醜，見第一關沒有被淘汰，本還有些竊喜，此時聽了于家丫鬟的話，頓時惱怒起來。

她這一罵，立時引來許多婦人參戰，美醜雙方，很快就吵了起來。

可這場中，醜娘子實在太多，美娘子太少。所以吵沒多久，戰局就呈現一面倒的趨勢。

正當婦人們吵得沸反盈天時，噹噹噹銅鑼響，公人們高聲喊道：「第二關開始——」

對李彥錦而言，這第二關，其實就是個基礎體檢。

就算不論美醜，再如何也得選幾個健全人，才能糊弄過去吧！

於是，彩棚中，陸陸續續進來五位大娘。這是李彥錦和謝沛特意請來的幫手，由她們協助檢查小娘子們的口、鼻、耳、目是否正常。

說話、聽音這些倒罷了，檢查時，竟然還要小娘子們嗅香臭、嚐酸甜，又讓小娘子隔著一定的距離觀看花樣子，再從手邊的圖集中選出相同的一副。

這檢查法子實在新奇，惹得在兩旁圍觀的婦人嘀嘀咕咕說個不停。要不是礙於現場還有官老爺和衙役們守著，這些婆子、婦人怕是要一擁而上，看個究竟。

一個時辰下來，又有十五位小娘子被送走。其中大部分是視力極差，略暗一點、略遠一點就瞧不清的，還有兩位則是口吃得太過厲害。

比較稀奇的是，有位小娘子竟分不清紅、綠兩色。查明後，小娘子才哭著對她娘說：「嗚嗚嗚……那次我不是故意把嫂嫂的新衣收進自己箱子的，以為是娘給我的土黃色衣裳……」

她娘眨了眨眼。「什麼土黃色？我給妳做的，明明是綠色外衫呀！」

看了稀奇、開了眼的婦人們，至此才知道，這世上竟還有人看不到紅綠之色……

兩輪一過，李彥錦宣佈，今天的選拔到此為止。

留下的小娘子們，若是家在城裡的，可以歸家，明日辰時再繼續；住附近村鎮的女眷，則可跟著衙役，到指定的客棧中休息。

第一日的選拔過後，城裡多出了好些新鮮事。

先說被淘汰的二十多位小娘子，據說每人都得了些補償。家在城中的，每人送了份白玉樓的大食盒；家在城外的，多了一百文的路費。

故此，這些人家雖面上有些難堪，但平頭百姓們還是更講究實惠，得了好吃食和一串錢，也就沒什麼怨言了。

再來就是第二輪那些稀奇的檢查方法。不少婦人回去後，忍不住拉來家人，也挨個試了一次。

據說，還真有些人家發現了不對勁。有那沈默寡言、口齒不清的幼兒，試過之後，發現耳朵出了問題。再細看耳孔，竟是耳屎成栓，堵住小兒的耳道。

家中老人都道運氣好，若堵的時日長了，小兒怕是真要變成啞巴了。

類似之事還有不少，隨後幾日裡，茶館中陸續有人藉此說叨。漸漸地，原本還活得有些混沌的老百姓，也開始對自己的身體注意起來。

——未完，待續，請看文創風701《大笑迎貴夫》3（完）

文創風 700

大笑迎貴夫 2

國家圖書館出版品預行編目資料

大笑迎貴夫 / 漫卷著. --
初版. -- 臺北市 : 狗屋, 2018.12
冊 ; 公分. --（文創風）
ISBN 978-986-328-941-8（第2冊：平裝）. --

857.7　　107018144

著作者	漫卷
編輯	安愉
校對	林慧琪　周貝桂
發行所	狗屋出版社有限公司
地址	台北市104中山區龍江路71巷15號1樓
電話	02-2776-5889～0
發行字號	局版台業字845號
法律顧問	蕭雄淋律師
總經銷	知遠文化事業有限公司
電話	02-2664-8800
初版	2018年12月
國際書碼	ISBN-13　978-986-328-941-8

本著作物由北京晉江原創網絡科技有限公司授權出版

定價250元
狗屋劃撥帳號：19001626
網址：love.doghouse.com.tw　E-mail：love@doghouse.com.tw